Daniela Frenken

Düstere Seelen

Thriller

Bibliografische Information der Deutschen
Nationalbibliothek:
Die Deutsche Nationalbibliothek verzeichnet diese
Publikation in der Deutschen Nationalbibliografie;
detaillierte bibliografische Daten sind im Internet über
http://dnb.dnb.de abrufbar.

Herstellung und Verlag: BoD – Books on Demand,
Norderstedt

ISBN: 978-3-7543-1163-9

Düstere Seelen

Dieser Roman ist auch als eBook erschienen

Weitere Romane der Autorin:

Ein schicksalhafter Sommer

Ein verhängnisvoller Winter

Ein mörderischer Schatten

Blutiges Erbe

Verborgenes Unheil

Das Geheimnis im Moor

Kathi-Wällmann-Krimireihe

f.

Prolog

Wütend lief Dirk Filner den schmalen Pfad entlang, bis er auf eine kleine Lichtung trat. Dort blieb er stehen, stemmte die zu Fäusten geballten Hände in die Hüften und sah sich ratlos um. Wo steckte der verdammte Kerl? Dirk hatte lange genug tatenlos zugesehen, wie seine Freundin terrorisiert wurde. Er hatte die Nase voll. Und das würde er diesem Abschaum auch unmissverständlich zu verstehen geben. Sollte dieser endlich den Mut haben, ihm Mann gegen Mann gegenüberzutreten. Dirk hörte ein Knacken hinter sich und erwartungsvoll drehte er sich um. „Na endlich. Ich..." Verwundert hielt er inne, als er weiterhin niemanden entdecken konnte. Mit gerunzelter Stirn ließ er den Blick über die Bäume schweifen, die ihn umgaben. Verwundert riss er die Augen auf, als er schließlich eine merkwürdige Gestalt entdeckte, die zwischen den Bäumen stand. „Was zum..." Einen Moment sprachlos starrte Dirk den großen, wolfsähnlichen Kopf an, der auf allzu menschlichen Schultern saß. „Hey, Mann, was soll das denn? Willst du mich auf den Arm nehmen?", rief er dem Typen zu, als dieser langsam auf die Lichtung hinaustrat.

Wütend schnaubte Dirk. „Du bist nicht das kranke Schwein, das ich hier treffen sollte." Das war unschwer an der lockeren Kleidung und der hochgewachsenen Statur zu erkennen. „Hat der Feige Hund den Schwanz eingekniffen und jemand anderen vorgeschickt? Fühlt sich wohl nur stark, wenn er wehrlose Frauen misshandeln kann." Wütend trat Dirk ein paar Schritte vor. „Jetzt mach das Maul auf. Auf diesen Scheiß hab ich keinen Nerv. Zieh das lächerliche Ding aus und gib dich zu erkennen." Immer noch schweigend kam der Mann weiter auf ihn zu, die große Wolfsmaske merkwürdig steif auf seinem Kopf. „Mann, mir reicht's. Du hast's nicht anders gewollt. Ich geh jetzt zu den Bullen, mal sehen, ob du dann immer noch großer, böser Wolf spielen willst." Mit ein paar gemurmelten Flüchen wollte Dirk sich abwenden, als sein Gegenüber die Hand hob, als wolle er etwas sagen.

„Aha, hab ich's mir doch gedacht, dass dir da der Arsch auf Grundeis geht. So, wer-." Der Rest seines Satzes wurde von Dirks erschrockenem Aufschrei ersetzt, als er einen scharfen Schmerz in seinem Bauch verspürte. Ungläubig sah er von der langen Schnauze, die sich auf seiner Augenhöhe befand, an sich hinunter, wo ein langer schwarzer Dolch aus seinem Bauch ragte. Wie gelähmt sah er zu, wie der Dolch langsam wieder herausgezogen wurde und sich ein dunkelroter Fleck auf seinem Pullover ausbreitete. Auf seinem weißen Pullover. Den hatte er erst vor zwei Wochen zu seinem achtzehnten Geburtstag geschenkt bekommen, schoss es ihm merkwürdiger Weise durch den Kopf. Mit einem wimmernden Laut presste er beide Hände an die Wunde und fassungslos sah er von seinen mit Blut bedeckten Fingern auf seinen Angreifer. „Ich verblute", stotterte er hilflos und hoffte gegen sein besseres Wissen, dass sein Gegenüber ihm helfen würde. Doch der Mann trat lediglich einen Schritt zurück und betrachtete ruhig, wie Dirk torkelte und schließlich zu Boden fiel. Der Mann nahm die schwere Maske ab, legte sie sorgfältig zur Seite und sah dann weiter zu, wie das Leben aus seinem Opfer wich.

„Tja, verdammt!", sagte der Mörder schließlich kopfschüttelnd. „Das kommt davon, wenn man seine

Nase in anderer Leute Angelegenheiten steckt."

Kapitel 1

„Hören Sie mal, Fräulein, da haben Sie sich vertan!"", rief der ältere Herr vorwurfsvoll und knallte die Möhren auf das Band.

Nina sah einen Moment zu dem Mann hinüber, ehe sie der Dame, der sie grade ihr Wechselgeld reichte, entschuldigend zulächelte. „Noch einen schönen Tag", wünschte sie, ehe sie sich dem erzürnten Kunden zuwandte, den sie vor zwei Minuten abkassiert hatte.

„Hier! 1,49 €. Für ein Bund Möhren. Im Prospekt steht 99 Cent", empörte er sich.

„Nein, tut mir leid. Da haben Sie sich vertan. Die frischen Mö-.""

„Erzählen Sie mir nicht, die wären nicht im Angebot." Erbost fuchtelte der Mann mit dem Prospekt herum, ehe er Nina die Seite mit den Gemüseangeboten unter die Nase hielt.

„Bitte beruhigen Sie sich", bat Nina halb erbost, halb peinlich berührt. Die Leute an den anderen Kassen sahen zu ihr und dem lauten Mann herüber, während die Schlange an ihrer Kasse immer länger wurde und die Kunden immer ungeduldiger. „Das Angebot bezieht sich auf die abgepackten Möhren in der Schale. Sie haben die frischen Bundmöhren gekauft."

„Das ist doch Bauernfängerei. Betrug ist das. Dann will ich die Möhren nicht. Geben Sie mir mein Geld wieder. Sofort."

Nina seufzte. Dann griff sie ergeben nach dem Mikrofon. „Frau Meier, bitte Kasse drei", rief sie aus. „ Die Kollegin kommt sofort", sagte sie freundlich zu dem Herrn, der immer noch vor ihrer Kasse stand und sie ansah, als hätte sie ihn übers Ohr gehauen. Dann griff sie nach der Ware des nächsten Kunden.

„Krieg ich jetzt mein Geld wieder oder nicht?"

„Die Kollegin kommt", knirschte Nina und zwang sich mit aller Gewalt, höflich zu klingen. Schließlich trat der Mann murrend zur Seite und Nina unterdrückte ein Seufzen. „Guten Tag", sagte sie zur nächsten Kundin und warf einen Blick auf ihre Armbanduhr. Zwei Uhr. Für heute war sie bedient! Sie saß seit Ewigkeiten an der Kasse und hatte den ganzen Tag noch nichts gegessen. Hoffentlich übernahm bald jemand ihren Platz, damit sie in ihre seit zwei Stunden überfällige Pause gehen konnte. Als sie vor knapp fünf Monaten im reifen Alter von beinahe zwanzig Jahren endlich ihr Abitur bestanden hatte, war es eigentlich nicht ihr Ziel gewesen, nun hier im örtlichen Supermarkt an der Kasse zu sitzen. Wenn sie ehrlich war, hatte sie sich da eigentlich überhaupt nichts vorgestellt. Und diese Tatsache war wohl zum Großteil dafür verantwortlich, dass sie sich jetzt hier von Kunden anpöbeln ließ, anstatt an der Uni zu studieren. Sie fertigte die Kundin ab, erklärte der herbeigerufenen Kollegin das Problem des murrenden Kunden, der zwei Meter weiter immer noch tobte und sah dann überwältigt, wie ihre Ablösung sich der Kasse näherte.

Ein Brötchen und eine Zigarette später sah die Welt schon ganz anders aus. Nina saß an einem der Tische im Außenbereich der dem Geschäft angeschlossenen Bäckerei und trank einen Schluck Kaffee, als sich plötzlich jemand auf dem Stuhl neben ihr niederließ.

„Hi. Na, alles klar?"

„Klar. Immer", antwortete Nina ihrer Cousine scherzend.

„Hast du Pause?"

„Ja, und in zwei Stunden hab ich endlich Feierabend."

„Du hast es gut."

„Ich hab`s gut?"

„Du kannst gleich nach Hause gehen und musst dich an nichts mehr stören. Ich muss das ganze Wochenende lernen. Wir schreiben Montag eine Klausur."

Nina biss die Zähne zusammen. „Du Ärmste", brachte sie heraus.

„Gott, ich hab alles so satt", murrte Julia. „Ich wünschte, ich wäre du."

Nina starrte ihre Cousine an. Julia seufzte grade noch einmal vernehmlich, was den Pony ihrer schwarzen Haare in Bewegung brachte. Ninas Blick wanderte von der modischen Frisur ihrer Cousine über deren linke Schulter, wo sie auf dem Parkplatz hinter ihr den knallroten, nagelneuen Opel Corsa entdeckte, den Julia zu ihrem achtzehnten Geburtstag bekommen hatte. Nina besaß nicht mal einen Führerschein. Ninas Blick wanderte zurück zu Julia, über ihre in teure Markenklamotten gekleidete Figur zu ihren perfekt lackierten Fingernägeln. Nina blickte auf ihre Fingernägel, von denen sie sich heute einen beim Regale auffüllen abgebrochen hatte. Sie sah an sich herunter. Ihre Arbeitskleidung, dunkle Hose und Hemd mit Firmenlogo, sah nach sechs Stunden stressiger Arbeit aus, als hätte Nina sie seit drei Wochen an, sie roch selbst an der frischen Luft ihren Schweiß, obwohl sie heute Morgen geduscht hatte und ihre Haare hatte sie zu einem Pferdeschwanz gebunden. Das war Vorschrift, wenn man an der Kasse saß. Gott sei Dank, denn seit Nina sich einen Friseurbesuch geleistet hatte, waren schon so einige Monate ins Land gegangen. „Wir können ja tauschen", antwortete sie endlich.

Julia verzog ihr Gesicht zu einer gepeinigten Miene. Dann lächelte sie gequält. „Ich hol mir eben einen

Kaffee."

Nina sah ihr kopfschüttelnd nach, ehe sie sich noch eine Zigarette ansteckte. Ihre Cousine hatte keine Sorgen auf der Welt, bekam alles in den Hintern geschoben und doch lief sie andauernd mit einer Leidensmiene durch die Gegend, dass es Nina schlecht wurde.

Nachdenklich blies sie den Rauch aus. Obwohl sie beide sich nie sehr oft gesehen hatten, da Nina bis vor kurzem über dreihundert Kilometer entfernt gewohnt hatte, hatten sie sich immer gut verstanden. Wann immer Nina ihre Großeltern besucht hatte oder die Familie sich getroffen hatte, waren sie und Julia unzertrennlich gewesen.

Aber als Nina vor knapp zwei Monaten hierher gezogen war, hatte sie ihre Cousine kaum wiedererkannt. Statt der lebenslustigen, fröhlichen Julia hatte sie eine depressive, in sich gekehrte Jammergestalt vorgefunden. Wie Nina von ihrer Oma erfahren hatte, war Julia im Frühjahr von ihrem Freund sitzengelassen worden und dies war anscheinend die Ursache für Julias miese Stimmung. Nina hatte zuerst Verständnis gehabt. Schließlich war es ihr vor einem Jahr nicht anders ergangen. Allerdings konnte man sich auch ein wenig in solche Dinge reinsteigern. Langsam war es an der Zeit, dass ihre Cousine sich am Riemen riss. Nina schnaubte, als Julia mit ihrer Tasse Kaffee beladen zum Tisch zurückgeschlurft kam, die Last der Welt auf ihren Schultern. „Man sollte meinen, du hättest eine acht Stunden Schicht im Steinbruch hinter dir, anstatt acht Stunden Schule."

„Musst du immer deine blöden Kommentare abgeben?", fragte Julia ohne Nachdruck in der Stimme. Sie hörte sich an, als kämpfe sie mit den Tränen. Am liebsten hätte Nina sie geschüttelt.

„Hi, Julia", rief eine große, blonde Frau plötzlich erfreut und eilte auf ihren Tisch zu.

„Oh, hallo Jessica", sagte Julia überrascht. „Du bist wieder zurück?", fügte sie noch ohne Begeisterung an.

„Ja, erst seit ein paar Tagen." Sie lächelte Nina grüßend zu, ehe sie sich auf einen freien Stuhl setzte. „Das freut mich ja, dass ich dich hier treffe. Wie geht's dir denn so?" fragte sie aufgedreht.

Julia zuckte als Antwort nur die Achseln und Nina verdrehte die Augen.

„Ich treffe mich heute mit den anderen im Kristall. Komm doch auch."

„Nein, danke. Lieb gemeint, aber es geht nicht", lehnte Julia ab.

„Och, jetzt komm. Als wenn du nicht für ein Stündchen vorbeischauen könntest. "

„Tut mir leid", lehnte Julia erneut ab und deutete auf Nina. „Meine Cousine ist neu hier und ich wollte heute endlich mal was mit ihr unternehmen."

Jessica warf Nina einen Blick zu. „Ist doch super. Bring sie mit." Mit einem offenen Lachen sah sie von einem zum anderen. „Wenn du neu bist, ist das doch die ideale Gelegenheit, jemanden kennenzulernen", sagte sie zu Nina und hielt ihr die Hand hin. „ Ich bin übrigens Jessica Moore."

Nina ergriff die angebotene Hand. „Nina Hartmann."

„Und, wie sieht`s aus, Nina? Wir treffen uns um acht. Sag deiner Cousine, sie soll sich nicht so haben."

Nina warf Julia einen Blick zu. Also, sie war froh über eine Gelegenheit, mal rauszukommen. Sie kannte außer Julia und zwei Arbeitskollegen hier kein Schwein in ihrem Alter. Jessica machte einen netten Eindruck und dass Julia nun den Abend mit allen verbringen musste, hatte sie sich selbst zuzuschreiben. Warum hatte sie Nina auch als Vorwand benutzen müssen. „Klar. Ich freu mich", antwortete sie deshalb. „So, jetzt muss ich aber wieder an die Arbeit." Mit weit besserer Laune als noch vor zehn Minuten nahm sie wieder ihren Platz an der Kasse ein.

Um viertel vor fünf schloss Nina erschöpft die Haustüre zum Haus ihrer Großeltern auf. Im Flur schlurfte ihre Mutter an ihr vorbei.

„Na. Feierabend?", fragte sie lustlos im Vorbeigehen.

Ninas Herz rutschte ihr in die Hose, als sie den merkwürdigen Blick ihrer Mutter registrierte. „Ja", antwortete sie nur, stellte ihre Handtasche ab und marschierte in die Küche. „Hallo Oma", grüßte sie schlechtgelaunt. „Was gibt es zu essen?"

„Möhrengemüse."

„Na, toll." Nina holte ihren Teller aus dem Kühlschrank und platzierte ihn in der Mikrowelle.

„Du hast aber schlechte Laune", mäkelte Doris Reisner. „Sei froh, dass für dich immer was zu essen bereitsteht."

Nina ignorierte den Vorwurf ihrer Großmutter, zum einen, weil sie wusste, dass er zutraf, zum anderen, weil sie andere Dinge weitaus wichtiger fand. Sie stellte die Mikrowelle an und wandte sich ihrer Oma zu. „Dass Mama wieder etwas genommen hat, weißt du?" Abwartend sah sie die Frau an, die ihr gegenüber in der Küche stand.

„Was? So ein Unsinn!", erwiderte Doris und wischte hektisch die saubere Arbeitsplatte ab.

„Von wegen Unsinn. Das hab ich doch sofort gesehen, als ich reingekommen bin."

„Ich war den ganzen Morgen mit deiner Mutter

zusammen. Das hätte ich ja wohl mitbekommen", widersprach Oma mit schriller Stimme.

„Tss."

„Nein, hat sie auch nicht", bekräftigt ihre Oma. „Nun lass doch mal die Frau in Ruhe! Kein Wunder, dass es deiner Mutter schlecht geht, wenn du ihr immer solche Dinge unterstellst."

Nina verzog angewidert das Gesicht und wartete ungeduldig darauf, dass ihr Essen heiß wurde.

„Wehe, du bist jetzt wieder so abweisend zu deiner Mutter und zeigst ihr die kalte Schulter."

Wortlos ergriff Nina schließlich ihr Essen und trug es ins Esszimmer. Aus dem Augenwinkel warf sie im Gehen einen Blick ins Wohnzimmer und sah ihre Mutter rauchend vor dem Fernseher sitzen. Das war das Einzige, was sie den ganzen Tag machte. Rauchen und ins Leere starren. Ach ja, und ihren Kummer mit Tabletten betäuben. Nina setzte sich an den Tisch und begann zu essen. „Ich brauch gleich mal für eine Weile das Badezimmer", rief sie zur Warnung aus dem Esszimmer an ihre Mutter und Oma gewandt.

„Was? Wie, du brauchst das Bad?"

„Ich sag es ja nur, weil dauernd irgendeiner ins Badezimmer muss, sobald ich unter der Dusche stehe."

„Ich denk, du warst heute Morgen erst duschen?" Doris kam mit einem Putzlappen in der Hand ins Esszimmer.

„Ja, und jetzt bin ich verschwitzt von der Arbeit. Und ich geh heute Abend weg."

„Weißt du eigentlich, was das immer an Wasser und Strom kostet? Wir haben es auch nicht so dicke, dass wir das alles finanzieren können!"

„Darum gebe ich euch ja jeden Monat Kostgeld ab", erwiderte Nina.

„Jeden Monat! 50 € hast du am Ersten abgegeben. Was meinst du, was das alles kostet?"

Nina biss wütend die Zähne zusammen. „Ich arbeite ja auch erst seit ein paar Wochen. Letzten Monat hatte ich kaum was verdient. Ich hab euch gesagt, ich gebe euch 200 € nächsten Monat."

„Du brauchst gar nicht so schnippisch zu sein. Diese ganze Situation ist für Opa und mich auch nicht einfach. Was meinst du, was es für eine Umstellung für uns ist, jetzt zwei Personen mehr hier im Haushalt zu haben. Wir sind unsere Ruhe gewohnt."

„Ja, Oma", antwortete Nina ergeben.

„Und dann geht ihr jungen Leute abends weg und kommt mitten in der Nacht wieder. Du weißt, was für einen leichten Schlaf dein Opa hat."

„Ich wohn seit acht Wochen hier und heute ist das erste Mal, dass ich abends rausgehen will!"

„Ja. Eben. Jetzt fängt es an."

Nina hatte keinen Hunger mehr. Sie stand abrupt auf, marschierte in die Küche und stellte ihren Teller in die Spüle.

„Und Nina-."

„Ich geh spazieren!" Nina schnappte sich ihre Jacke und ging. Wenn sie noch eine Minute länger gezwungen war, sich die Nörgeleien anzuhören, dann würde sie garantiert etwas sagen, was sie später bereute.

Sie stapfte wütend den Gehweg entlang und steckte sich aufgebracht eine Zigarette an. Manchmal fragte sie sich, warum sie mit hierher gekommen war. Vor einem Viertel Jahr war ihr Vater nach Hause gekommen und hatte bekanntgegeben, dass er künftig bei Judith, seiner fünfzehn Jahre jüngeren Arbeitskollegin, zu wohnen gedachte, da diese ein Kind von ihm erwartete. Dies überraschte Nina keineswegs, denn mit der Treue hatte ihr Vater es von jeher nicht so gehabt. Auch für ihre Mutter hätte es keine große Überraschung sein dürfen, doch wenn man sich etliche Jahre selbst etwas vorgemacht hatte und man dann plötzlich das Offensichtliche nicht mehr leugnen konnte, dann konnte einen das vollends aus der Bahn werfen. Nicht, dass ihre Mutter jemals sonderlich sicher in der Spur gewesen wäre. Elke Hartmann hatte also ihre Koffer gepackt, einen Transporter gemietet und Nina eröffnet, sie würde zurück nach Hause ziehen. Wenn sie wolle, könne sie ja mitkommen.

Tja, was sollte Nina machen? Sie hatte dieses Jahr im Frühjahr endlich ihr Abi geschafft. Da sie spät eingeschult worden war, in der Siebten eine Ehrenrunde wegen Latein gedreht hatte und das Abi beim ersten Anlauf verhauen hatte, stand sie nun mit zwanzig mit Abitur, aber ohne Geld und Wohnung da. Ihre Eltern waren letztes Jahr nicht begeistert gewesen, als Nina sich entschlossen hatte, das Abi noch einmal zu versuchen. Laut ihrer Mutter hätte sie die ganze Sache vergessen sollen, um endlich eine Ausbildung zu beginnen. Ihre Eltern hatten Nina damals gleich eröffnet, dass sie nicht bereit waren, sie finanziell zu unterstützen, falls sie das Abi wirklich beim zweiten Anlauf schaffen würde und dann studieren wolle. Erstens hatten ihre Eltern nie viel Geld verdient und zweitens sahen sie nicht ein, etwas zu unterstützen, dass sie als zum Scheitern verurteilt ansahen.

Dazu kam jetzt noch, dass ihr Vater nun jeden Cent benötigte, da er seine neue Familie unterstützen musste.

Geld hatte Nina auch gar nicht erwartet, sie war schließlich erwachsen. Aber ein bisschen mehr Zuversicht in ihre Fähigkeiten und Vertrauen in sie und ihre Pläne hätten gut getan. Als sie nun also vor der Entscheidung gestanden hatte, Schulden zu machen und auf eigene Faust weit entfernt ein Studium zu beginnen, welches sie wahrscheinlich sowieso nicht packen würde, oder aber mit ihrer Mutter zu gehen, zurück zu ihren Verwandten, und eine Ausbildung zu beginnen, hatte sie sich für letzteres entschieden.

Außerdem hatte Nina die Hoffnung gehegt, der psychische Zustand ihrer Mutter würde sich bessern, wäre sie erst einmal im Schoße ihrer Familie und hätte ihren treulosen Ehemann aus den Augen. Wie es aussah, hatte Nina sich in allen Bereichen getäuscht. Ihre Mutter hatte zu ihrer Depression nun noch eine Tablettensucht entwickelt und eine Ausbildungsstelle war nicht so leicht zu finden, wie Nina es erwartet hatte. Darum arbeitete sie nun als ungelernte Kraft im Einzelhandel.

Sie hatte keine Freunde, ihre Cousine war ihr fremd geworden, sie besaß noch immer keinen Führerschein und ihr Zimmer war so groß wie ein Gästeklo. Das alles wäre nicht so schlimm, würde Nina nur ein bisschen Rückhalt in der Familie spüren. Doch sie wusste, dass sie von allen nur als zusätzliche Last empfunden wurde.

Als Nina mit ihrer Mutter vor zwei Monaten hier angekommen war, hatte sie die Hoffnung gehegt, auch sie würde dies als eine Chance für ein neues Leben ansehen. Und Nina hatte gehofft, die Last der Verantwortung für ihre Mutter nun nicht mehr alleine tragen zu müssen. Doch wie in all den Jahren zuvor, wenn Nina sich hilfesuchend an ihre Großeltern gewandt hatte, weil ihr Vater nie zu Hause war und ihre Mutter wochenlang im Bett lag und sich gehen ließ, so hielten ihre Großeltern auch jetzt noch an ihrer Taktik fest, alles unangenehme zu verdrängen oder schön zu reden. Als ihre Mutter vor zwei Wochen vollgepumpt mit Tabletten durch die Wohnung gestolpert war, hatten ihre Großeltern ihren Vater verflucht, ihre Mutter tröstend in den Arm genommen und ihren Zustand mit einem „schlechten Tag" entschuldigt. Manchmal fragte Nina sich, ob ihr auch jeder in den Hintern kriechen würde, sollte sie sich mitten am Tag bekifft zu ihren Großeltern ins Wohnzimmer setzen. Irgendwie bezweifelte sie das.

Niedergeschlagen und wütend trat sie ihre Zigarette aus und marschierte durch die Felder, die sie mittlerweile erreicht hatte. Sie ärgerte sich über sich selber, als sie merkte, wie langsam ihre Sicht verschwamm. Wütend blinzelte sie die Tränen weg. Sich selbst zu bemitleiden brachte gar nichts.

Maria Maurer drückte ihre Enkeltochter fest an sich. „Ja, Jessica. Was bin ich froh, dass du wieder da bist." Die alte Frau löste die Umarmung, fasste Jessica an den Schultern und hielt sie auf Abstand. „Lass dich ansehen. Gut siehst du aus." Glücklich lächelte sie von Jessica zu deren Bruder. „Kommt, setzt euch. Ich mach euch was zu essen."

Alex lachte und setzte sich an den alten, kleinen Küchentisch mit der Lacktischdecke. „Oma, wir sind grade die Türe rein. Wir sind nicht gekommen, um zu essen."

„Nein, ich weiß. Ihr seid gekommen, um mich zu besuchen." Maria schlurfte auf ihren Enkel zu und legte ihm eine faltige Hand auf die Wange, ehe sie an den Herd trat. „Der Kaffee ist gleich fertig."

Alex beobachtete schweigend, wie seine Großmutter trotz seiner Proteste ihren Vorratsschrank plünderte und den Tisch deckte. Er lächelte, als er den altmodischen

Wasserkessel sah, der auf dem Herd stand. Maria Maurer vertrat den Standpunkt, Kaffee und Tee schmeckten nur, wenn sie in Ruhe von Hand aufgeschüttet wurden. Kaffeemaschine und Teebeutel hatten nichts in ihrem kleinen Haus zu suchen.

„Wie war denn dein Aufenthalt im Ausland?"

„Es war toll, Oma. Aber jetzt bin ich froh, dass ich wieder hier bin.", erwiderte Jessica.

„Und wie läuft es in der Firma?", fragte sie schließlich Alex, als sie die Kaffeekanne auf den Tisch stellte und sich zu ihren Enkeln an den Tisch setzte.

Alex zuckte die Achseln. „Ganz gut." Er schob sich seine Brille zurecht und räusperte sich. „Du kennst ja Vater."

„Alex, du nimmst auch immer alles viel zu ernst", bemerkte Jessica. „Man könnte meinen, du bist fünfzig, und nicht dreiundzwanzig. Hab doch mal was Spaß, mein Gott und lass Papa reden."

„Spaß!"

„Oma, sag ihm, er soll sich endlich mal gegen Papa behaupten."

Maria sagte nichts, sondern starrte Alex nur an.

„Was? Gibst du ihr etwa Recht? Ist es falsch, dass ich meine Pflichten ernst nehme?"

„Das meint deine Schwester nicht und das weißt du auch. Du lebst nur für die Ansprüche, die dein Vater an dich stellt und hast keinen Sinn für irgendetwas anderes. Das Leben besteht nicht nur aus Verpflichtungen. Denk doch mal an dich, Alex." Maria seufzte. „Selbst deine Mutter, die hatte ihren eigenen Kopf."

„Sollte man nicht meinen, wenn man sie heute sieht." Seine Mutter war eine schwache Frau, die in ihrer eigenen Welt lebte.

Maria rieb sich die Augen und seufzte noch einmal. „Komm, mach dir ein Brot, Alexander."

Frustriert fuhr sich dieser durch die zu langen, blonden Haare. „Ich will kein Brot. Warum versuchst du jedes Mal, wenn ich herkomme, mir einzureden, ich soll mein Leben ändern? Immerzu sagst du mir, ich soll-."

„Lass es gut sein, Alexander!" Maria stand auf, trat an die Spüle und kehrte ihm den Rücken zu. „Ich bin alt. Ich will meinen Frieden."

„Jetzt hast du Oma aufgeregt mit deiner blöden Art", rief Jessica.

Alex seufzte.

„Jemand kommt!"

Alex zog eine Grimasse. „Wieder eine deiner Vorsehungen?"

„Unsinn!", sagt Maria ungehalten. „Da vorne läuft jemand vorbei." Sie sah aus dem Küchenfenster.

Alex erhob sich und trat zu ihr. „Na und? Ein Spaziergänger. Komm, setz dich wieder hin, Oma. Es tut mir leid, dass ich laut geworden bin."

„Zuerst gehst du raus zu dem Mädchen und sagst ihr, sie soll die brennende Zigarette ausmachen."

Alex beugte sich etwas vor und sah die Person, die gerade am Zaun vorbei lief, genauer an. Sie zog gerade hingebungsvoll an einer Zigarette. „Also schön."

„He! Hallo!"

Nina hielt verwundert inne und drehte sich zu der schlaksigen Gestalt um, die gerade aus dem kleinen Häuschen getreten war, das sie eben passiert hatte. Nina hatte sich gerade gefragt, wer wohl hier so einsam am Waldrand wohnte. Das kleine Häuschen sah romantisch aus, mit dem kleinen Garten und dem winzigen Törchen. Das dicke Auto, das davor stand, passte nicht in diese Idylle. Dieser Mann in Anzug und Krawatte auch nicht. Verwundert fragte sie sich, was er von ihr wollte. Sie wartete, bis er näher getreten war, ehe sie fragte: „Ja?"

Der Mann gab keine Antwort, sondern beeilte sich, sie zu erreichen. Als er schließlich vor ihr stehenblieb, stellte Nina verwundert fest, dass er jünger war, als sie angenommen hatte. Er sah sie einen Moment von oben bis unten an, ehe sein Blick wieder auf ihrem Gesicht zu ruhen kam. Ihr fiel ihr Heulkrampf von vorhin wieder ein und wie sie nun deshalb aussehen musste. Nina merkte, wie ihr die Röte ins Gesicht stieg.

„Ich muss Sie bitten, die Zigarette auszumachen", sagte er steif, als er vor ihr zum Stehen kam.

Nina blickte auf ihre Zigarette und errötete noch mehr. „Oh!"

„Im Wald zu rauchen ist gefährlich! Meine Großmutter hat Angst, der Wald und ihr Häuschen gehen in Flammen auf. Also bitte!"

„Ja, natürlich. Das weiß ich. Dass man im Wald nicht rauchen soll, meine ich. Ich weiß auch nicht, was ich mir gedacht habe." Peinlich berührt schmiss sie die Kippe auf den Weg und trat sie aus. „Ich hab wohl gar nicht gedacht, tut mir leid. Eigentlich rauche ich gar nicht so viel. Nur ab und zu, wenn ich aufgeregt bin. Und dann ausgerechnet im Wald. Aber es ist ja nicht so, dass es Hochsommer wäre. Es ist Herbst und die Blätter sind bestimmt feucht und es ist mir gar nicht in den Sinn gekommen-." Nina merkte, dass sie sinnloses Zeug von sich gab und verstummte abrupt. Noch einmal trat sie auf die Zigarette, bis diese völlig zermalmt war. Ihr Gegenüber folgte der hektischen Bewegung ihres Schuhs, hob die Brauen und sah ihr schließlich wieder ins Gesicht.

„Ja, das wäre dann ja erledigt." Er räusperte sich und schob sich mit dem Zeigefinger die Brille ein Stück höher.

„Ja, ich geh dann mal weiter. Und Entschuldigung noch mal. Ich wollte Ihre Oma nicht erschrecken." Gescholten und sich ihres vom Heulen aufgequollenen, roten Gesichts bewusst, machte Nina, dass sie wegkam.

„Äh, Moment."

Verwundert drehte sie sich wieder um. Ihr Gegenüber schob sich nochmals seine Brille zurecht, ehe er hinter sie deutete. „Wenn Sie in die Richtung laufen, kommen Sie auf Privatbesitz."

„Ach." Suchend sah Nina sich um. „Ich seh aber kein Schild und keinen Zaun."

„Der Zaun kommt, wenn man da hinten um die Ecke biegt. Dann können Sie nicht weiter. Sie müssen in die Richtung zurück, aus der Sie gekommen sind.

„Oh." Fiel ihr nichts Besseres ein? Das war jetzt schon die zweite gestammelte einsilbige Antwort. Verheult, im Wald rauchend und schwer von Begriff. Der musste sie für total unterbelichtet halten.

„Ja. Sie haben wohl das Schild hinten übersehen, wo der Weg abzweigt. Da steht auch schon Privatbesitz drauf."

War das ein Vorwurf? Seufzend stapfte sie zurück und auf ihn zu. Sie hob in einer hilflosen Geste die Hand. „Ich war so in Gedanken, ich hab's wohl nicht gesehen."

„Kein Problem." Wieder schob er die Brille hoch und steckte dann die Hände in seine Hosentaschen.

„Ja, dann danke für den Hinweis."

Als er sie danach nur weiter ansah, räusperte sie sich verlegen. Sie war wohl entlassen. „Tja, ich bin dann mal weg."

„Ja. Auf Wiedersehn."

Nina sah dem Mann verwundert hinterher. Sie würde ihn auf ihr Alter schätzen, wenn sie nach dem Aussehen ging. Allerdings hatte sie noch niemanden getroffen, der sich so steif verhielt und unter sechzig war. Sie beobachtete, wie er sich zu dem winzigen Törchen hinunterbeugte, es öffnete, hindurchtrat und es danach gewissenhaft wieder schloss. Er musste sich soweit hinunterbeugen, es sah schon lächerlich aus. Nina zog ihre Brauen hoch, ehe sie sich wieder auf den Weg nach Hause machte.

Kapitel 2

Am Abend lief Nina neben einer schlechtgelaunten Julia her. „Jetzt komm, Julia! Das sind doch deine Freunde, nicht meine. Eigentlich müsstest du diejenige sein, die mich hinter sich her schleift und nicht umgekehrt." Nina warf ihrer Gefährtin einen angewiderten Blick zu.

„Ich komm doch mit, oder?", erwiderte Julia mürrisch und streifte sich ihre langen, schwarzen Haare hinter die Ohren."

„Ja, aber mit was für einem Gesicht. Ich meine, ich hab ja Verständnis dafür, dass du deprimiert bist, weil dein Freund dich sitzengelassen hat, aber man kann es auch alles ein bisschen übertreiben. Mein Freund , mit dem ich wohlgemerkt über ein Jahr zusammen war und nicht nur zwei Monate wie du mit diesem Dirk, hat mich letztes Jahr sitzenlassen, um mit meiner ehemals besten Freundin zusammen zu sein. Ich kann mich nicht erinnern, noch sechs Monate später wie eine Jammergestalt durch die Gegend gelaufen zu sein und jedem mein Elend unter die Nase gehalten zu haben."

„Ja, du bist eine Heldin", murmelte Julia sarkastisch.

„Das hab ich nicht gesagt! Und auch nicht gemeint", erwiderte Nina gereizt. „Ich versteh nur nicht, warum du dich so verändert hast. Was ist denn an einem Abend mit Freunden so schlimm?"

„Das sind nicht meine Freunde. Zumindest keine engen."

„Noch so eine Sache. Wieso hast du keine engen Freunde? Früher hattest du genug!"

„Warum hast du denn keine?"

„Meine Freundin hat es hinter meinem Rücken mit

meinem Freund getrieben. Abgesehen davon, dass sie und meine anderen Bekannten dreihundert Kilometer entfernt wohnen." Nina schnaufte frustriert. „Komm, jetzt lach mal und lass uns einen schönen Abend machen, ja? Wir brauchen ja nicht so lange zu bleiben."

„Ja, ja", murrte Julia und setzte ein übertriebenes Lächeln auf, als sie die Tür des Lokals aufzog, in dem sie mit den anderen verabredet waren. Sie zwängten sich durch das Kristall und Julia hielt Ausschau nach einem bekannten Gesicht.

„Ist das voll hier!"

„Da sind sie. An dem Stehtisch da hinten." Julia deutete auf eine entlegene Ecke am anderen Ende des großen Raumes.

Nina kniff die Augen zusammen. Wie konnte Julia etwas erkennen? Die Beleuchtung hier war spärlich und die Wände waren dunkel gestrichen und wurden nur durch Fotos von irgendwelchen Musikern aufgehellt. Auf den Tischen der Sitzgruppen, die an den Wänden entlangliefen, brannten Kerzen und ebenso auf den vereinzelten Stehtischen, die inmitten der vielen Menschen verteilt waren. Nina sah ihre Haare schon in Flammen aufgehen. Sie kämpfte sich hinter ihrer Cousine bis zur entfernten Ecke der Kneipe vor und zwängte sich dort an den Tisch, wo schon drei Personen warteten.

„Hallo", grüßte Julia. „Das ist meine Cousine Nina. Nina, das sind Mica, Jan und Lisa."

Nina hob die Hand und die anderen erwiderten den Gruß.

„Na, Mica", sagte Jan und schlug seinem Freund auf die Schulter. „Da ist Julia ja wirklich gekommen. Da ist dein Abend ja gerettet." Er lachte. „Seit ich ihm erzählt hab, dass ihr auch kommt, guckt Mica schon alle zwei

Minuten auf die Uhr."

Mica warf ihm einen bösen Blick zu.

„Ich frag mich, warum Jessica es für nötig gehalten hat, ausgerechnet dich anzurufen, um uns das mitzuteilen", fragte Lisa giftig.

Nina sah, wie Julia genervt pustete. Klasse! Hier am Tisch herrschte genauso eine gute Stimmung wie bei ihr zu Hause.

„Ach du Scheiße!", rief Jan plötzlich und riss die Arme hoch. Erschrocken zuckte Nina zusammen und starrte ihn an. „Jetzt guckt euch an, wen Jessica da im Schlepptau hat. Was hat der denn hier zu suchen?"

Alle folgten seinem Blick und es war nicht schwer zu erraten, wem sein Hohn galt. Die fragliche Person stach selbst aus dem Gedränge heraus. Zwischen all den zumeist in Jeans und T-Shirt gekleideten Gestalten näherte sich Ninas Bekannter aus dem Wald. Er trug Anzug und Krawatte und trat steif durch die Menge, als befände er sich im Büro.

„Der muss sich doch verlaufen haben. Oh, Gott. Jetzt haben sie uns entdeckt. Bitte sag mir einer, dass der nicht vorhat, uns Gesellschaft zu leisten", flehte Jan, ohne den Blick von dem Paar abzuwenden.

„Jetzt halt bloß dein Maul, klar?", sagte Mica. „Jessica freut sich, uns zu sehen. Da musst du unser Wiedersehen nicht damit beginnen, dass du ihren Bruder beleidigst."

Ehe Jan etwas erwidern konnte, hatte Jessica den Tisch erreicht und fiel in überschwänglicher Begrüßung ihren Freunden um den Hals.

„N`Abend zusammen", grüßte der Bruder, als er ebenfalls die Gruppe erreicht hatte.

„Passt auf, jetzt gleich gibt er jedem die Hand", murmelte Jan nach dieser Begrüßung.

Der Neuankömmling warf ihm einen unsicheren Blick zu, ehe er die Personen am Tisch in Augenschein nahm. Als er Nina erblickte, stockte er kurz, ehe er auf der Tischplatte vor sich etwas Faszinierendes entdeckt zu haben schien.

„Das ist übrigens Jessicas Bruder Alex, auch wenn er sich benimmt wie ihr Vater", sagte Jan erklärend zu Nina.

Nina ignorierte die Spitze. „Ja, wir kennen uns", erwiderte sie. „Wir haben uns im Wald getroffen." Sie wandte sich Alex zu.

„Ja, genau", murmelte er.

„Das möchte ich gesehen haben. Was hast du denn in der freien Natur zu suchen gehabt? Ich dachte, du lebst in deiner eigenen Welt?", spottete Jan. „Der gute Alex verlässt seinen geliebten PC nämlich ausschließlich zum Pinkeln und Essen", fuhr er an Nina gewandt fort. „Darum hat er auch noch nicht mitbekommen, dass man seit ungefähr dreißig Jahren keinen Anzug mehr anzieht, wenn man in die Kneipe geht. Zur Info, Alex, der letzte, der mit Anzug und Krawatte in eine Pinte marschiert ist, das war mein Uropa ungefähr 1980, wenn er sonntags nach der Kirche zum Frühschoppen ging. Das weiß ich, weil ich ein Foto habe, da steht er mit seinen Freunden vor der Kneipe."

Nina wartete wütend darauf, dass Alex ihm eine passende Antwort gab, doch dieser schluckte nur und entschloss sich augenscheinlich, Jan zu ignorieren. Nina zog angewidert die Brauen hoch. Das schien Alex zu bemerken, denn er errötete. Er errötete! Welcher Mann errötete? Mein Gott, was für eine Jammergestalt. Aber vielleicht stand er auch nur kurz vor einem Kreislaufkollaps. Hier in der Wirtschaft waren es gefühlte 35 Grad und er stand da in Anzug und fest gebundener Krawatte. Er starrte nun nicht mehr auf die Tischplatte, sondern studierte das Teelicht, das auf dem Tisch stand. Seine manikürten Hände ruhten gefaltet, jawohl, gefaltet, auf dem Tisch und wenn Nina es nicht besser gewusst hätte, würde sie annehmen, er hielte grade innere Einkehr. Am Tisch herrschte Schweigen und alle Blicke ruhten auf ihm. Zum ersten Mal konnte Nina mit dem Begriff Fremdschämen etwas anfangen. Wahrscheinlich hatte er grade eben wirklich gebetet, denn der liebe Gott hatte Erbarmen und erlöste ihn aus seinem Elend. Die Rettung nahte in Gestalt der Bedienung, die in kurzem Rock und knappem Top an ihren Tisch trat. Erleichtert amtete Nina auf, als alle ihre Bestellung aufgegeben hatten und der peinliche Moment vorüber war.

„Ich bin mal auf dem Klo", murmelte Julia und verschwand.

„Meine Güte, was ist denn mit Julia los?", fragte Jessica verwundert.

„Ja, die wird immer komischer", bestätigte Lisa, ehe sie ein Stück zur Seite trat, damit der Kellner ihr die Frikadelle servieren konnte, die sie sich bestellt hatte. „Danke", murmelte sie, ehe sie hungrig in den Fleischklops hinein biss. „Mit der ist es bald nicht mehr auszuhalten", fuhr sie an Jessica gewandt fort.

„Kannst du vielleicht mal aufhören, mit vollem Mund zu reden?" Angewidert starrte Jan quer über den Tisch zu Lisa hinüber. „Das ist ja ekelhaft. Außerdem hab ich gedacht, Julia sei deine Freundin."

„Was willst du denn jetzt von mir? Ich darf als Freundin ja wohl sagen, dass Julias schlechte Laune nervt."

„Wer zieht sich denn hier die schwarzen Klamotten an und kommt wegen dem ganzen Metall durch keine

Flughafenkontrolle mehr?", fragte Jan zurück und deutete auf die diversen Piercings, die Lisas Ohren, Augenbraue und Lippe schmückten. „Und wer ist so krank, und kauft sich in 'nem Sauflokal was zu essen?", endete er.

Lisa trank einen Schluck Wasser, um die gewaltige Portion Fleisch hinunterzuspülen. „Ich lauf aber nicht den ganzen Tag wie ein Häufchen Elend durch die Gegend. Jetzt mal im Ernst, langsam mach ich mir ernsthafte Sorgen." Lisa biss demonstrativ ein weiteres Stück von ihrer Frikadelle ab, ehe sie fortfuhr. „Die Sache zwischen ihr und Dirk muss ernster gewesen sein, als es aussah."

„Das war ja wirklich ein Ding", sagte Jan erklärend an Jessica gewandt. „Freitags kommt Dirk noch zur Schule, alles ist in bester Ordnung und am Montag hat der sich abgesetzt." Immer noch verwundert, schüttelte er den Kopf.

„So plötzlich war das ja auch nicht", berichtigte Mica seinen Freund. „Julia hat doch erzählt, dass die beiden zusammen abhauen wollten, um in Schweden", er unterbrach sich und tippte sich mit dem Finger an seine Schläfe, „ein neues Leben zu beginnen. Du kannst mir sagen, was du willst, der Typ hatte doch einen Knall. Sie soll froh sein, dass sie den los ist."

„Ja, die soll mal lieber dich nehmen, was? So wie du dauernd hinter der her rennst." Jan sah ihn nachdenklich an.

„Denk doch, was du willst." Damit stand Mica auf und verschwand ebenfalls Richtung Toiletten.

„Das war ja wohl nicht nötig, oder?", keifte Lisa.

„Warum? Es war doch die Wahrheit. Seit Dirk verschwunden ist, reißt der sich doch den Arsch auf, um die arme Julia zu trösten. Dem hängt ja förmlich die

Zunge raus, wenn er sie beobachtet. Und das ist praktisch nonstop. Wetten, jetzt rennt er gerade auf dem Scheißhaus rum, in der Hoffnung, dass er sie irgendwo sieht?"

„Du bist so ein Blödmann." Lisa sah zu Nina hinüber. „Mica ist einfach nur nett."

„Klar. Der Mica rennt der aus reiner Besorgnis hinterher."

„Das hab ich nicht gesagt. Aber du brauchst es nicht ins Lächerliche ziehen, dass er besorgt ist, nur weil er hinter ihr her ist."

„Ja, krieg dich wieder ein. Steck dir lieber noch was in den Mund. Aber das hält dich ja auch nicht vom Sprechen ab."

In diesem Moment gesellte sich Julia mit Trauermiene wieder an den Tisch, in der Hand ein Glas Wodka-Cola, von dem sie erst einmal einen großen Schluck nahm.

„Da hatte aber einer großen Durst, was? Konntest nicht warten, bis der Kellner die Getränke bringt?"

Julia ignorierte Jan und trank stattdessen noch einen großen Schluck.

Nina sah gebannt die Leute an, in dessen Mitte sie stand. Sie hatte noch nie so schlechte Stimmung unter Freunden erlebt. Wahrscheinlich waren selbst Jan endlich die Kommentare ausgegangen, denn der Tisch versank in Schweigen. In der darauffolgenden Stille ertönte Alex` Stimme neben ihr wie ein Donnerschlag.

„Du bist also Nina."

„Ja. Nina Hartmann."

„Alex Moore." Er hielt ihr die Hand hin, welche Nina schüttelte.

„Und, gefällt es dir hier?", fragte er dann. Immerhin siezte er sie nicht mehr.

„Was? Oh, ja." Sie nickte zur Bekräftigung und zermarterte sich das Hirn, was sie den armen Kerl im Gegenzug fragen könnte. Er bereute gerade totsicher, sich heute von seinem PC gelöst zu haben. Wenn er immer so verklemmt daher kam, konnte sie es ihm nicht verübeln. „Und was machst du so?"

Er rückte sich die Brille zurecht und räusperte sich. „Ich arbeite in einem IT-Unternehmen."

„Mit Software und so? Wow. Mit Computern kenn ich mich gar nicht aus."

„Äh. Ja. Softwareentwicklung und so weiter."

Damit verstummte die Unterhaltung. Er trat zur Seite, als die Kellnerin die Getränke brachte und sobald sie verschwunden war, langte er nach seinem Bier und trank es auf ex aus. Nina fragte sich, was er überhaupt hier machte, wenn es so offensichtlich war, dass er im Moment überall lieber wäre als hier.

Alex lockerte seine Krawatte und atmete tief ein. Was machte er eigentlich hier? Wie er es bereute, dass er sich von seiner Schwester hatte überreden lassen, heute mit hierher zu kommen. Er hatte von vornherein gewusst, dass es keine gute Idee war, aber als Jessica vorhin erzählt hatte, was für ein Zufall es war, dass die Person vor Omas Haus dieselbe war wie die, die sie heute eingeladen hatte, ins Kristall zu kommen, war Alex über seinen Schatten gesprungen. Jetzt saß er hier, völlig aus seinem Element und zappelte wie ein Fisch auf dem Trockenen. Er seufzte, sah sich suchend nach der Kellnerin um und winkte sie schließlich zu sich. Er bestellte eine Runde auch wenn alle anderen, außer Julia, ihre Getränke kaum angerührt hatten und fragte sich, wie er den Abend überstehen sollte. Wenigstens starrten sie ihn nicht mehr an, sondern unterhielten sich wieder untereinander. Die Getränke kamen, notgedrungen ruhte kurze Zeit wieder aller Aufmerksamkeit auf ihm während sie anstießen, doch als Alex sein zweites Glas auf ex geleert hatte, waren sie schon wieder in ihre Gespräche versunken. Lisa stritt sich mit Jan, Mica war immer noch auf dem Klo und Nina unterhielt sich mit Jessica. Julia brütete vor sich hin und trank. Während Alex da so alleine am Tisch stand wie ein Vollidiot, fragte er sich, was er sich dabei gedacht hatte, heute Abend hierher zu kommen. Warum nur fühlte er sich so unwohl in seiner Haut, wann immer er mit anderen Menschen in Kontakt kam? Er war dreiundzwanzig, verdammt nochmal. Älter als alle anderen hier am Tisch. Er hatte einen verantwortungsvollen Job, den er perfekt beherrschte und tadellos erledigte, denn sein Vater verlangte absolute Perfektion und Disziplin in seiner Firma und vor allem von seinem Sohn. Er war einer der besten Studenten seines Jahrgangs gewesen, er verdiente gutes Geld, hatte eine eigene Wohnung und ein neues Auto, von dem alle hier am Tisch, ach was, in der gesamten scheiß Kaschemme hier, nur träumen konnten. Warum also fühlte er sich gerade wie der größte Verlierer in der ganzen Stadt? Alex lockerte seine Krawatte noch ein bisschen mehr. Nun, es konnte daran liegen, dass er hier stand wie bestellt und nicht abgeholt, die Frau neben ihm, wegen der er diese ganze Tortur auf sich genommen hatte, ihn eben die ganze Zeit mit einer Mischung aus Mitleid und Verachtung angesehen hatte und er gerade auf nüchternen Magen zwei Bier weggeext hatte, die ihm gerade wieder hochkamen. Er schloss die Augen. Wenn ihm jetzt hier auch noch von zwei Bier schlecht wurde, während die Frauen hier am Tisch den Wodka tranken wie Wasser, dann hätte sich auch noch der letzte Rest Selbstbewusstsein, den er für den heutigen Abend zusammengekratzt hatte, in Luft aufgelöst. Warum hatte er auch nichts gegessen? Ach ja, er wusste, warum. Weil er die letzten zwei Stunden vor seinem Erscheinen hier mit nervösem Darm auf dem Klo verbracht hatte. Gott, er widerte sich selber an. Noch einmal schluckte er und versuchte, die Übelkeit mit bloßer Willenskraft niederzuzwingen. Er atmete noch einmal ein und öffnete schließlich wieder die Augen. Nina blickte ihn aus aufgerissenen Augen besorgt an. „Ist mir dir alles in Ordnung?"

„Ja, ich..." Er unterbrach sich, als ihn eine Welle der Übelkeit überrollte. Er schluckte krampfhaft und wünschte, er würde tot umfallen. Jeden Augenblick würde er sich übergeben.

„Ist dir nicht gut?"

„Ich muss gehen", brachte er heraus, ehe er Richtung Ausgang   flüchtete. Draußen lehnte er sich an die Hauswand und wischte sich den kalten Schweiß von der Stirne. Hier an der frischen Luft ging es ihm schon etwas besser. Gott, war das ein Reinfall gewesen. Er würde jetzt nach Hause gehen und sich ins Bett legen. Und versuchen, den Abend zu vergessen.

„Geht's dir besser?"

Langsam drehte Alex den Kopf zur Seite. Da stand sie, ihre langen, braunen Haare fielen ihr über den Rücken, die langen Beine steckten in engen Jeans, das langärmelige Shirt klebte an ihr wie eine zweite Haut und aus braunen Augen blickte sie zu ihm auf. Alex schob mit einem klammen Finger seine Brille zurück, spürte förmlich, wie der Schweiß aus seinen Poren spross und war sich seines unmodischen Haarschnittes, seines uncoolen Auftretens und seiner alles anderen als sexy Kleidung bewusster als je zuvor in seinem Leben.

Er seufzte. „Ja, danke. Sollte ich in vier oder fünf Jahren noch einmal das Pech haben, ein Lokal aufzusuchen, dann muss ich daran denken, auf keinen Fall kaltes Bier auf einen nüchternen Magen hinunterzustürzen." Er lächelte gequält.

„Oh je." Nina lachte.

Er lachte mit, da er es vorzog zu glauben, sie lache über seinen Kommentar und nicht über ihn.

„Du solltest was essen, dann geht es dir gleich besser."

Bei dem Gedanken an Essen verzog er das Gesicht, auch wenn er wusste, dass sie Recht hatte. „Ja, ich glaub, du hast Recht." Er sah sich unentschlossen um.

„Da vorne ist eine Pizzeria." Nina zeigte die Straße hoch. „Ich könnte auch was vertragen, jetzt wo ich drüber nachdenke."

Nina wartete, während er sie einen Moment nur ansah. Dann stieß er sich von der Wand ab, an der er mit dem Rücken gelehnt hatte und trat auf sie zu. „Bist du sicher, dass du nicht lieber wieder reingehen willst?"

„Ja. Die anderen unterhalten sich untereinander. Wenn sie nicht grade streiten. Und ich hab jetzt wirklich Hunger auf eine Pizza." Außerdem tat der arme Kerl ihr Leid. Am liebsten hätte sie ihm den Kopf getätschelt.

Sie bestellten die Pizza zum Mitnehmen und setzten sich auf eine Bank in der Nähe. Nina seufzte, als sie von der dampfenden Pepperonipizza abbiss.

„Danke für die Pizza."

Er zuckte die Schultern und kaute. „Das war das Mindeste, nachdem du mir zu Hilfe geeilt bist", sagte er, sobald er geschluckt hatte. Er schüttelte den Kopf. „Mein Gott." Er sah in die andere Richtung. „Ich hab einen super Eindruck gemacht, hm?" Er sah sie immer noch nicht an und biss stattdessen wieder von seiner Pizza ab.

Was sollte sie darauf sagen? „So schlimm war es auch nicht. Du, äh, scheinst dich nur nicht wohl zu fühlen. Ich meine, so unter Leute zu gehen scheint nicht dein Ding zu sein", sagte sie vorsichtig.

Er lachte harsch auf. „Ja, so könnte man es ausdrücken."

„Warum bist du dann überhaupt gekommen? Ich meine, das scheinen ja nicht deine besten Freunde zu sein, da drinnen."

Er wich ihrem Blick aus und sah sich nachdenklich um. „Keine Ahnung. Es war eine blöde Idee", antwortete er schließlich. Immer noch sah er sie nicht an. Er zögerte einen Augenblick, ehe er tief Luft holte und fortfuhr. „Ich geh nicht gerne unter Menschen und ich hätte wissen müssen, wie es endet, darum meide ich solche Situationen auch normalerweise." Er klappte den Deckel des Pizzakartons über seine halbe Pizza und warf den Karton achtlos in die Mülltonne neben der Bank. „Aber als ich heute Mittag nach unserem Treffen wieder das Haus meiner Oma betreten hatte, bemerkte meine Schwester, dass sie dich heute Abend treffen würde. Ich hatte einen weiteren Abend mit einem langweiligen Fernsehprogramm vor mir und dachte plötzlich, es wäre vielleicht nett, sich mal mit dir zu unterhalten."

Nina schluckte entsetzt. Sie wusste nicht, was sie sagen sollte. Ihr Unbehagen musste ihr ins Gesicht geschrieben stehen, denn er zuckte die Achseln und stand auf. „Und jetzt geh ich. Für heute hab ich mich genug lächerlich gemacht."

„He." Nina legte ihre Pizza schnell neben sich auf

die Bank und erhob sich ebenfalls. „Jetzt renn nicht weg sondern setz dich wieder. Ich hab noch nicht aufgegessen", brachte sie raus, obwohl sie wirklich nicht wusste, was sie als nächstes sagen sollte. Aber dass er jetzt wie ein geprügelter Hund davonlief, das konnte sie nicht mit ansehen.

Unschlüssig blieb er stehen. „Ich geh lieber. Wir beide wissen, dass die Situation für uns beide unangenehm ist. Und ich muss noch den Deckel bezahlen. Ich bin rausgestürmt und hab glatt vergessen, dass die Bedienung nicht gleich kassiert hatte." Er steckte seine Hände in die Hosentaschen und sah sie unschlüssig an.

Nina setzte sich und griff wieder nach ihrer Pizza. „Tja, ich hab noch Hunger, und du willst mich hier ja wohl nicht alleine im Dunkeln sitzen lassen, mit all den Besoffenen, die hier rumlaufen."

„Es ist noch keine halb zehn."

„Na und? Trotzdem ist es gefährlich. Und siehst du, dass ich mich so anstelle, wo du mich vorhin so verheult mit roten Augen und roter, laufender Nase zur Rede gestellt hast? Also, bitte. Was Peinlichkeiten betrifft, sind wir quitt." Er zögerte noch einen Moment, ehe er sich wieder neben sie setzte.

„Ich hab dich nicht zur Rede gestellt. Ich hab dich gebeten, die Zigarette auszumachen. Und auch nur, weil meine Oma Angst hatte. Außerdem sahst du nicht verheult aus." Er rieb sich nervös über seine Hose.

Nina suchte nach einem unverfänglichen Thema. „Deine Oma wohnt also ganz allein in dem Hexenhäuschen da?"

Alex lachte. „Ja. Meine Mutter bekniet sie schon seit Jahren, sie soll endlich zu uns ziehen, mit Heizung und Badezimmer und allem modernen Komfort, aber meine

Oma weigert sich. Also gehen wir sie abwechselnd besuchen und sehen nach dem Rechten. Sie hat kein Telefon und ist immerhin schon über achtzig. Gestern, als wir bei ihr angekommen sind, kam sie grade durch den Hintereingang rein. Sie war hinter dem Haus gewesen, etwas Holz für das Herdfeuer hacken." Alex schüttelte ungläubig den Kopf.

Nina lachte. „Ist doch schön, dass sie noch so rüstig ist, in dem Alter."

„Ja, aber ich wäre trotzdem beruhigter, wenn ich sie etwas näher an der Zivilisation wüsste."

„Ja, das versteh ich."

Alex` Handy brummte in seiner Sakkotasche und mit gerunzelter Stirn las er den Text, den er bekommen hatte. Nach ein paar Minuten des Tippens und Lesens sah er zu Nina auf. „Das war Jessica. Wie es aussieht, hat Julia zu viel getrunken und Mica bringt sie nach Hause."

„Oh, je. Ich geh besser mit." Nina schickte sich an, aufzustehen.

„Sie wird doch nach Hause gebracht. Meine Schwester hat nur Bescheid sagen wollen. Und sie hat gefragt, ob die anderen auf dich warten sollen, weil sie noch nach Krefeld wollten.", Er hob fragend die Hand mit dem Handy und wartete.

„Oh." Jessica war zwar nett, aber jetzt noch mit drei beinahe völlig Fremden, von denen zwei sich nur stritten, nach Krefeld in irgendeine Disco oder Gott wusste, was denen vorschwebte, zu fahren, war das Letzte, wonach Nina der Sinn stand. „Nein, schreib, dass sie ruhig ohne mich fahren sollen."

Alex nickte, tippte noch eine Weile und steckte das Handy wieder in seine Tasche. „Wenigstens bezahlt Jessica meinen Deckel. Eine Sorge weniger", sagte er.

„Tut mir leid, dass du wegen mir jetzt keine Zeit mit deinen Freunden verbringen konntest."

Nina winkte ab. „Ach was. Ich bin sowieso nur mitgekommen, weil ich nichts Besseres zu tun hatte. Und wegen Julia. Sie ist meine Cousine und in letzter Zeit nicht gut drauf. Ich hatte gedacht, etwas zu unternehmen täte ihr vielleicht gut." Nina knibbelte an dem Deckel des leeren Pizzakartons. „Anscheinend hab ich mich geirrt. Sie hat ihren Wodka beinahe so schnell runtergekippt wie du dein Bier." Nina warf den Karton in die Mülltonne. „Ich wünschte, ich wüsste, was mit ihr los ist. Vielleicht hätte ich doch mit ihr nach Hause gehen sollen."

„Keine Sorge. Mica kümmert sich schon um sie."

„Ja, er scheint nett zu sein. Wenn dieser Jan recht hat und Mica denkt, er hätte bei Julia eine Chance, dann tut er mir leid."

„Tja, wir kriegen nicht immer, was wir wollen."

„Nun, da ist was Wahres dran." Nina überlegte. „Woher kennt ihr euch alle? Ich meine, du bist älter, gehst arbeiten, die gehen noch zur Schule, eure Interessen scheinen auch nicht dieselben zu sein…"

„Das sind Jessicas Freunde. Sie war zwar ein Jahrgang über den anderen, aber trotzdem hingen sie immer zusammen. Direkt nach dem Abitur ist sie für einige Monate ins Ausland gegangen. Jetzt ist sie seit ein paar Tagen wieder hier und benimmt sich, als wär sie nie weggewesen."

„Ja, das kenn ich. Früher hab ich mit Julia auch ein enges Verhältnis gehabt, obwohl wir so weit entfernt gewohnt haben und uns meistens nur auf Familienfesten und in den Ferien gesehen haben. Aber seit einiger Zeit hat sie sich zurückgezogen." Langsam wurde es Nina kalt auf der Metallbank. „Ich glaub, ich muss mich was bewegen."

„Sicher." Alex erhob sich. „Also, sollen wir noch was trinken gehen?"

„Ich hätte gedacht, du bist froh, wenn du keine Kneipe mehr von innen sehen musst", scherzte Nina.

Alex seufzte. „Ich hab einen schönen Eindruck gemacht, was?" Er schüttelte den Kopf. „Ich möchte nicht wissen, was du jetzt von mir denkst."

„Hey, sich in überfüllte Kneipen zu setzen und sich zu unterhalten, ist nun mal nicht jedermanns Sache. Denke ich."

„Denkst du." Alex schnaufte. „Sag ruhig, was du denkst: Jeder andere in meinem Alter verbringt seine Freizeit mit seinen Freunden, während ich mich einfach nur unwohl in solchen Situationen fühle."

„Und was machst du so, wenn du nicht arbeitest?" Nina zog den Reißverschluss ihrer Jacke zu und warf ihm einen Blick zu.

„Dann geh ich nach Hause und sehe fern."

Nina verdrehte die Augen. „Und in deiner Freizeit? Wenn du weder arbeitest noch vor der Glotze hängst?"

Alex vergrub die Hände in den Taschen. „Keine Ahnung. Ich hab eigentlich immer was zu tun. Besuche meine Familie, schätze ich."

„Aha." Eine Weile liefen sie schweigend nebeneinander her. „Wo gehen wir eigentlich hin?", fragte sie nach einiger Zeit.

„Ich habe keine Ahnung."

Nina lachte. „Tja, also", sie sah auf ihre Uhr. „Ich würd sagen, ich geh jetzt auch nach Hause."

„Oh, ja, natürlich." Alex schob die Brille zurecht und räusperte sich. „Ich bring dich noch."

Nina nickte. „Da vorne lang." Ein Stück gingen sie in verlegenem Schweigen. So eine Situation hatte sie noch nie erlebt. Er sagte, er wäre heute wegen ihr hier erschienen. Einerseits tat es ihr leid, dass er sich so unwohl in seiner Haut fühlte. Andererseits war sie froh darüber, dass ihm nach dem heutigen Desaster wahrscheinlich der Mut fehlte, sich an sie ranzumachen. Es war etwas anderes, jemandem, der sich für den Größten hielt, eine Abfuhr zu erteilen, als einem Mann, der schon am Boden lag, noch einen Tritt zu versetzen. Nina bemerkte die Blicke, die er ihr immer wieder zuwarf und hoffte, er würde nicht doch noch versuchen, bei ihr zu landen. Es war ja nicht so, dass sie ihn nicht nett fand, aber Alex war selbst ihr zu uncool. Und das sollte schon was heißen. Erleichtert erkannte Nina das Haus ihrer Großeltern. „Da vorne wohne ich. Jetzt musst du wegen mir den ganzen Weg zurücklaufen. Ich hoffe, du hast es nicht zu weit?"

„Nein, ich wohne in der Nähe der Kneipe."

„Jetzt im Ernst?" Sie waren vor dem Haus angekommen und Nina blieb in der Einfahrt stehen.

„Ja." Er lächelte verlegen. „Für jeden anderen wäre das der beste Wohnort überhaupt. Man kann von der Kneipe direkt in die Haustür fallen."

„Eine Schande", scherzte Nina. „Das nächste Mal, wenn ich nach dem Feiern nicht weiß, wie ich nach Hause komme, weiß ich ja, an wen ich mich wenden kann."

„Ja, mach das", erwiderte er ernst.

„Äh, ich hab Spaß gemacht, Alex."

„Ich nicht."

Nina schnaufte. „Hör mal, -."

„Nein, du hörst zu", unterbrach er sie und plötzlich klang er gar nicht mehr unsicher oder zögerlich. „Ich weiß, was ich heute für einen Eindruck gemacht hab und ich kann mir vorstellen, dass du froh bist, wenn ich jetzt gleich um die Ecke gebogen bin, aber da der Abend jetzt für mich auch nicht mehr schlimmer werden kann, muss ich das jetzt loswerden." Er holte tief Luft. „Ich bin wirklich nicht immer so eine Katastrophe. Ich meine, ich geh arbeiten und ich hab Kollegen und darunter sind sogar ein paar, mit denen ich mich unterhalte." Er lächelte verlegen. „Ich bin nicht ganz asozial. Ich war heute einfach nur komplett aus meinem Element."

Nina trat von einem Bein aufs andere und sah ihn nachdenklich an.

„Also, ich würd dich gerne einladen, zum Essen oder ins Kino, nur so, ohne Erwartungen." Als er sah, dass Nina zögerte, fuhr er schnell fort. „Du kannst es dir ja überlegen. Ich kann dich ja anrufen, ja?"

„O.k.", stieß sie, aus, erleichtert, sich jetzt noch nicht entscheiden zu müssen.

Alex stieß langsam den Atem aus. „Dann brauch ich deine Telefonnummer."

„Was? Oh, ja, klar." Sie ratterte ihre Nummer runter, während Alex sie mit seinen manikürten Fingern eintippte. Anschließend steckte er sein Handy wieder sorgfältig in seine Sakkotasche, rückte zum x-ten Mal heute Abend seine Brille zurecht und sah dann endlich auf. „Ja, dann….gute Nacht."

„Nacht, Alex." Sie lächelte unverbindlich und flüchtete endlich ins Haus.

Julia saß zusammengekauert auf ihrem Bett und starrte auf ihr Handy. Sie hatte von ihrer Sauferei gestern Abend Kopfschmerzen und das unheilvolle Klingeln verstärkte sie noch. Was, wenn sie einfach nicht ranginge? Einfach nicht mehr reagierte. Vielleicht würde er es dann für heute aufgeben. Julia zuckte zusammen, als das Telefon erneut klingelte. Sie faltete ihre Hände und biss sich auf die Knöchel, biss sie Blut schmeckte. Sie würde einfach nicht reagieren. Mit klopfendem Herzen warf sie einen Blick auf das Display des Telefons, das neben ihr auf der Matratze lag. Aber sie musste das Gespräch annehmen. Sie musste. Er würde nur noch saurer werden, sollte sie ihn noch länger ignorieren. Julia löste ihre krampfhaft ineinander verschlungenen Hände und griff langsam nach dem Telefon. Sie verachtete sich dafür, dass sie so schwach war, aber was hatte sie für eine Wahl? Mit zitternden Fingern nahm sie das Gespräch an und zögernd hob sie das Handy an ihr Ohr. „Ja?" Sie schloss die Augen und lauschte der wohlbekannten Stimme.

„Julia!"

„Ja, ja, ich weiß, was du sagen willst", erwiderte sie verzweifelt. „Es tut mir leid."

„Die Leute beginnen sich zu wundern, Julia!"

„Ich weiß", wiederholte sie aufgelöst. „Ich werde mich mehr anstrengen. Mach dir keine Sorgen", flehte sie. „Es ist nur so schwer, zu lachen, wenn ich mich so schlecht fühle." Nervös kaute sie an der Haut an ihrem Daumennagel, als am anderen Ende nur Stille herrsche. „Ich weiß, was ich zu tun habe", schluchzte sie.

„Enttäusch mich nicht."

Julia wartete noch eine Weile, bis sie sicher war, dass er aufgelegt hatte, ehe sie ihr Telefon langsam zur Seite legte und ihr Gesicht in ihren Händen vergrub. Was hatte sie nur getan? Wie hatte es nur so weit kommen können? Julia sah sich in ihrem freundlichen, hellen Zimmer um. Die letzten Jahre hatte sie ihre Fassade aufrechterhalten können. Keiner hatte erahnen können, wie es wirklich in ihr aussah. Und am Anfang hatte es ihr sogar gefallen! Doch dann hatte sie einen großen Fehler begangen. Und sich einer großen Verfehlung schuldig gemacht. Warum nur war sie so schwach gewesen? Jetzt hatte sie ein Leben auf dem Gewissen. Julia nahm die Hände vom Gesicht, stand vom Bett auf und holte ihr Tagebuch aus seinem Versteck hervor. Es war nicht so, dass sie glaubte, ihre Eltern würden hinter ihr her schnüffeln. Das hatten sie nie getan. Aber was sie in dieses Buch geschrieben hatte, war einfach zu gefährlich, als dass sie riskieren konnte, es in falsche Hände geraten zu lassen. Julia atmete tief durch und strich über den verzierten Einband. Sie musste sich endlich wieder fangen! Dem Einzigen, dem sie alles anvertrauen konnte, war ihr Buch. Sie setzte sich an ihren Schreibtisch, schob ihre Schulbücher zur Seite und begann zu schreiben.

Kapitel 3

Nina saß auf ihrem Bett und sah auf die unbekannte Nummer, ehe sie das Gespräch annahm. „Hallo?"

„Hallo, ich bin es. Alex."

„Oh." Sie hatte schon nicht mehr damit gerechnet, dass er anrief. Nach dem Wochenende hatte sie zugegebenermaßen den ganzen Tag auf einen Anruf gewartet. Am Dienstag hatte sie sich dann selber verachtet, dass sie tatsächlich auf einen Anruf von einem Typen wartete, der sie eigentlich überhaupt nicht interessierte. Nina hatte darüber nachgedacht und hatte schließlich eine Erklärung gefunden. Sie schob ihre merkwürdigen Gefühle auf ihr Ego. Jede Aufmerksamkeit tat gut, vor allem, wenn man von seinem letzten Freund betrogen worden war. Da war man nicht wählerisch und freute sich auch über das Interesse von Outtypen. Wenn man es so betrachtete, war auch ihre jetzige Freude darüber, dass er nun endlich angerufen hatte, verständlich. Allerdings versetzte die Tatsache, dass er sich vier Tage Zeit gelassen hatte um sich zu melden, ihrer Freude einen Dämpfer. „Hallo. Ich hab schon nicht mehr mit deinem Anruf gerechnet", sagte sie und schlug sich sofort mit der flachen Hand auf die Stirn. Hatte sie das grade wirklich gesagt? Und hatte in ihrer Stimme ein vorwurfsvoller Unterton gelegen? Sie musste wirklich verzweifelt sein.

Am anderen Ende der Leitung hörte sie ein leises Lachen. Gott, wie erniedrigend. Jetzt dachte er, sie würde seit Sonntag vor dem Telefon sitzen.

„Ehrlich gesagt, wollte ich dich schon seit Tagen anrufen. Aber ich dachte, ich lass dir erst mal Zeit zum Nachdenken."

„Zum Nachdenken?"

„Ja…" Er räusperte sich und Nina stellte sich vor, wie er grade wieder seine Brille hochschob, weil ihm dieses Gespräch unangenehm war. Niedlich irgendwie.

„Darüber, ob du jetzt mit mir was unternehmen willst oder nicht", fuhr er schließlich fort.

Nina brauchte einen Moment, ehe sie seine Worte wahrnahm. Sie versuchte immer noch, die Tatsache zu verarbeiten, dass sie ihn niedlich fand. Gott, was war nur mit ihr los.

„Nina?"

„Oh, ja, entschuldige." Sie schüttelte den Kopf. „Was unternehmen. Ja…" Ratlos verstummte sie.

„Also, ich würd dich gerne zum Essen einladen. Wenn du willst."

Wollte sie?

Alex seufzte. „Nina, sag einfach ja oder nein. Ich werd es verkraften, ja?"

„Klar", stieß sie aus. Das war ja wirklich lächerlich. Er lud sie zum Essen ein, er machte ihr keinen Heiratsantrag. „Gerne."

„Heute?", fragte er vorsichtig.

Heute? Nina sah auf die Uhr und überlegte, was sie im Kleiderschrank hatte.

„Ich weiß, es ist was plötzlich…"

„Nein, heute ist gut", versicherte sie. Wenn sie jetzt die Verabredung auf morgen verschob, würde sie nur wieder hin-und herüberlegen. Am anderen Ende hörte sie ihn erleichtert den Atem ausstoßen.

„Ich muss bis fünf arbeiten. Ich hatte gedacht, so um halb acht?"

„Halb acht ist gut."

„Bis heute Abend dann." Damit legte er auf.

Sie starrte einen Moment auf das Display und fragte

sich, was sie sich vom heutigen Abend erhoffte.

Nina saß Alex gegenüber in einem gemütlichen Restaurant, das beinahe bis auf den letzten Platz belegt war und sah sich neugierig um. „Schön ist es hier", bemerkte sie schließlich, als sie Alex endlich wieder ansah. Er schien ein wenig entspannter als vorhin, als er sie abgeholt hatte.

„Ja, hier gefällt es mir auch am besten."

„Dann gehst du wohl öfter aus?" Sie wusste, wie dumm das klang, aber ehrlich gesagt hatte sie sich Alex zu Hause in seiner Wohnung vorgestellt, Fast Food essend vor dem Computer hockend. Das machten diese Computerfreaks doch, oder?

„Eigentlich nicht. Aber ab und an sind Geschäftsessen unvermeidlich. Mein Vater legt Wert darauf, die Firma auf das Beste zu repräsentieren und dazu gehören nun einmal Geschäftsessen. Vater legt Wert auf Qualität und Tradition." Er musste ihren fragenden Blick gesehen haben. „Ich arbeite als Informatiker mit der Fachrichtung Anwendungsentwicklung in der Firma meines Vaters", erklärte er. „Wir sind eines der führenden IT-Unternehmen im europäischen Raum."

„Ah."

„Oh, Gott. Ich hör mich an wie ein Werbespot. Tut mir leid."

„Schon gut. Hört sich alles sehr kompliziert an."

„Nein, ist es nicht. Ich wünschte, alles wäre so logisch und einfach wie Computersysteme." Er lächelte schwach. „Und du arbeitest bei Edeka, hat meine Schwester mir erzählt?"

„Äm...ja. Zur Zeit. Aber das ist es nicht, was ich auf lange Sicht machen möchte." Nina ergriff nervös ihre

Serviette. „Eigentlich …" Sie zuckte die Schultern. „Eigentlich hatte ich andere Ziele. Aber jetzt... Ich überlege noch, was ich wirklich will. Und ob es sich lohnt, das dann auch zu verfolgen... Hört sich dumm an, oder?" Sie sah kurz zu ihm auf, ehe sie sich wieder der Serviette widmete.

„Nein, finde ich gar nicht. Ich hatte von klein auf meinen Weg vorgegeben. Wenn ich jetzt die Wahl hätte, zu tun was ich wollte..." Er hielt nachdenklich inne. „Ich glaube ich wüsste gar nicht, was ich mit mir anfangen sollte", endete er schließlich erstaunt, ehe er sich verlegen räusperte. Er schob seine Brille zurecht und lächelte sie schließlich über die flackernde Kerze auf dem Tisch an. Seine grünen Augen leuchteten und Nina merkte, wie ihr plötzlich das Herz bis zum Hals klopfte.

„So, bitte, einmal Wasser für die Dame."

Nina blinzelte und sah einen Moment verwirrt auf das Glas, das die Bedienung vor ihr auf dem Tisch abstellte. „Danke", krächzte sie und trank schnell einen Schluck. Sie nahm sich Zeit, das Glas wieder auf genau derselben Stelle zu platzieren und rückte die Serviette mit dem Besteck einen halben Zentimeter weiter nach rechts, ehe sie langsam wieder aufsah. Alex sah sie immer noch an.

„Gehst du heute schon wieder weg?", bemerkte Doris Reisner zwei Wochen später mit Blick auf Ninas in ein Handtuch geschlungenes Haar.

„Hmm", antwortete Nina lächelnd. Als Alex sie damals nach dem Essen nach einer weiteren Verabredung gefragt hatte, war Nina zu ihrer eigenen Verwunderung nicht abgeneigt gewesen und hatte zugestimmt. Nach dem darauffolgenden schönen

Abend hatte Alex seine Schüchternheit überwunden und Nina geküsst. Seitdem hatten sie sich noch ein paar Mal getroffen, doch da Nina häufig Spätschicht hatte und Alex einen vollen Terminkalender, waren Verabredungen schwer zu vereinbaren und so hatten sie die letzten Tage nur telefonieren können. Heute wollten sie ins Kino gehen und Nina freute sich schon den ganzen Tag. Lächelnd stellte sie sich im Badezimmer vor das Waschbecken und sah in den Spiegel. Sie nahm das Handtuch ab und griff nach dem Fön. Noch vor wenigen Wochen hätte sie bei dem Gedanken an jemanden wie Alex als ihren Freund gelacht, doch nun schien er jeden ihrer Gedanken zu beherrschen. Er war lieb und zuvorkommend und witzig und-.

„Nina!", rief ihre Oma ungehalten.

„Hm?"

„Ich rede mit dir. Ich hab gesagt, du bist auch gar nicht mehr zu Hause."

„Es ist Freitagabend, Oma."

„Na und? Das heißt doch nicht, dass man weggehen muss."

Nina seufzte. „Du tust ja grade so, als ginge ich nur feiern. Das ist vielleicht das fünfte oder sechste Mal, dass ich weggehe, seit wir hergezogen sind."

„Ja, und alles in den vergangenen zwei Wochen. Soll das jetzt so weitergehen?"

Nina schüttelte den Kopf. „Ob ich jetzt oben in meinem Zimmer sitze oder weggehe, Oma, das kann dir doch egal sein."

„Du musst ja Geld haben, dauernd raus zu gehen. Ich dachte, du bekommst erst am Ersten Geld?"

„Ich bin eingeladen worden!"

„Ach! Sag bloß, du hast dir schon einen Macker angelacht. Hab ich mir gleich gedacht. Ich hab das dicke Auto letztens gesehen, in das du eingestiegen bist. Hoffentlich taugt der wenigstens was."

„Was soll das denn heißen?"

Nichts. Aber bis jetzt hast du ja noch nicht viel gesunden Menschenverstand bewiesen bei der Auswahl deiner Freunde. Deine Mutter hat mir erzählt, dein Freund hat dich damals für deine Freundin sitzen lassen."

„Und das ist jetzt meine Schuld?"

„Wahrscheinlich hat er sich eine etwas verantwortungsbewusstere Freundin gewünscht. Alles was du bis vor ein paar Monaten gemacht hast, war, morgens in die Schule zu gehen und den Rest des Tages rumzugammeln."

Nina presste die Lippen zusammen. „Ich geh arbeiten."

„Ja, jetzt. Weil ich dir gesagt habe, dass ich keine Leute unter meinem Dach dulde, die zu faul zum Arbeiten sind und verlangt habe, dass du etwas beisteuerst. Mal sehen, wie lange du die Stelle behältst, wenn du nur deinem Vergnügen nachgehst. Das sind die Hartmann-Gene. Dein Vater hat auch immer nur das Nötigste getan. Darum habt ihr auch nie Geld gehabt. Deine arme Mutter musste putzen gehen, damit du und dein Vater sich einen Lenz machen konntet. Nichts hat die Frau sich gegönnt."

Ja, ihre Mutter hatte sie auch schon oft genug darauf hingewiesen, dass Nina deren Figur, Jugend und Leben zerstört hatte. Doch Oma war noch nicht fertig.

„Aber du musstest ins Ballett. Und ein neues Zimmer haben und-."

„Beim Ballett war ich mit sechs! Und das neue Zimmer hab ich mit zwölf bekommen!"

„Und?"

„Nichts, Oma. Vergiss es."

„Das Leben besteht nicht nur aus Vergnügen", drang die krächzende, nörgelnde Stimme ihrer Oma unerbittlich an ihr Ohr, während Nina den Stecker des Föns mit mehr Wucht als nötig in die Steckdose steckte. Sie würde sich jetzt nicht die Laune verderben lassen!

„Du bist erwachsen. Andere in deinem Alter haben schon einen richtigen Beruf. Eine eigene Wohnung. Du lebst egoistisch dein eigenes Leben und hältst es nicht mal für nötig, mit deiner Mutter zu reden."

„Ich rede mit Mama, wenn sie klar im Kopf ist."

„Du bist so kalt. Und so herablassend. Wie dein Vater. Die Familie bedeutet dir überhaupt nichts."

„Wie bitte?", fragte Nina zornbebend.

„Was meinst du, wie schwer das alles für deine Mutter ist? Zwanzig Jahre Ehe schmeißt man nicht so einfach weg. Nur, weil sie ab und zu etwas nimmt, wenn der Kummer zu groß wird, zeigst du ihr die kalte Schulter. Schämen solltest du dich."

Nina dachte an all die Jahre, in denen die Stimmungen ihrer Mutter von tiefster Depression über hysterische Anfälle zu Teilnahmslosigkeit gewechselt hatten und an die Beleidigungen, die sie Nina, solange diese denken konnte, an den Kopf geworfen hatte. Nina wäre egoistisch und kalt und ihre Mutter wünschte, sie wäre nie geboren worden. Wegen Nina hatte sie heiraten und ihr Leben aufgeben müssen. Nina schnaubte. Wie sehr hatte Nina sich damals eine Familie gewünscht, in der sie nicht unerwünscht war oder die eigene Mutter sie verachtete. Sie öffnete den Mund, doch dann überlegte sie es sich anders. Als sie älter wurde, hatte sie ihren Großeltern oft genug gesagt, dass etwas mit Mama nicht stimmte. Auch damals hatte keiner Interesse daran gehabt, was sie zu sagen hatte. Nina fasste den Griff des Föns so fest, dass sie befürchtete, er würde brechen. Doch anstatt ihre Oma anzuschreien, schaltete sie einfach den Fön an und wartete, dass sie eingeschnappt verschwand. Wütend föhnte sie sich die Haare und dachte lieber an ihre Verabredung.

Ein paar Stunden später befanden sie sich auf dem Weg nach Krefeld und Alex warf ihr immer wieder fragende Blicke zu. „Ist irgendwas?", fragte er schließlich nach einigen Minuten angespannten Schweigens.

Nina merkte, wie es ihm erscheinen musste. „Nein, tut mir leid, dass ich so schlecht drauf bin. Ärger zu Hause."

Er nickte verstehend. „Willst du drüber reden?"

Nina schüttelte den Kopf. „Es war eigentlich nichts Weltbewegendes. Meine Oma ist mir nur tierisch auf die Nerven gegangen." Sie lächelte. „Aber ich merke schon, wie meine Stimmung besser wird."

„Gut" Er lächelte zurück und Ninas Herz machte einen Satz. Sie hielten an einer Ampel und warteten, dass der Linksabbiegerpfeil auf Grün sprang, als Nina aus dem Beifahrerfenster sah. Ihr Blick fiel auf eine Mutter, die mit ihrem Kind auf dem Bürgersteig entlangging. Plötzlich blieb das Kleinkind stehen, um sich gleich darauf nach einem bunten Blatt zu bücken. Es griff danach, hob es auf und betrachtete es eingehend. Nina fragte sich, wo das Blatt herkam. Auf dieser Straße befand sich weit und breit kein einziger Baum. Hier in der Stadt würde sie nicht wohnen wollen, wenn sie ein Kind hätte. Vergnügt beobachtete sie die hochkonzentrierte Miene, mit der das Kleine das Blatt untersuchte. Doch dann hielt neben ihnen ein

Auto und versperrte ihr die Sicht. Nina beugte sich vor, um das Kind weiter beobachten zu können. Stattdessen fiel ihr Blick auf den Beifahrer. Nina blinzelte. Es war relativ dunkel, aber das war doch … Sie riss ungläubig die Augen auf. Sie beugte sich ruckartig noch ein Stück in ihrem Sitz vor, um die Beifahrerin besser erkennen zu können. Kein Zweifel. Das war Julia. Das hell erleuchtete Schaufenster ein paar Meter weiter erhellte ihr Gesicht. Nina blinzelte und sah sich den Fahrer an. Der Mann mittleren Alters sah zu ihr herüber, ehe er los fuhr. „Halt", rief sie und sah dann dem Auto nach.

„Was?" murmelte Alex ehe er ebenfalls los fuhr und abbog.

„Das war Julia", stotterte Nina.

Alex warf ihr einen kurzen, fragenden Blick zu, ehe er sich wieder auf die Straße konzentrierte.

„Das war Julia, grade da in dem Wagen", wiederholte sie.

„Julia?"

„Ja, meine Cousine Julia."

Alex zuckte die Achseln. „Zufall. Und?"

„Sie saß neben einem älteren Mann", rief Nina fassungslos.

„Und?", fragte Alex ruhig, ohne den Blick von der Straße zu nehmen.

„Heute Mittag hat sie noch gestöhnt, sie müsse ein Referat schreiben", fuhr sie erklärend fort.

„Du hast dich bestimmt verguckt. In der Dunkelheit kann man doch gar nicht richtig erkennen, wer im Auto sitzt."

„Sie standen direkt neben mir und die ganzen Schaufenster haben genug Licht gespendet. Das war Julia. Ich bin mir hundertprozentig sicher."

Alex sah sie mit hochgezogener Augenbraue an.

„Nun gut. Achtzig Prozent."

Alex schüttelte den Kopf und bog in das Parkhaus ein. Sie waren am Kino angekommen.

Am nächsten Tag beschloss Nina, Julia zu besuchen. Sie war neugierig, wer der Mann war, mit dem ihre Cousine unterwegs gewesen war. Ob Julia einen neuen Freund hatte? Vielleicht hatte sie ja deshalb nie Zeit. Aber für einen Freund schien der Mann zu alt gewesen zu sein. Und außerdem befand sich Julia nicht in der Stimmung, die man von jemandem erwartete, der frisch verliebt war. Nina klingelte und wartete.

„Tag, Nina. Wie geht's?", rief Tante Hiltrud erfreut, nachdem sie die Haustür geöffnet hatte.

„Hallo Tante Hilli. Mir geht's gut. Danke."

„Du willst bestimmt zu Julia. Die hab ich heute noch gar nicht gesehen. Ist es spät geworden, gestern Abend? Ich hab gar nicht mitbekommen, wann sie nach Hause gekommen ist."

„Äh." Nahm Tante Hilli an, Julia wäre mit ihr weggewesen? „Ging so", murmelte sie.

„Sie hat doch nicht wieder zu viel getrunken, oder?", fragte Tante Hilli. „Was? Ich-."

„Ich frag ja nur, weil sie sich in der Vergangenheit ein paar Mal so betrunken hat, dass ich sie gar nicht allein lassen konnte, über Nacht. Einmal war ich kurz davor, sie ins Krankenhaus zu fahren, weil ich dachte, sie hätte eine Alkoholvergiftung." Tante Hilli musste die Überraschung von Ninas Gesicht abgelesen haben, denn sie nickte ernst. Doch dann lächelte sie beruhigend. „Aber wenn sie mit dir unterwegs ist, mache ich mir keine Gedanken."

„Ja…danke. Äh, ich geh sie mal wecken."

„Sicher. Geh nur." Lächelnd verschwand ihre Tante

wieder in der Küche und Nina ging die Treppen hoch. Julia traf sich also heimlich mit einem Mann. Warum? Sie war erwachsen. Außerdem hatte Julia auch vorher schon alle Freiheiten gehabt. Deren Eltern interessierten sich genau so wenig für ihre Tochter wie Ninas es getan hatten. Warum also log Julia? Entschlossen ergriff Nina die Klinke und öffnete Julias Zimmertür. „So, aufstehen-." Sie stockte. Julia saß an ihrem Schreibtisch und zuckte heftig zusammen, als Nina das Zimmer betrat. „Hups. Du bist ja wach."

„Mann, hast du mich erschreckt." Julia sah sie einen Moment aus aufgerissenen Augen an, ehe sie sich wieder fasste.

„Ich hab gedacht, du schläfst noch. Stattdessen", Nina zog verwundert die Brauen hoch und trat näher an den Schreibtisch, „machst du Hausaufgaben? An einem Samstagmorgen?"

„Na und?" Julia schloss ihr Buch und legte es zur Seite.

„Cooler Einband. Was ist denn das für ein Fach?" Neugierig trat Nina näher und griff nach dem Buch mit dem dunkelroten Einband und den schwarzen Symbolen. „Ist das ein Notizbuch?"

Julia seufzte genervt und riss es ihrer Cousine aus den Händen. „Was machst du überhaupt hier", fragte sie ungehalten, während sie sich auf ihrem Drehstuhl abwandte, das Buch in ihre Schreibtischschublade legte und sie zuschob. Sie drehte sich wieder zu Nina um, verschränkte die Arme vor der Brust und starrte defensiv zu ihr hoch.

„Hast du sie noch alle? Was bist du denn so aggressiv? Ich wollte mal hallo sagen. Entschuldige, wenn ich dich beim Gedichteschreiben gestört habe oder sowas", gab Nina schlecht gelaunt zurück.

Schulsachen waren es nicht gewesen, denn außer der schön verzierten Kladde war nichts auf dem Schreibtisch zu entdecken gewesen.

Julia sackte etwas zusammen. „Vergiss es. Tut mir leid. Ich bin nur schlecht drauf, das ist alles." Sie machte eine wegwerfende Geste mit der Hand und deutete dann auf ihr Bett. „Setz dich."

Nina setzte sich aufs Bett und sah sich in Julias Zimmer um. Julia fummelte an ihren Stiften rum, die auf ihrem Schreibtisch rumlagen. „Ich hab dich gestern übrigens gesehen."

„Hm?" Julia ließ die Stifte in Ruhe und sah sie endlich an.

„Ich hab gesagt, ich hab dich gestern gesehen. In der Stadt."

Julia sah sie einen Moment nur an, ehe sie auflachte. „Was?"

„Du hast mich schon verstanden. Ich hab gedacht, du musstest lernen?"

„Musste ich auch."

„War das dein Nachhilfelehrer, mit dem du unterwegs warst?", fragte Nina scherzend. Verblüfft beobachtete sie, wie Julia die Farbe in die Wangen schoss. „Ich weiß nicht, wovon du redest."

„Komm, jetzt reicht es aber." Nina stand auf. „Hältst du mich für blöd? Ihr habt gestern neben mir an der Ampel gestanden. Du und deine unbekannte Begleitung. In einem dunklen Auto."

Auch Julia erhob sich. „Na und? Und wenn schon. Das ist ja wohl meine Sache."

„Und warum hast du dann nicht einfach gesagt, dass du eine Verabredung hast? Mir hast du erzählt, du musst lernen und deine Mutter hast du denken lassen, du wärst mit mir zusammen gewesen."

„Genau aus dem Grund! Damit ich eure scheiß Fragen nicht beantworten muss. Was ich mache ist meine Sache und geht euch einen Dreck an", keifte sie abfällig.

Nina war einen Moment sprachlos. So feindselig hatte sie Julia noch nie erlebt. „Ey, jetzt komm mal runter. Keiner hat gesagt, du könntest nicht machen, was du wolltest. Ich wunder mich nur." Forschend sah Nina ihre Cousine an, die sich in eine Furie verwandelt hatte.

Julia wandte sich ab und sah aus dem Fenster, aber Nina hatte gesehen, dass ihr Tränen in die Augen getreten waren. Nina trat hinter sie und legte ihr eine Hand auf die Schulter. „Julia, was ist nur los mit dir?", fragte sie verwundert.

Julia atmete laut ein und straffte die Schultern. Ohne sich umzudrehen, flüsterte sie „ Ich will einfach nur, dass ihr mich in Ruhe lasst. Warum lässt mich keiner alleine?", schloss sie wütend und drehte sich schließlich um.

Nina trat einen Schritt zurück. „Langsam mach ich mir echt Sorgen", sagte sie nachdenklich. „Irgendwas hast du doch. Sieh dich doch mal an. Was immer es ist, was dich so fertig macht, so schlimm kann es doch nicht sein, dass du es keinem erzählen kannst."

Julia lachte harsch auf. Sie öffnete den Mund, überlegte es sich dann doch wieder anders und schloss ihn abrupt wieder. „Lass mich einfach in Ruhe, o.k.? Es geht mir schon besser. Die Sache mit Dirk hat mich nur runtergezogen und ab und zu überkommt es mich nochmal." Julia lächelte. „Jetzt wo du hier bist, geht's mir schon wieder besser."

Nina hob skeptisch eine Augenbraue. „Grade hast du gesagt, ich soll dich in Ruhe lassen."

„Jetzt bist du es, die garstig ist", antwortete Julia.

Nina verschränkte die Arme vor der Brust. Jetzt war sie genau so schlau wie vorher, aber sie hütete sich, noch mal das Thema Probleme anzuschneiden und die Tatsache, dass Julia sich mit einem Typen traf. Deshalb zwang sie sich zu einem Lächeln. „Also gut. Was hältst du von einem Mädchenabend, heute? Wie in alten Zeiten."

Julia setzte sich auf ihr Bett. „Heute Abend geht nicht. Aber ich wollte gleich in die Stadt. Ich brauch was Neues zum Anziehen"

Nina biss sich auf die Zunge, um nicht zu fragen, was Julia heute Abend vorhatte. „Du meinst, einen Shoppingtag? Klar, warum nicht?"

„Klasse. Dann mach ich mich jetzt fertig."

Drei Stunden später stand Nina wartend vor der Damenumkleide und wartete auf Julia. Die Fahrt in die Stadt war eine gute Idee gewesen und es war ein bisschen wie früher, als Julia und sie unzertrennlich gewesen waren und solche Unternehmungen in den Ferien zum Alltag gehört hatten. Ihrer beider Laune war gut, was wohl daran lag, dass sie bisher alle Themen vermieden hatten, die auch nur den Hauch von Unmut hätten erzeugen können. „Bist du bald fertig? Langsam hab ich Hunger", rief sie dem Vorhang zu, hinter dem Julia sich umzog.

„Ja, Moment, ich krieg das hier nicht hin", murmelte Julia.

„Warte, ich helfe dir. Klemmt was?" Nina zog den Vorhang ein Stück zur Seite und wollte die Umkleidekabine betreten, als Julia ertappt aufschrie.

Erschrocken blieb Nina stehen. „Reg dich ab! Spinnst du?" Doch dann weiteten sich ihre Augen, als ihr Blick auf Julias linken Arm fiel, den diese grade hektisch mit der Bluse, die sie in der Hand hielt, bedecken wollte. Er war mit unzähligen rote Narben und Wunden überzogen

„Raus", rief Julia und Nina beeilte sich, wieder vor den Vorhang zu treten. Erschrocken versuchte sie sich darüber klar zu werden, was sie da grade gesehen hatte. Die Wunden sahen aus wie Schnittwunden.

Plötzlich wurde der Vorhang mit Wucht zurückgezogen und Julia marschierte heraus. Wenn Nina jetzt etwas davon erwähnen würde, wüsste sie schon, wie Julia reagieren würde. Also hielt sie den Mund und tat, als hätte sie nichts Ungewöhnliches gesehen, auch wenn es ihr schwer fiel. „So", sagte sie fröhlich, „gehen wir jetzt was essen? Ich komm um vor Hunger."

Julia warf ihr einen misstrauischen Blick zu, ehe sie nickte. „Ja, ich geh eben die Bluse bezahlen."

Als sie zwanzig Minuten später in einer Selbstbedienungsbäckerei saßen, knibbelte Nina gedankenverloren am Blätterteig ihrer ummantelten Fleischrolle und fragte sich, wie sie das Thema anschneiden sollte, was sie die ganze Zeit beschäftigte. Vielleicht wurde Julia ja aufgeschlossener, wenn Nina auch etwas von ihren Problemen erzählte. Sie räusperte sich. „Weißt du, es ist schön, dass wir mal wieder was gemeinsam unternommen haben."

„Ja, find ich auch."

„Manchmal vermisse ich Simone. Zum Reden, meine ich. Wenn man jahrelang jemanden hatte, dem man seine Probleme erzählen konnte, dann ist es schwer, plötzlich alleine dazustehen."

„Ruf sie doch mal an."

Nina starrte ihre Cousine an. "Spinnst du? Sie hat es monatelang hinter meinem Rücken mit Markus getrieben.“

„Man muss auch verzeihen können.“

Nina legte die Fleischrolle, von der sie grade im Begriff war, abzubeißen, wieder auf ihren Teller. „Ich hab ihr damals alle meine Probleme anvertraut und sie hat mir immer mit mitfühlendem Gesichtsausdruck Ratschläge erteilt. Und dann ist sie anschließend hingegangen und hat die Beine für meinen Freund breitgemacht. Wenn ich die zwei nicht zufällig überrascht hätte, würden die sich heute noch hinter meinem Rücken kaputtlachen. Abgesehen davon, dass ich so Leuten nie mehr vertrauen könnte, möchte ich mit solchen Menschen auch gar nichts mehr zu tun haben.“ Nina nahm ihr Essen wieder zur Hand. „Und die Weiber aus unserer Clique haben es gewusst. Unglaublich“ Nina schnaubte. „Wenn man das alles bedenkt, ist es halb so wild, dass wir weggezogen sind.“

„Du findest hier bestimmt schnell neue Freunde. Und du hast ja mich“, sagte Julia großzügig.

„Ja. Was ist eigentlich mit deiner besten Freundin. Wie hieß die noch? Kirsten?“

„Kerstin. Mit der hab ich schon Jahre nichts mehr zu tun.“

„Echt? Warum?“

Julia zuckte die Achseln. „Wir haben uns verändert, schätze ich. Sie hing nur noch mit den Strebern rum und ich hatte angefangen, mit Lisa abzuhängen.“

„So eng kommen Lisa und du mir aber nicht vor.“

Julia zuckte nur die Achseln.

„Sieh mal, Julia...jetzt werd nicht gleich sauer, dass ich wieder davon anfange, aber wundert es dich wirklich, dass ich mir Sorgen mache? Ich weiß doch, wie unsere Familie ist. Du kannst doch auch nicht mit deiner Mutter reden. Ich wäre wirklich froh, wenn ich jemanden hätte, der sich dafür interessierte, wie es mir geht. Und so muss es dir doch auch gehen." Nina sah ihre Cousine forschend an. „Ich denke eben, wenn dich was bedrückt und du niemanden hast... Mit mir kannst du reden, Julia."

Julia schwieg eine Weile, ehe sie schließlich erschöpft die Schultern hängen ließ. „Ich hab einfach alles satt. Manchmal will ich einfach nicht mehr", seufzte Julia.

Erschrocken suchte Nina nach einer passenden Erwiderung. „Was?", war allerdings alles, was sie herausbrachte.

Julia machte eine hilflose Bewegung mit ihrer Hand. „Ich bin manchmal ein wenig depressiv. Das ist alles."

Als Nina sie nur ansah, ergänzte sie, „Ehrlich Nina, du weißt doch besser, als alle anderen, dass man schon mal seine depressiven Phasen hat. Wie oft hast du mir in der Vergangenheit erzählt, dass deine Mutter wieder tagelang das heulende Elend war und nur im Bett lag. Und danach hat sie sich auch wieder gefangen."

„Julia, so ein Verhalten ist aber doch nicht normal. Und dass man sich selber verletzt, erst recht nicht."

„Herrgott, ich wusste, dass du darauf herumreiten würdest", stieß Julia aus. „Sieh mal, Nina, die letzten Monate waren nicht einfach für mich, o.k? Dirk hat Schluss gemacht", Julia schluckte mühsam, „und dann der Stress in der Schule..."

„Julia, das ist aber jetzt über ein halbes Jahr her. Und du warst nur zwei Monate mit ihm zusammen... Du willst mir wirklich sagen, du bist so depressiv wegen deines Exfreundes?"

„Ja, das will ich. Ist das so schwer zu verstehen? Sieh dir deine Mutter an."

„Pff, die war auch zwanzig Jahre verheiratet. Und Julia..." Nina sah nachdenklich in ihre leere Kaffeetasse. „Wer war dann der Mann, mit dem ich dich gesehen habe?"

„Niemand."

„Klar."

„Ich bin achtzehn. Ich kann ja wohl machen, was ich will."

„Sicher. Darum wunder ich mich ja, dass du hier so ein Geheimnis daraus machst. Warum diese Geheimniskrämerei? Wenn du einen neuen Freund hast, dann ist das doch in Ordnung." Als keine Reaktion kam, ergänze sie, „Allerdings machst du mir nicht den Eindruck einer frisch Verliebten, wenn ich das mal so bemerken darf."

Julia sah einen Moment aus dem Fenster auf die Passanten, ehe sie Nina anblickte. „Du reimst dir da irgendeinen Scheiß zusammen. Lass es gut sein, ja? Es ist nicht so, wie du denkst. Und jetzt will ich nicht mehr darüber reden."

„Also-." Ninas Handy summte mit einer Textnachricht und schnell holte sie es aus ihrer Hosentasche. Sie grinste, als sie die Nachricht las.

„Was grinst du denn so?", fragte Julia neugierig.

Nina ignorierte sie und tippte eine Antwort auf Alex´ Nachricht. Nach einigem Hin und Her steckte sie das Handy weg und sah zu Julia auf. „Das war Alex. Der ist so ein Spießer, ich weiß auch nicht. Manchmal denk ich, der ist fünfzig, so wie der redet und dann wieder…" Nina lachte. „Aber er ist süß."

Julia wurde ernst. „Jetzt sag mir nicht, du hast Kontakt zu Alex!"

Nina verging das Grinsen. „Was? Doch!" Aufgeregt fuhr Nina fort. „Das wollte ich dir schon heute Morgen erzählen. Also, Alex und ich-."

„Das kann doch nicht dein Ernst sein!"

„Also Julia!", rief Nina, wütend über Julias Reaktion. „Er ist wirklich nett. Ja, ja, ich weiß, auf den ersten Blick scheint er uncool." Nina verzog das Gesicht. „Und das ist er eigentlich auch. Aber er ist so-."

„Ihr trefft euch doch wohl nicht!"

„Spinnst du? Was hast du denn?"

„Jetzt sag nicht, du hast was mit dem!", flüsterte Julia.

Nina sah ihre Cousine verwundert an. „Nun, ja. Was-."

„Und du erzählst mir was von Geheimnissen", stieß Julia aus, stand abrupt auf und ging zum Kaffeeautomaten.

Nina nahm ihre leere Kaffeetasse und folgte ihr. „Spinnst du? Ich hab keine Geheimnisse. Aber bisher hatten wir ja kaum Zeit für einen Plausch unter Freundinnen. Und es ist auch noch so neu…"

Als sie gemeinsam an dem Automaten anstanden, räusperte Julia sich. „Ist es dir wirklich ernst mit ihm?"

„Ja, sicher.", antwortete Nina verdutzt. „Ich treffe mich seit Wochen mit ihm. Natürlich ist es mir ernst."

Julia zog nervös die Ärmel ihres Pullovers über ihre Hände. Nina dachte an die Narben und schauderte. Forschend sah Nina ihr ins Gesicht. „Warum ist das bitte schön so verwunderlich?"

„Ach, ich weiß auch nicht", wich Julia aus. „Er ist doch so gar nicht dein Typ."

„Woher willst du wissen, was mein Typ ist? Du hast keinen meiner Freunde gekannt."

„Es gibt Facebook?"

„Ach so. Durch ein Foto kann man jetzt den Charakter eines Menschen beurteilen."

„Ich hatte mich auf das Aussehen bezogen.", stellte Julia klar. „Von dunkelhaarig, muskulös und cool auf blond, dünn und megaout ist doch ein Unterschied."

Nina knallte ihre Tasse unter den Kaffeeautomaten, was ihr einen bösen Blick der Kassiererin ein paar Meter weiter einbrachte und drückte mit Wucht auf die Taste für Cappuccino. „Aussehen ist nicht alles. Es ist der Charakter der zählt. Nicht, dass ich sagen will, dass irgendetwas mit Alex' Aussehen nicht stimmen würde. Außerdem frag ich mich, warum du auf dem Mann rumhacken musst. Du kennst ihn doch gar nicht." Nina trat zur Seite und wartete darauf, dass Julia ihren Kaffee wählte.

„Ich kenne ihn schon ein wenig. Er hat damals immer seine Schwester abgeholt und nach Hause gefahren, wenn wir alle abends weggegangen sind. Und ich möchte ja nur, dass du vorsichtig bist", sagte Julia langsam, während sie gebannt den dünnen Kaffeestrahl beobachtete, der in die Tasse lief.

„Was soll denn das heißen?"

Julia zuckte die Schultern. „Nichts. Nur, dass du dich vielleicht zu schnell auf etwas einlässt."

„Wir sind noch nicht verlobt, weißt du. Und bei ihm eingezogen bin ich auch noch nicht." Kopfschüttelnd bezahlte Nina ihren Kaffee.

Julia sagte nichts, bis auch sie ihren Kaffee bezahlt hatte. Dann ging sie ein paar Meter, ehe sie abrupt stehenblieb. „Ich wollte damit sagen, dass manche Leute nicht das sind, was sie zu sein scheinen."

„Wie bitte?"

„Ich möchte nur, dass du vorsichtig bist. Du kennst Alex ja noch nicht sehr lange."

Langsam hatte Nina genug von den ganzen Anspielungen. „Worauf willst du hinaus?"

Julia öffnete den Mund, doch dann überlegte sie es sich anders. „Auf gar nichts. Vergiss, dass ich was gesagt habe."

„Wenn es etwas gibt, was ich wissen muss, dann sag es."

Julia sah einen Moment auf ihren Kaffee hinunter. Schließlich blickte sie auf, doch sie wich Nina Blick aus. „Ich meinte einfach nur…sieh mal, bei dir gab es auch jede Menge Veränderungen in letzter Zeit. Und du bist ganz alleine hier. Da frag ich mich, ob es klug ist, jetzt eine neue Beziehung einzugehen. Und dann mit so einem! Bist du sicher, dass du nicht nur jemanden haben willst, um nicht allein zu sein?"

Wütend, dass sie Ninas Gefühle für Alex in Frage stellte und ihn auch noch beleidigte, schoss Nina zurück. „Ach ja? Da kenn ich jemanden, der vor kurzem sitzengelassen wurde. Und der sich heimlich von einem anderen Mann durch die Gegend kutschieren lässt. Ich tu wenigstens nicht so, als wär ich am Boden zerstört und treib es dann heimlich hinter dem Rücken meiner Familie."

Nina bereute ihre Worte in dem Augenblick, in dem sie sie ausgesprochen hatte und sah, wie Julia erbleichte. „Julia…" Nina streckte entschuldigend die Hand aus, doch Julia stellte die Kaffeetasse auf dem nächstgelegenen Tisch ab und verließ halb rennend das Lokal. Nina sah ihr einen Augenblick nach, ehe sie ebenfalls ihren Cappuccino wegstellte und dann niedergeschlagen zu ihrem Tisch zurückkehrte, um ihre Jacke und die Tüten zu holen. Als sie schließlich am Parkplatz angekommen war, musste sie fluchend feststellen, dass Julias Auto verschwunden war. „Die hat sie doch nicht alle." Wütend stapfte Nina zur Haltestelle.

Kapitel 4

„Hallo Nina. Wie geht's?", hörte sie einige Tage später eine Stimme hinter sich und drehte sich um. „Oh, hallo Jessica." Nina stellte den Karton mit Eispackungen, den sie im Begriff war, ins Tiefkühlregal einzuräumen, ab.

„Hör mal, ich wollte dich sowieso noch anrufen. Jan hat vor, mit den anderen zum Movie-Park zu fahren, da ist doch immer dieses Halloweenspecial."

„Ja? Keine Ahnung."

„Aber ja. Jetzt sag nicht, du hast noch nie was davon gehört. Tagsüber gehen wir auf die Geräte und sobald es dunkel wird, laufen da die Monster und Zombies rum. Das Deathspital ist super. Und", Jessica hob einen Finger, „dieses Jahr haben die sogar „The Walking Dead" als Thema." Begeistert sah sie Nina an. „Also, fährst du mit?"

„Hört sich lustig an. Wer kommt denn noch mit?"

„Jan, Mica und Lisa. Julia konnte ich noch nicht fragen. Ihre Mutter hat eben gesagt, sie liegt im Bett und fühlt sich nicht gut."

„Also, Lust hätte ich schon. Aber ich will mich nicht aufdrängen."

„Spinnst du? Du drängst dich doch nicht auf. Sonst hätte ich ja wohl nicht gefragt. Außerdem bau ich darauf, dass du Alex überredest, mitzufahren. Es wird Zeit, dass der mal ein bisschen Spaß im Leben hat", sagte Jessica lachend. Doch dann trat ein alarmierter Ausdruck auf ihr Gesicht. „Ihr trefft euch doch noch, oder? Alex hat da mal was verlauten lassen, von euch beiden, aber seitdem hat er nichts mehr gesagt. Dem muss man ja immer alles aus der Nase ziehen."

„Oh, ja. Natürlich", beeilte Nina sich zu versichern.

„Dann frag ich Alex. Wann wollt ihr überhaupt fahren?" Jessica antwortete nicht, sondern nickte einem älteren Mann grüßend zu, der an ihnen vorüber ging und sich an der Kasse anstellte. Nina runzelte die Stirn. Irgendwoher kannte sie den. Sie zuckte im Geist mit den Schultern und wiederholte ihre Frage.

„Oh, am nächsten Samstag. Oder den darauf. Jan würde lieber am 31. fahren, weil das der Haupttag ist, aber er glaubt nicht, dass er noch Karten bekommt."

„Hoffentlich bekomme ich frei. Ich frag gleich nach und sobald ich mit Alex geredet hab, sag ich dir Bescheid, damit Jan die Karten holen kann." Nina nahm den Karton wieder auf. Die Marktleitung sah es nicht gern, wenn man mit den Kunden quatschte.

„Ich muss auch weiter", sagte Jessica und winkte.

Nina sah zu, wie Jessica im Gang mit dem Chipsregal verschwand, ehe sie summend die nächste Kiste Vanilleeis verstaute. Plötzlich fiel ihr ein, warum ihr der Mann vorhin so bekannt vorgekommen war. Sie stellte schnell den Karton ab, eilte zur Kasse, quetschte sich an den Leuten vorbei, die dort anstanden und rannte hinaus auf den Parkplatz. Hektisch sah sie sich um, bis sie schließlich einen dunklen X5 entdeckte. Sie rannte auf ihn zu und sah, wie er aus der Parklücke fuhr. In dem Geländewagen saß der Mann aus dem Laden. Nina machte, dass sie zurück ins Geschäft kam. „Jessica. Jessica", rief sie, als sie diese im Laden gefunden hatte und eilte auf sie zu.

„Ja?", antwortete diese, überrascht über Ninas dringlichen Tonfall. Nina riss sich zusammen. Sie sah sich um und bemerkte, dass einige Leute sie ebenfalls verwundert ansahen. Unter ihnen Frau Schmitz, ihre Vorgesetzte. Verdammt. „Äh, Jessica, wer war der Mann, den du vorhin gegrüßt hast?"

„Der Mann?"

„Ja. Grade eben. Als wir uns unterhalten haben. Da hast du jemandem zugenickt."

„Ach so. Das war Herr Kirstner. Ein ehemaliger Lehrer von mir."

„Ein Lehrer?", rief Nina verblüfft.

„Ja, am Gymnasium."

„Ach!"

„Warum?"

„Nur so. Ich dachte, ich kenn ihn irgendwo her. Na ja. Ich muss weiter machen." Julia traf sich also mit ihrem Lehrer. Grübelnd widmete Nina sich wieder ihrem Vanilleeis.

Nachdenklich machte Nina sich zwei Stunden später auf den Weg nach Hause. Sie stemmte sich gegen den Wind, der so laut rauschte, dass sie beinahe ihr Handy nicht gehört hätte. Schnell zog sie es aus der Jackentasche. „Hi", sagte sie lächelnd, während sie einem Hundehaufen mitten auf dem Bürgersteig auswich.

„Hallo, Nina. Bist du noch auf der Arbeit?"

„Nein. Ich bin auf dem Weg nach Hause."

„Ich wollte grade vorschlagen, dass ich vorbeikomme."

„Hast du schon Feierabend?"

„Ja. Ich hab gedacht, jetzt, wo ich eine Freundin hab, muss ich mir etwas Zeit für sie nehmen, oder?"

Nina lächelte breit, während sich ein flatterndes Gefühl in ihrem Bauch breitmachte. Unentschlossen blieb sie stehen. Was sollte sie zu Hause? „Du kannst mich jetzt abholen, dann muss ich nicht erst nach Hause laufen."

„Wo bist du denn?"

„Ich steh hier mitten im Dorf. Ich warte an der Kirche."

„Bin in zehn Minuten da."

Nina kehrte beim Bäcker ein, holte zwei große Mandelweckmänner und setzte sich auf eine Bank. Eigentlich hatte sie vorgehabt, die Weckmänner mit Alex gemeinsam zu essen, aber die Mandelzuckerglasur war einfach zu verlockend. Nina biss herzhaft hinein und hielt kauend nach Alex´ Porsche Ausschau. Sie riss die Augen auf, als sie von weitem Julias kleines rotes Auto erkannte. Hatte Jessica nicht gesagt, sie läge im Bett oder sowas? Warum fuhr sie dann durch die Gegend? Als Julia schließlich in der verkehrsberuhigten Straße an ihr vorbeifuhr, erkannte Nina erstaunt, dass diese sich gestylt hatte. War sie wieder auf dem Weg zu ihrem geheimnisvollen Mann? Was mochte sie nur mit ihm zu schaffen haben? Wie eine frisch Verliebte kam Julia ihr nun wirklich nicht vor. Und mit einem Lehrer? Eine Hupe riss Nina aus ihren Spekulationen und überrascht erkannte sie, dass Alex neben ihr gehalten hatte. „Oh", stieß sie aus, packte ihren Weckmann in die Tüte und eilte auf ihren Freund zu. Dann kam ihr eine Idee. „Alex!", rief sie, während sie die Türe aufriss, „Wie gut, dass du schon da bist."

„Hey, so eine Begrüßung lass ich mir gefallen."

Sie ließ sich in den Sitz fallen und gab ihm einen Kuss. Als sie sich sofort zurückzog und nach dem Gurt griff, sah er sie enttäuscht an. „Oder auch nicht. Was war denn das für ein Kuss?"

„Tut mir leid, aber wir haben jetzt keine Zeit. Du musst dem roten Wagen hinterher fahren", stieß Nina aus und zeigte in die Richtung, in der Julia verschwunden war. Hektisch fummelte sie mit der

Schnalle ihres Sicherheitsgurts. Als er endlich eingerastet hatte, sah sie auf. „Warum fährst du denn nicht? Schnell, schnell, ehe sie weg ist."

Alex fuhr los und schwieg eine Weile. „Sagst du mir, wen wir verfolgen?", fragte er schließlich amüsiert.

„Julia."

Er zog die Brauen hoch. „Julia? Warum?"

„Weil sie irgendwas im Schilde führt."

„Was?"

„Das hört sich blöd an. So hab ich es auch nicht gemeint." Nina fuchtelte mit den Händen, als ob sie ihren Kommentar wegwischen wollte. „Ich will nur sehen, wo sie hinfährt. Da! Da vorne fährt sie!"

Kommentarlos folgte Alex dem kleinen roten Auto.

„Oh, hoffentlich hat sie jetzt rot an der Ampel."

„Weißt du, ich wär froh, wenn du mir jetzt mal sagen würdest, was das alles soll."

Sie standen an der Ampel, ungefähr sechs Autos hinter Julia und Nina versuchte zu erkennen, ob sie einen Blinker gesetzt hatte. „Ich glaub, sie biegt rechts ab auf die Schnellstraße." Sie lehnte ihren Kopf noch etwas mehr an die Scheibe der Beifahrertür. „Ja, sie biegt ab."

„Nina!"

Seufzend lehnte Nina sich in den Ledersitz. „Ich weiß auch nicht, Alex. Nina benimmt sich seit Monaten merkwürdig. Alle schieben es auf die Tatsache, dass ihr Freund ohne sie abgehauen ist. Aber wenn sie so niedergeschlagen ist deswegen, was trifft sie sich denn mit einem anderen Mann? Andererseits, wenn sie jetzt einen Neuen hat, warum ist sie dann noch so deprimiert?"

„Woher weißt du denn, dass sie einen anderen hat? Nur, weil du sie meinst in der Stadt gesehen zu haben?"

Jetzt, wo Alex das so ruhig in Frage stellte, kam sie sich schon etwas dumm vor. „Deshalb fahren wir ihr ja jetzt nach."

Kopfschüttelnd fuhr er los, als die Ampel auf grün sprang.

„Aber ich hatte sie zur Rede gestellt. Und da hat sie es nicht geleugnet. Dass sie mit einem Typen unterwegs war, meine ich. Und sie hat es deutlich gemacht, dass es keinen was angeht. Das ist doch merkwürdig."

„Und du benimmst dich wie ein Stalker und schnüffelst ihr nach."

Einen Moment fühlte Nina sich verlegen, doch dann schüttelte sie dieses Gefühl ab. „Ich hab es ja nicht vorgehabt. Aber es bietet sich ja grade praktisch an", verteidigte sie sich. „Außerdem ist es ja nicht nur bloße Neugier, die mich Julia verfolgen lässt. Ich mache mir auch Sorgen. Sie ist permanent deprimiert, sie hat keine ihrer alten Freundinnen mehr, mit den neuen ist sie nicht sehr eng befreundet, wie sie mir selbst gesagt hat, und in ihrer Freizeit unternimmt sie gar nichts mehr. Außer", Nina hob einen Finger, „so etwas wie ihren Ausflug jetzt grade. Wer weiß, vielleicht sitzt sie ja doch nicht alleine in ihrem Zimmer, wenn sie ablehnt, sich mit mir zu treffen. Oder mit den anderen. Vielleicht hat sie ja andere Dinge zu erledigen. Nur will sie nicht, dass wir davon wissen. Immerhin weiß ich von einem Mal, wo sie Tante Hilli erzählt hat, sie wäre mit mir unterwegs gewesen, obwohl sie es nicht war. Wer weiß, wie oft sie das macht? Aber ich kann Tante Hilli ja schlecht fragen und sie auffliegen lassen." Nina unterbrach sich und schlug ihm leicht auf den Arm. „He. Pass auf. Sie fährt da vorne an der Ampel links."

Immer noch schweigend setzte auch Alex den Blinker

und fuhr schließlich auf die Linksabbiegerspur.

„Also, warum all diese Heimlichkeiten, Alex?", knüpfte sie an ihren vorherigen Monolog an. „Du musst doch zugeben, dass das merkwürdig ist."

„Trotzdem ist es nicht deine Angelegenheit", sagte er ruhig und sah sie dann an. „Außerdem, ist dir mal der Gedanke gekommen, dass der Mann vielleicht verheiratet ist? Dann würd ich mich auch heimlich treffen und wäre nicht sonderlich glücklich."

„Oh! Ehrlich gesagt, ist mir das bisher nicht in den Sinn gekommen. Aber du könntest Recht haben. Wie dumm von mir." Augenblicklich fiel ihr ihr treuloser Vater ein und grimmig presste Nina die Lippen zusammen. „Aber vielleicht auch nicht", sagte sie dann. „Du bist- fahr, fahr! Warum wirst du langsamer?" Alarmiert sah Nina Julias Auto verschwinden.

„Weil die Ampel umspringt?"

„Das hättest du doch locker geschafft!"

„Nein, hätte ich nicht!"

Alex übertriebene Ruhe brachte sie in Rage. „Mist!! Und jetzt?" Nina beugte sich vor und versuchte, noch einen Blick auf Julias Auto zu erhaschen. „Vielleicht holen wir sie wieder ein."

Mittlerweile dämmerte es und als sie schließlich endlich auf die Landstraße abbogen, kniff Nina die Augen zusammen, um in der Ferne etwas erkennen zu können. „Ich meine, da hinten fährt sie."

„Ist das dein Ernst? Alles, was man erkennen kann, sind zwei kleine, rote Lichter!"

Warum sprach er die ganze Zeit so übertrieben ruhig. Sie hüpfte praktisch in ihrem Sitz auf und ab und er sprach die ganze Zeit über ohne jede Gefühlsregung. Das machte sie noch nervöser. „Du weißt, dass ich sie einholen möchte. Wenn du vielleicht ein bisschen weniger tiefenentspannt wärst, könnten wir das auch noch schaffen. Wozu hast du so einen dicken Wagen? Gib mal was Gas!"

„Hier ist siebzig.", antwortete er in aller Seelenruhe.

„Ich bezahl auch dein Protokoll, wenn du geblitzt wirst."

Der einzige Anhaltspunkt, dass er nicht so ruhig war, wie er sie glauben machen wollte, war die Tatsache, dass er das Lenkrad kurz mit seinen Händen quetschte. Sie war nervig, sie wusste es ja. Aber immerhin fuhr er nun schneller. „Da hinten fährt sie, glaub ich.", rief sie, als die Straße in der Ferne eine leichte Biegung machte.

„Möglich", murmelte Alex.

„So ein Pech aber auch, dass der große Lkw gerade vor uns in die Straße eingebogen ist."

Langsam nahm er den Blick von der Straße und stierte sie an. „Ich werde jetzt aber ganz bestimmt nicht den LKW überholen, Nina", sagte er schließlich. „Guck dir den Gegenverkehr an!"

„Das hab ich auch nicht erwartet", log sie. „Aber jetzt sehen wir gar nichts mehr."

Schweigend fuhren sie weiter, ehe der Lkw endlich auf ein Firmengelände abbog. „Sie ist weg! Wie kann das sein? Es kam überhaupt keine Kreuzung mehr, die ganze Zeit!" Nina starrte auf die lange, leere Straße vor ihnen.

Alex zuckte nur die Schultern.

„Fahr zurück!"

„Halleluja." Alex hob die Hände. „Ich fahr da vorne über Kaarst nach Hause."

„Nein. Fahr hier an die Seite und dreh dich. Mir ist da was eingefallen. Vielleicht ist sie auf den Parkplatz am See gefahren."

Seufzend tat Alex wie geheißen. Nina wusste, dass er

genervt war, aber sie fragte sich wirklich, warum. Es war ja wohl nicht zu viel verlangt, mal eben mit ihr durch die Gegend zu fahren. Wenn sie es recht bedachte, war er sogar äußerst ungefällig. „Weißt du was? Ganz ehrlich? Du brauchst gar nicht so übertrieben zu seufzen. Wenn es zu viel verlangt ist, mir mal eben einen Gefallen zu tun, dann sag es doch einfach!"

Überrascht sah er sie an. „Was hast du denn jetzt?"

„Meinst du wirklich, ich merk nicht, wie genervt du bist?"

Eine Zeit lang schwieg er, ehe er ihre Hand nahm und sie kurz drückte. „Tut mir leid. Ich hatte Ärger in der Firma, ich hab Kopfschmerzen und noch nichts gegessen. Meine Laune ist nicht die Beste."

Sofort hatte Nina ein schlechtes Gewissen. „Und ich jag dich durch die Gegend. Tut mir leid."

„Schon gut. Wir können ja gleich was an der Pommesbude holen." Er lächelte sie an.

„Ach", fiel ihr ein. „Ich hab dir ja was gekauft. " Sie holte den Weckmann aus der Tüte.

„Danke.", sagte Alex erfreut. „Aber nicht jetzt. Dann kleb ich alles voll."

„Oh. Klar." Sie steckte den mit Mandeln und Zuckerguss überzogenen Weckmann wieder in die Tüte und sah wieder aus dem Fenster. „He, Alex, werd langsamer! Da vorne ist die Einfahrt zum See!"

Er bog auf die Straße zum See ab. „Bitte. Hier ist kein Mensch!"

„Natürlich nicht. Das ist ein Badesee und wir haben Oktober!"

„Ich wollte damit sagen, dass ihr Auto nicht hier ist."

„Sie würde es wohl kaum am Straßenrand parken. Fahr auf den Parkplatz."

„Bist du verrückt? Guck dir den matschigen Platz mal an. Weißt du, was da für Schlaglöcher sind?"

„Sie hat bestimmt irgendwo da drauf geparkt. Durch die ganzen Bäume und Büsche kann man aber auch nichts sehen, obwohl sie beinahe kahl sind", klagte Nina. „Und jetzt ist es mittlerweile auch noch stockdunkel."

„Und der Parkplatz hat keine Laternen. Julia sitzt wahrscheinlich im Kino oder so etwas und wir sitzen hier wie ein paar Idioten", sagte Alex ungeduldig. „Wir fahren jetzt!"

„Nein, warte!" Nina öffnete die Beifahrertür.

„Was machst du denn jetzt?"

„Du hast Recht. Du versaust dir dein Auto. Ich geh eben zu Fuß gucken."

„Nina!", hörte sie Alex rufen und dann vernahm sie einen Schwall von Flüchen. Sie schloss die Autotür und ging vorsichtig durch den Modder am Wegesrand. Immerhin war er nun nicht mehr so übertrieben kontrolliert, dachte sie nebenbei. Sie stapfte durch eine Pfütze und wollte grade den Parkplatz betreten, als ihr ein Auto entgegenkam und sie von Scheinwerfern geblendet wurde. Schnell trat sie zurück und ließ das Auto passieren. Anscheinend war es hier doch nicht so verlassen, wie sie angenommen hatten. Und dieser Fahrer hatte keine Angst, auf den Parkplatz zu fahren, dachte Nina mit anklagendem Blick zu Alex, der neben seinem Auto stand. Na gut, sie war unfair. Alex´ Auto war tiefergelegt und sportlich und dieses Auto war ein SUV. Der hatte es bei Schlaglöchern einfacher. Moment! Ein schwarzer SUV? Sie war so dämlich! Nina sah auf die Rücklichter des Wagens, der gerade auf eine Lücke im Verkehr wartete, um auf die Schnellstraße abzubiegen. „Halt!" Sie lief dem Auto hinterher. „Mist", rief sie, als dieses im gleichen Moment losfuhr.

„Was sollte das denn?", fragte Alex hinter ihr.

„Das war der Wagen aus Krefeld. Der, in dem ich Julia gesehen habe. "

„Das hast du jetzt grade erkannt?" Ungläubig sah er sie an.

„Wetten, wenn ich jetzt auf den Parkplatz gehe, finde ich Julias Auto?" Nina marschierte los. „Das Auto kam aus Krefeld. Das hab ich am Nummernschild erkannt. Oh, und, das hab ich dir noch nicht erzählt, ich hab den Mann wiedererkannt. Er war vorhin bei uns einkaufen. Und er fuhr mit genauso einem Auto weg. Mit Krefelder Nummernschild."

„Ach!"

„Ja. Stell dir vor. Und das Beste ist, ich weiß, wer der Mann ist. Julias Lehrer!"

„Was?" Alex sah sie merkwürdig an. „Bist du sicher, dass du kein Detektiv werden willst?"

Nina ignorierte ihn und stapfte weiter durch den Dreck.

„Verdammt, Nina. Ich hab einen Anzug und gute Schuhe an!"

„Kein Mensch hat gesagt, du sollst mitkommen!"

„Ich lass dich bestimmt nicht alleine hier im Dunkeln durch die Gegend irren!"

„Da ist er!", rief sie statt einer Antwort und sah triumphierend in sein düsteres Gesicht.

„Bravo. Du hast bewiesen, dass deine Cousine sich hier verabredet hatte. Du bist die Beste!"

„Bin ich auch."

„Können wir jetzt fahren?"

„Ja. Können wir."

Er warf die Hände in die Luft. „Danke."

Zwei Stunden später lümmelte Alex sich halb liegend auf der Couch. „Bah, bin ich satt" Er warf einen angeekelten Blick auf die leeren Plastikteller auf dem Tisch, in denen sich ihr Imbiss befunden hatte.

Nina stützte sich auf seiner Brust ab und sah ihn nachdenklich an. „Ich wundere mich immer wieder, wie anders du aussiehst, wenn du keinen Anzug anhast." Sie zupfte an seinem T-Shirt.

„Besser oder schlechter?"

„Na, ich muss sagen, so eine Jogginghose, die hat was."

Er lachte. „Stimmt." Er zupfte an der kurzen, zu großen Sweathose, die er Nina geliehen hatte, weil ihre Hose am Saum voller Schlamm gewesen war. „Jetzt bist du schon so gemütlich angezogen, dann kannst du eigentlich auch hierbleiben", sagte er. „Ich-." Alex verstummte, als er das Klingeln seines Handys vernahm. Er kannte diesen Ton. Und er wusste auch, worum es ging. Resigniert ließ er den Kopf zurück auf die Lehne fallen.

„Warte, ich geb es dir", sagte Nina, stützte sich an seiner Brust ab und langte nach dem Handy auf dem Tisch.

„Nein!", rief er.

Nina hielt inne und sah ihn verdutzt an.

Alex atmete tief ein. „Ich meine, lass es klingeln."

„Wirklich? Sonst bist du immer so erpicht darauf, deine Anrufe anzunehmen."

Alex schluckte. „Ich weiß, wer das ist. Es ist nichts Wichtiges." Er zog sie wieder an sich.

„Ich hab vorhin übrigens deine Schwester getroffen. Sie hat gefragt, ob wir Lust hätten, mit den anderen in den Movie-Park zu fahren."

„Wann denn?"

„Irgendein Samstag, hat sie gesagt."

Alex sah in Ninas begeistertes Gesicht. Ein Tag lang Vergnügen mit Nina zusammen. „Klar."

„Super. Dann sag ich deiner Schwester Bescheid, damit Jan die Karten besorgen kann. Sie hat gedacht, ich müsste dich bearbeiten, damit du mitfährst. Vielleicht bekommt Jan ja noch Karten für Halloween."

„Halt. Warte. An Halloween?", wiederholte Alex mit gerunzelter Stirne.

„Ja. Warum?", fragte Nina verwirrt, als sich Alex Gesicht verdüsterte.

„Am 31.?"

„Ja, Halloween ist für gewöhnlich am 31.", lachte Nina.

„Das weiß ich", schnaufte Alex schlechtgelaunt. „Aber da kann ich nicht."

„Was? Aber wieso?", fragte Nina enttäuscht.

„Du hast gesagt, an irgendeinem Samstag im Oktober!"

„Ja, und? Das ist ja auch ein Samstag im Oktober."

„Tja, nun, an dem Samstag kann ich aber nicht. Da muss ich arbeiten."

„An einem Samstag?"

„Ja, an einem Samstag." Alex stand auf, ging zum Fenster und starrte hinaus.

„So ein Mist." Enttäuscht lehnte Nina sich auf der Couch zurück. „Ich hab mich schon so gefreut."

„Du kannst ja trotzdem fahren."

„Das ist aber nicht dasselbe. Ich wollte mit dir dahin!", stellte Nina klar. „Das kannst du dir ja wohl denken!"

„Ich wär auch gerne mitgefahren. Aber an dem Samstag geht es nun mal nicht."

Nina zuckte die Achseln und wählte Jessicas Nummer. „Nun, dann sag ich denen eben, wir können nur nächste Woche", sagte Nina. „Wenn Jan unbedingt am 31. fahren will, fahren wir eben nicht mit."

Nina wartete, dass Alex` Schwester ranging, während Alex weiterhin sein verdammtes Telefon ignorierte. Das war jetzt schon der dritte Anruf. Er verfluchte sich selbst dafür, dass er jetzt schon wieder darüber nachdachte, was er alles auf seiner Mailbox finden würde. Alex schaltete sein Handy ab und betrachtete Nina.

In den letzten Wochen hatte er sich überschlagen, um seine ganzen Verpflichtungen und die wenigen Verabredungen, die er mit Nina hatte, unter einen Hut zu bringen. Hatte er die hohen Ansprüche seines Vaters sonst nur hingenommen, so hatte er nun arge Probleme, all seine Aufgaben zu erfüllen. Er hatte bisher nie eine feste Freundin gehabt und nun war ihm bewusst geworden, dass er sich entscheiden musste, wenn er Nina behalten wollte. Er würde einmal im Leben an sich denken. Sein Vater würde sich damit abfinden müssen, einen Kompromiss einzugehen. „Nina", rief er. „Vergiss was ich gesagt habe. Ich komm höchstwahrscheinlich auch auf Halloween mit. Aber es ist nicht hundertprozentig, ja?" Zitternd holte Alex Luft. Ein Anfang war gemacht.

Am nächsten Tag zog Nina summend den Rechen durch das Laub, das den Garten ihrer Großeltern überwucherte. Sie war früh von der Arbeit gekommen, da sie Frühschicht gehabt hatte. Die Sonne schien, das Leben war schön, Nina hatte gute Laune und bis Alex Feierabend hatte, würde es noch einige Stunden dauern. Damit die Zeit schneller um ging, hatte Nina beschlossen, sich ein wenig im Garten nützlich zu machen. Sie hörte Schritte und sah auf. „Hey!", rief sie überrascht, als Julia auf sie zugestapft kam. „Hallo Julia."

Julia trat mit verzerrtem Gesicht auf sie zu und ergriff schmerzhaft ihren Arm. Aufgebracht schüttelte sie Nina.

„Hast du sie noch alle?", fragte Nina und riss sich los.

„Hast du sie noch alle?", keifte Julia zurück. „Was fällt dir ein, mir nachzuspionieren?"

„Oh." Nina hatte nicht gedacht, dass man sie erkannt hatte, gestern am See. Dumm von ihr. Schließlich hatte das Auto sie angeleuchtet, als es an ihr vorbeigefahren war. „Julia, reg dich ab. Was heißt hinterherspionieren…"

„Tu nicht so blöd. Du mit deiner verdammten Schnüffelei!"

„Du hast ja recht. Es tut mir leid. Aber ich hatte mir Gedanken gemacht. Deine Eltern tun so, als wäre es keine große Sache! Aber du bist unglücklich und du hast keine Freunde mehr. Du betrinkst dich, triffst dich heimlich mit einem viel älteren Mann und du verletzt dich selber!

Tja, und dann hab ich den Mann zufällig im Geschäft gesehen und herausgefunden, dass er ein Lehrer ist." Nina schüttelte den Kopf. „Und dann seh ich dich zurechtgemacht an mir vorbeirauschen, wo du angeblich im Bett liegst. Ich war einfach neugierig." Entschuldigend sah sie Julia an und erschrak, als sie deren Ausdruck sah. „Was?-."

Julia packte sie wieder schmerzhaft am Ärmel und schüttelte noch einmal wütend Ninas Arm. „Wenn du mir Ärger bereiten wolltest, hast du es geschafft", sagte sie verzweifelt. „Julius hat dich auch gesehen! Lass mich endlich in Ruhe und kümmere dich um deinen Kram!"

„Julia..."

„Du hältst dich für so schlau!", rief Julia verächtlich. „Pass auf, dass du nicht bald selber Hilfe brauchst. Wenn du deine Nase noch länger in Dinge steckst, die dich nichts angehen, dann bist du es, die Hilfe braucht. Du steckst jetzt schon bis zum Hals in der Scheiße und weißt es nicht einmal."

„Was soll das heißen?"

Verächtlich lachte Julia auf.

„Wenn ich nur wüsste, was du da faselst." Nina versuchte, einen Sinn zu entdecken. „Du hast was mit deinem Lehrer. Na toll. Und warum bekommen du oder ich Ärger? Hat er Angst, ich würde das weitererzählen?" Angewidert sah Nina einen Moment ins Leere. „Keine Bange. Ich erzähl es bestimmt keinem. Also kein Grund zur Aufregung." Nina sah verwundert, dass ihre Cousine nicht beruhigter schien. „Das erklärt aber nicht, warum du immer so unglücklich bist." Dann kam ihr ein Gedanke. „Ist es, weil er verheiratet ist?"

Wütend gab Julia Nina einen Stoß. Dann beugte sie sich ihr entgegen. „Lass mich endlich in Ruhe!" Damit drehte sie sich um und marschierte am Haus vorbei zu ihrem Auto. Sprachlos sah Nina ihrer Cousine hinterher und rieb sich die Stelle, wo Julia sie gestoßen hatte.

„Ist Julia schon wieder weg?" Ihre Oma kam in den Garten und sah sich suchend um.

„Ja, sie ist gerade gegangen." Nina nahm ihre Arbeit wieder auf.

„Was hab ich nur für Enkelkinder? Noch nicht mal fünf Minuten Zeit für uns!"

„Julia hat Probleme, glaub ich. Weißt du, seit wann

sie so deprimiert ist? Ist es wirklich wegen diesem Dirk?", fragte Nina. Nicht dass sie glaubte, Oma hätte sich da Gedanken drum gemacht, aber wenn sie schon mal beim Thema waren...

„Was weiß ich? Deine Cousine hält es ja nicht mehr für nötig, ihre Großeltern zu besuchen. Wenn ich was über das Leben meiner Enkeltöchter erfahren will, dann muss ich mich ja an meine Töchter halten!", sagte sie anklagend.

Nina fragte sich, warum ihre Großeltern sich nie haben blicken lassen, als sie noch in Hessen gewohnt hatte. Dann hätte sie vielleicht eine engere Bindung zu ihnen gehabt. „Ich dachte, ihr stündet euch vielleicht näher, wo sie so nah bei euch wohnt und so. Und Tante Hilli ja auch öfter hier ist..."

„Ja, früher. Da ist die Julia hier immer ein- und ausgegangen. Aber seit zwei, drei Jahren, da sieht man sie gar nicht mehr. Ich hab ja Verständnis dafür, dass Kinder, wenn sie älter werden, andere Interessen haben. Aber so plötzlich von heute auf morgen, so gar keinen Kontakt mehr, das ist nicht schön. Sie könnte ja wenigstens ab und zu vorbeikommen, guten Tag sagen." Doris sah grimmig auf Nina, als wäre diese persönlich dafür verantwortlich. „Sonst waren wir gut genug. Du weißt ja, dass die Hilli, die Arme, auch genug mit dem Rolf zu tun hat. Der Kredit für das Haus, der Tennisklub, das kostet alles. Und darüber hatten die beiden öfters Reibereien, über die Jahre. Das kommt in den besten Familien vor. Aber Julia, die war immer froh, wenn sie hierher flüchten konnte, wenn Rolf und Hilli wieder einmal eine Meinungsverschiedenheit hatten. Aber dann, plötzlich, lässt sie sich nicht mehr blicken. Na, ja. Was soll's. Ich bin ja Kummer gewohnt."

Nina hielt im Harken inne. „Echt? Ganz plötzlich ist sie nicht mehr gekommen?"

„Ja. Sag ich doch. Damals hab ich mich noch gewundert. Sonst stand Julia immer auf der Matte, sobald es zu Hause Ärger gab. Und dann…ja, das war auf unserer Goldhochzeit, genau. Da war doch das Palaver mit Rolf und Hilli, weißt du noch? Wo der Rolf erst nach dem Essen aufgetaucht ist, wegen seines Geschäftstermins. Was hat die Hilli einen Aufstand gemacht." Doris winkte ab.

Daran konnte Nina sich auch noch erinnern.

„Auf jeden Fall hatten sie danach doch noch Monate so Probleme", fuhr ihre Oma fort, „und die Hilli wollte sich sogar trennen, weißt du noch?" Sie flüsterte diese Worte, als wenn sie etwas Unaussprechliches preisgegeben hätte. „Aber da erzähl ich dir ja kein Geheimnis. Du hast das bestimmt damals von deiner Mutter erfahren."

Ja, allerdings. Auch, dass das Problem Judith geheißen hatte.

„Auf jeden Fall haben der Opa und ich uns da gewundert, dass die Julia sich gar nicht blicken ließ, in dieser Zeit. Genau. Da hat es angefangen, dass sie ihrer eigenen Wege gegangen ist."

„Aha".

„Na, was wunder ich mich überhaupt. Ihr seid alle gleich. Du störst dich auch nur an dir selbst."

„Oma, was soll ich hier auch machen. Du hast selbst gesagt, andere in meinem Alter haben schon eine eigene Familie." Das war vielleicht 1950 so gewesen, aber was soll's.

„Aber trotzdem ist es ja wohl nicht zu viel verlangt, zum Beispiel deinen Freund einmal zu Hause vorzustellen. Die Verehrer deiner Tante und deiner

Mutter, die haben mir damals Blumen mitgebracht, wenn sie hier meine Töchter besuchen gekommen sind. Rolf hat mich sogar ein paar Mal mit zu gemeinsamen Ausflügen mitgenommen. Und dein Vater hat jedes Mal, wenn er uns besuchen kam, Pralinen mitgebracht. Das waren noch junge Männer mit Anstand."

„Ja, und sieh, wie sie sich entwickelt haben", sagte Nina.

„Deine blöden Kommentare kannst du dir sparen. Wenn dein junger Mann Anstand hätte, dann hatte er sich längst mal vorgestellt, anstatt dich mit seinem teuren Auto am Straßenrand aufzulesen wie eine Nutte."

Nina stützte sich frustriert auf ihre Harke. Es war ja nicht so, als hätte Alex sich nicht schon gewundert, warum Nina es vermied, ihn ins Haus zu lassen. Aber wenn sie sich vorstellte, wie er ihre Familie kennenlernte, bekam sie Schweißausbrüche. Sie sah es schon vor sich. Mama, die im Moment alle Männer hasste und sich wahrscheinlich ausgerechnet dann, wenn sie Alex zum ersten Mal traf, mit ein paar Tabletten weggebeamt hatte und ihre neugierige Oma, die ihren Freund befragte wie bei einem Verhör. Nein, diese Begegnung schob sie so lange auf, bis es sich nicht mehr vermeiden ließ. Aber das konnte sie ja schlecht erzählen. „Ich bring ihn bald mit", murmelte sie.

„Wer`s glaubt. So, ich muss weiter „Familien im Brennpunkt" gucken. Da sind Zustände!"

„Oma, du weißt aber, dass das alles gespielt ist, oder?"

„Ja, ja, natürlich", murmelte Oma und ging hinein, um sich wieder vor den Fernseher zu setzen.

Kapitel 5

Alex saß stocksteif auf einem der verschnörkelten Stühle, die seine Mutter als stilgerecht empfand und rührte in seinem Kaffee. Er spürte den Blick seines Vaters auf sich und hoffte, dieser würde das Zittern seiner Hände nicht bemerken.

„Ich bin froh, dass du es geschafft hast, heute hier zu erscheinen, da ich ja heute nicht im Büro war", begann sein Vater bedächtig vom Kopf der Tafel und warf seinem Sohn zu seiner Linken einen durchdringenden Blick zu.

„Komm ich nicht immer, wenn du mich herbeorderst?"

„Nun, da du es ja nicht für nötig gehalten hast, meiner Textnachricht zu antworten, konnten wir ja nur hoffen." Thomas Moore faltete die Hände über seinem flachen Bauch zusammen und lehnte sich zurück. „Vielleicht erklärst du deiner Mutter und mir nun, warum du es gestern nicht für nötig gehalten hast, an dein Telefon zu gehen."

Alex nahm den Löffel aus seiner Tasse und trank einen Schluck Kaffee, um Zeit zu schinden „Ich war beschäftigt."

„Beschäftigt", wiederholte sein Vater nachdenklich und nickte dann. Er wandte sich an seine Frau. „Beschäftigt war er, Trixie." Er sah wieder zu seinem Sohn. „Beschäftigt." Er schlug mit der Faust auf den Tisch, dass das Geschirr nur so klirrte und Alex zwang sich, unbeeindruckt zu erscheinen. „Ich kann mir auch schon denken, womit!" Thomas stand auf und beugte sich zu seinem Sohn herunter. „Auf jeden Fall nicht mit den Dingen, die deiner Aufmerksamkeit bedurften. Zuerst schleichst du dich aus dem Büro-."

„Ich hab mich nicht rausgeschlichen."

„Und dann", fuhr sein Vater unbeeindruckt fort, „dann wissen wir ja, was du gemacht hast."

Alex ballte beide Hände zu Fäusten, schluckte und zog es vor, zu schweigen.

Thomas sah ihn noch einen Moment forschend an, ehe er sich zu seiner vollen Größe aufrichtete. „Und als ich dann davon erfahre und Antworten haben möchte", fuhr er mit samtweicher Stimme fort, „da ignorierst du meine Anrufe?", endete er mit donnernder Stimme.

„Ich konnte nicht rangehen!", antwortete Alex mit zusammengebissenen Zähnen. „Ich konnte nicht frei reden!"

Sein Vater setzte sich wieder. „Du bist erwachsen, Alexander. Und alt genug, um zu wissen, was du tust. Zumindest habe ich das gedacht", fuhr er ruhig fort und trank einen Schluck Kaffee. „Doch deine neue, kleine Freundin scheint dir nicht gut zu tun."

Alex umklammerte seine Tasse fester und zwang sich, mit ruhiger, beherrschter Stimme zu antworten. „Du täuschst dich, Vater."

„Ach ja?" Thomas hielt seiner Frau wortlos die leere Tasse hin, ohne seinen Blick von Alex zu nehmen. Beatrix nahm ihrem Mann die Tasse ab und beeilte sich, sie wieder mit Kaffee zu füllen.

„Ja", antwortete Alex ruhig, obwohl sein Herz bis zum Hals klopfte.

„Deine Freundin verursacht Probleme. Wenn du deine Verpflichtungen und deine Libido nicht in Einklang bringen kannst, dann musst du Konsequenzen ziehen."

„Ich hab alles im Griff", versicherte Alex.

Sein Vater verzog abwertend den Mund. „Wann hast du jemals etwas im Griff gehabt. Alles was du tust, ist jammern und mich enttäuschen." Thomas griff wieder nach seiner Tasse und trank einen Schluck. „Der Kaffee schmeckt heute nicht", teilte er seiner Frau mit und legte sich eine Scheibe Brot auf seinen Teller. „Mach keinen Fehler, Alexander", sprach er weiter, ohne den Blick von seiner Brotscheibe zu nehmen, die er mit Butter bestrich. „Auch meine Geduld ist einmal erschöpft."

Alex nickte, auch wenn sein Vater ihn immer noch nicht ansah. Das brauchte er auch nicht. Seine Botschaft war angekommen.

Schlecht gelaunt hielt Alex wenig später vor dem Haus seiner Freundin, um sie abzuholen. Auch der Anblick einer lächelnden Nina, die am Straßenrand auf ihn wartete, hob seine Stimmung nicht viel. Sie öffnete die Türe, stützte sich an dieser ab und beugte sich hinunter. „Hallo", grüßte sie atemlos und wie er glaubte, glücklich. Das fand er sehr beruhigend, denn ihm ging es nicht anders.

Sie stieg ein und er beugte sich zu ihr hinüber. „Hallo", grüßte er zurück, gab ihr einen Kuss und zwang sich, den Gedanken an seinen Vater zu verdrängen. Er fuhr los und warf ihr einen kurzen Blick zu. „Tut mir leid, dass ich mich verspätet habe. Ich musste nach der Arbeit noch bei meinen Eltern vorbei und da wurde ich länger aufgehalten, als ich erwartet habe und-." Er unterbrach sich und fluchte lautlos, als plötzlich ein Klingelton in seinem Auto ertönte, der für seine Mutter reserviert war. Er zögerte und spielte einen Moment mit dem Gedanken, ihn einfach zu ignorieren. Allerdings leuchtete fett das Wort „Mama" auf seinem Bordcomputer auf und Nina warf ihm schon einen fragenden Blick zu. „Meine Mutter", erklärte er unnötigerweise. Wenn er jetzt nicht ranging, hielt sie ihn für rüde, da er seine Mutter ignorierte. Ergeben drückte er den Knopf an seinem Lenker und nahm das Gespräch an. „Ja?"

„Alex!", ertönte die Stimme seiner Mutter über die Freisprecheinrichtung durch das Auto. „Wo bist du?"

„Unterwegs", antwortete er durch zusammengebissene Zähne.

„Was ist das für eine Aussage?", fragte sie mit weinerlicher Stimme. „Ich kann ja wohl erwarten, dass du mir eine vernünftige Antwort gibst!"

Alex merkte, wie ihm das Blut ins Gesicht schoss. Wahrscheinlich hatte Ninas Mutter das letzte Mal so mit ihr gesprochen, als sie in der ersten Klasse auf dem Heimweg von der Schule getrödelt hatte und zu spät zu Hause ankam.

„Weswegen rufst du an, Mutter?", sagte er unfreundlich. War er nicht grade erst bei ihr gewesen?

„Wie redest du mit mir? Seit du diese neue Freundin hast, bist du so merkwürdig, Alex. Hast keine Zeit mehr für deine Familie. Ich hatte dich gebeten, etwas Zeit mit deiner Schwester zu verbringen-."

„Mutter!", unterbrach er sie mit pochendem Herzen, während er sich der verwunderten Blicke zu seiner Rechten nur zu bewusst war.

„Ich wollte vorhin nicht noch Öl ins Feuer gießen, als du mit deinem Vater gesprochen hast, aber ich muss sagen, ich bin enttäuscht", fuhr diese unbeeindruckt fort. „So geht das nicht Alexander. Du hast Verantwortung und Pflichten! Nicht genug, dass du uns immer wieder aufs Neue beunruhigst mit deinen Vorstellungen-."

„Mutter! Ich bin nicht alleine im Moment!", stieß er aus.

Als am anderen Ende plötzlich nur noch Schweigen zu vernehmen war, fuhr er fort. „Was wolltest du? Du hast doch bestimmt nicht angerufen, um mir mitzuteilen, wie enttäuscht du von mir bist."

„Ich möchte, dass du noch einmal zurückkommst und anschließend bei deiner Großmutter vorbeifährst. Ich hab hier ihre Medikamente liegen und du bringst sie ihr jetzt bitte. Ich wollte dich vorhin gebeten haben, aber nach dem Gespräch zwischen dir und deinem Vater war ich so aufgewühlt, dass ich es ganz vergessen habe."

„Was für Medikamente?"

„Oma ging es heute Morgen, als ich bei ihr war, nicht gut. Wir sind zum Arzt gefahren und er hat ihr andere Medikamente für ihren Blutdruck verschrieben. Und Cholesterin und- was interessiert es dich überhaupt? In letzter Zeit scheinst du ja nur noch dein Vergnügen im Kopf zu haben", schloss sie mit Enttäuschung in der Stimme. „Ist es zu viel verlangt? Vorgestern sagst du die Verabredung mit Jessica ab-."

„Ich hab auch Besseres zu tun, als mich mit Jessica zu treffen!", stieß er wütend aus.

„Alexander! Du-."

Alex umklammerte krampfhaft das Lenkrad. „Ich komm vorbei!", fuhr er ihr über den Mund. Er beendete das Gespräch und atmete bewusst langsam aus. „Du hast es gehört. Wir müssen eben bei meinen Eltern vorbei. Tut mir leid." Als es sich nicht mehr vermeiden ließ, sah er zu ihr hinüber.

„Oh, sicher. Kein Problem", versicherte Nina schnell und sah zu, wie er mitten auf der Straße wendete. Das war merkwürdig gewesen. Zaghaft sah sie aus dem Augenwinkel zu Alex hinüber, der mit zusammengepresstem Kiefer und grimmigem

Gesichtsausdruck das Lenkrad zerquetschte.

Sie räusperte sich. „Deine Oma, die im Wald wohnt?"

„Was?" Er sah sie einen Moment ratlos an, ehe er sich zu einem gequälten Lächeln hinreißen ließ. „Ja, genau die." Er sah wieder auf die Straße.

„Wo wohnen deine Eltern denn?", fragte Nina.

„Es ist nicht weit. Etwas außerhalb.", antwortete er knapp.

Alex war gereizt und die Stimmung im Auto war mehr als unangenehm und so schwiegen sie, bis sie zehn Minuten später vor einer Villa stehenblieben. Wow. Nina sah beklommen auf das riesige Haus, die Auffahrt, das Tor und die Kameras. Obwohl das Tor geöffnet war, fuhr Alex nicht hinein, sondern parkte am Straßenrand. „Bin sofort wieder da." Er zog den Schlüssel ab, stieg aus dem Auto und marschierte die Auffahrt hinauf, wo sich sofort die Beleuchtung einschaltete.

Neugierig sah Nina ihm nach. Warum war er so gereizt? Sie fragte sich, was es auf sich hatte mit Familienverpflichtungen. So wie Nina das sah, arbeitete Alex von früh bis spät. Aber was wusste sie schon. Sie beobachtete, wie die Haustür geöffnet wurde und eine große, blonde Frau, eine ältere Version von Jessica, heraustrat und einen Blick in ihre Richtung warf. Dann folgte sie Alex ins Haus. Nina starrte noch einen Moment auf die Tür, ehe sie sich zurücklehnte. Sie verschränkte die Arme vor der Brust und betrachtete die Mittelkonsole des Porsche genauer. Alex hätte ihr wenigstens die Musik anlassen können. Sie dachte darüber nach, wie sie es regeln konnten, dass sie sich öfter sahen. Sie hatte zwei Mal in der Woche Spätschicht und Alex musste auch einige Tage lange arbeiten. Nina hätte nie gedacht, dass Leute in der Computerbranche regelmäßig bis nach acht oder neun im Büro saßen. In Gedanken versunken zuckte sie zusammen, als Alex plötzlich die Fahrertür aufzog.

„Tut mir wirklich leid, Nina, aber meine Oma braucht die Arznei."

„Schon gut. Das ist doch nicht schlimm." Sie nahm ihm die kleine Tüte ab, die er in der Hand hielt.

„Das eben", begann er, während er nach hinten sah und dann vom Bürgersteig wegfuhr, „mit meiner Mutter. Also, sie ist ein bisschen schwierig."

„Ah.", Nina nickte verstehend. „Ja, das kenn ich."

Nach einer Weile fuhren sie in die Felder, bogen in den Wald ab und holperten im Dunkeln den schlammigen Weg zum Haus seiner Oma entlang. Diesmal sah Nina auch das Schild, das auf einen Privatweg hinwies, als die Scheinwerfer es anleuchteten. Als sie durch eine etwas größere der zahlreichen Schlammpfützen fuhren und das Wasser an ihrem Fenster hochspritzte, verzog Nina mitleidig das Gesicht. Sie wollte sich gar nicht vorstellen, wie das schöne, schwarze, polierte Auto gleich aussah. Alex hielt vor dem kleinen Haus und Nina war wieder begeistert von dem kleinen Häuschen mit Garten. Es strahlte eine Romantik aus, die sie sonst nur von alten Bildern kannte. „Das ist wirklich schön hier", sagte sie, während sie weiterhin das Haus betrachtete.

„Hmpf", erwiderte Alex und stieg aus. Er zögerte einen Moment, ehe er sich zu ihr in den Wagen beugte. „Komm ruhig mit rein. Es dauert sicher einen Moment."

„Meinst du wirklich?"

„Klar. Komm mit, Oma freut sich immer über Besuch." Damit knallte er die Tür zu.

„Ja, Junge", rief Maria aus, als sie die Türe aufmachte. Dann fiel ihr Blick auf die Tüte in seiner Hand. „Da musstest du wegen mir den Weg rauskommen." Sie trat auf ihn zu und er beugte sich zu der winzigen Frau hinunter und küsste sie auf die Wange. „Die hätte deine Mutter mir auch morgen bringen können. Auf den Tag kommt es auch nicht an."

„Ach was, Oma.", sagte er und trat dann zur Seite. „Ich hab noch jemanden mitgebracht."

„Jetzt sag bloß, du hast wegen mir deine Verabredung unterbrochen! Warte bis ich morgen deine Mutter seh!"

„Schon gut. Nina macht es nichts aus", beruhigte Alex unbehaglich.

„Nina?", wiederholter Maria und sah an ihrem Enkel vorbei.

Nina trat vor. „Nina Hartmann." Sie hielt der alten Frau die Hand hin.

„Du bist also Alex Freundin. Endlich lerne ich dich mal kennen. Alex hat schon so viel von dir erzählt." Sie ergriff Ninas Hand.

„Ja?", sagte Nina erfreut.

„Oh, ja. Dann kommt mal rein.", sagte Maria und zog sie ins Haus.

„Ich mach euch mal einen Tee", sagte sie, ließ Ninas Hand los und schlurfte zum Herd. „Hast du schon was gegessen, Alex? Ich mach euch schnell-."

„Oma!", unterbrach Alex. „Du brauchst uns nicht zu bewirten. Wir sind auch gleich wieder weg."

Maria drehte sich langsam um und sah enttäuscht von einem zu anderen. „Nein, wirklich? Die paar Minütchen. Du kommst so selten."

„Selten? Ich komm dreimal in der Woche…"

„Und dann bringst du endlich mal eine Freundin mit-

."

„Oma!"

„Und dann hast du noch nicht mal Zeit für eine Tasse Tee! Deine Freundin möchte bestimmt einen." Sie sah zu Nina hinüber. „Oder einen Kaffee?"

Amüsiert nickte Nina. „Ein Tee wär nett", antwortete sie.

„Da hast du es", wies Maria ihren Enkel zurecht. „Setzt euch." Sie ergriff den Wasserkessel und füllte ihn.

Alex setzte sich mit Nina an den Tisch. Dann beugte er sich zu ihr hinüber. „Da hast du es. Jetzt hängen wir hier ewig fest", murmelte er.

„Das hab ich gehört", krächzte Oma vom zwei Meter entfernten Herd und beugte sich zum Kühlschrank hinunter.

„Und jetzt fängt sie auch noch an, das Essen aufzutischen", rief Alex und hob ergeben die Hände.

„Jetzt sei doch nicht so unfreundlich", flüsterte Nina fassungslos.

„Unfreundlich! Wenn du auf herkömmliche Art mit Oma redest, hast du verloren. Die üblichen Höflichkeitsfloskeln nutzt sie nur zu ihrem Vorteil. Wie jetzt, wo sie uns erpresst, hier mit ihr zusammen zu Abend zu essen."

Nina war mittlerweile hochrot und wollte sich schon für ihren gefühllosen, unverschämten Freund entschuldigen, als seine Oma sich mit verzerrter Miene umdrehte. Ninas Herz setzte einen Schlag aus. Sie weinte. Doch dann sah sie, dass das Gesicht zu einem Lachen verzogen war, als Maria näher trat und ihrem Enkel aus Spaß einen Klaps auf den Hinterkopf gab und Alex ihr Lachen erwiderte.

„Rede du nur. Ich kann mich noch an eine Zeit

erinnern, wo du jeden Abend hierhergekommen bist und mit mir zu Abend gegessen hast", sagte sie gutmütig und holte Brettchen aus der Schublade. „Warst hier mehr zu Hause als bei deinen Eltern."

Alex Gesicht wurde ernst und er schluckte ein paar Mal, ehe er aufstand, und um den Tisch herumging. „Komm, dann lass mich wenigstens helfen", sagte er und nahm ihr die Brettchen ab.

„Du setzt dich wieder zu deiner Freundin da", befahl Maria und Alex gab sich geschlagen.

„So, bist du eine Zugezogene?", fragte Maria schließlich, als sie fünf Minuten später alle gemeinsam am Tisch saßen und Brot aßen.

„Könnte man so sagen", antwortete Nina bereitwillig. „Meine Mutter ist von hier, aber sie ist vor zwanzig Jahren weggezogen nach Hessen. Mein Vater stammt daher."

„Aha?" Fragend zog Maria die Brauen hoch.

„Nun, meine Eltern lassen sich scheiden, also hat meine Mutter beschlossen, wieder hierher zu ihren Eltern zu ziehen."

„Wie heißen deine Großeltern denn? Die kenn ich doch bestimmt."

„Reisner."

„Ha. Natürlich. Der Hubert. Ja, ja, deinen Opa kenn ich. Da war der noch so klein." Maria hielt ihre Hand in Höhe der Tischplatte. „Und deine Oma ist – wen hat der nochmal geheiratet? Ah, ja, die Doris. Ja, ja, ich kenn sie alle." Maria schnitt ihr Brot in kleine Quadrate und schob sich eins in den Mund.

Nachdenklich betrachtete sie Nina, ehe sie Alex einen Blick zuwarf, der einiges bedeuten konnte oder auch gar nichts. Er schien es nicht zu bemerken, da er gerade damit beschäftigt war, seine Graubrotscheibe akkurat mit Leberwurst zu beschmieren.

Erfreut widmete auch Nina sich ihrem Brot, als plötzlich ihr Nacken kribbelte. Sie sah auf und starrte in die blassen Augen von Maria. Die alte Frau beobachtete sie wieder eindringlich. „Und, Nina, welche Religion hast du denn?"

„Katholisch", antwortete Nina verdutzt.

„Fromm?"

„Äh, nun, eigentlich nicht", antwortete Nina vorsichtig. So alte Leute nahmen es ja schon mal genau mit der Kirche. Sie wollte jetzt keinen schlechten Eindruck hinterlassen. „Ich meine, wir gehen in die Kirche, Weihnachten und so..."

„Hmm." Maria sah zu Alex hinüber.

„Oma!", sagte er nur.

„Gehst du noch zur Schule?", fuhr Maria ihr Verhör fort.

„Nein. Ich arbeite. Im Einzelhandel."

„Wie alt bist du denn?"

„Zwanzig."

„Zwanzig", widerholte Maria und sah sie weiterhin eindringlich an. „Scheinst vernünftig zu sein, für dein Alter."

„Uh...danke."

„Nicht eines von diesen schwachen Mädchen, die sich beeinflussen lassen, hm?" Maria ergriff Ninas Hand. „Vielleicht bist du es ja, die Alex endlich von-."

„Oma!", ertönte es wie ein Peitschenknall durch die Küche. Erschrocken sah Nina zu Alex, der mit mörderischem Gesichtsausdruck die alte Frau anblickte. Maria blickte ihn ernst an, ehe sie lächelte. Sie tätschelte Ninas Hand, die immer noch die Tasse umklammert hielt. „Du gefällst mir."

„Und wir gehen jetzt", sagte Alex schlecht gelaunt

und erhob sich.

Nina kniff die Lippen zusammen, um nichts zu sagen. Doch dann überlegte sie es sich anders. „Deine Oma hat sich die Mühe gemacht und das Abendbrot gemacht und ich hab noch nicht aufgegessen." Herausfordernd sah sie ihn an. Schließlich setzte er sich wieder und wartete mürrisch, dass Nina aufaß. Nach weiteren unangenehmen fünf Minuten, in denen Nina ihr Brot hinunterwürgte, erhoben sie sich schließlich und Nina bedankte sich bei der alten Frau.

„Gerne, gerne. Komm mich bald mal wieder besuchen", bat sie freundlich, ehe sie ihren Enkel herausfordernd ansah.

Er starrte auf sie hinunter und einen Moment dachte Nina, er würde sich weigern, nachzugeben, aber dann beugte er sich doch hinunter, um sich zu verabschieden. „Wiedersehn, Oma. Und nimm deine Medikamente", sagte er und strich ihr über den Arm.

Als sie das Haus hinter sich ließen, verschränkte Nina ihre Arme vor der Brust und sah aus dem Fenster, obwohl es außer der Dunkelheit nichts zu sehen gab. Immer noch besser, als Alex anzusehen, dessen Blick sie immer wieder auf sich spürte. Schließlich hielt sie es nicht mehr aus. „Kannst du mir mal sagen, was das sollte? Wie kannst du deine Oma so anfahren?"

„Ich hab sie nicht angefahren. Ich war nur wütend, weil sie dich mit ihren Fragen gelöchert hat."

„Kein Grund, sie deshalb so anzukeifen. Ich bin alt genug. Wenn ich eine Frage nicht hätte beantworten wollen, hätte ich es schon gesagt. Die arme Frau."

Er seufzte frustriert. „Es tut mir leid, ja?"

„Das hättest du ihr sagen müssen, nicht mir."

„Du verstehst das nicht. Oma weiß, dass ich es nicht so gemeint habe."

„Ach ja? Warum? Bist du öfters so zu ihr?"

Er schüttelte frustriert den Kopf und atmete dann tief ein. „Streiten wir uns jetzt den ganzen Abend über eine Lappalie, die Oma schon längst vergessen hat? Sie ist nicht so empfindlich, klar? Sie weiß, dass ich es nicht so gemeint habe. Meine Güte, ich hab bloß kurz die Stimme erhoben!", rief er plötzlich ungehalten und starrte schließlich angestrengt auf den Feldweg, den sie entlangfuhren.

Na gut, vielleicht übertrieb sie ja etwas. Normalerweise würde sie sich auch nicht so aufregen, hätte er einfach nur genervt seine Oma unterbrochen. Aber es war noch etwas anderes gewesen. Sie war richtig erschrocken gewesen über die Eiseskälte, die in Alex Stimme mitgeschwungen hatte. Es war mehr als nur eine genervte Warnung gewesen, bitte aufzuhören, seine Freundin zu löchern. Es hatte geklungen wie eine Drohung. Und sein Gesichtsausdruck hatte sie ebenfalls schockiert. Nina löste ihre Arme aus ihrer Position vor ihrer Brust und fuhr sich durch die Haare. Aber das gab keinen Sinn. Wahrscheinlich hatte sie sich das nur eingebildet und machte sich gerade lächerlich. „Also, schön, mir tut es auch leid. Ich hab überreagiert." Sie sah zu ihm hinüber und als er sie schließlich anlächelte und ihre Hand nahm, lächelte sie zurück.

Wenig später folgte Nina Alex in seine kleine Wohnung. Als er sie zum ersten Mal hierher gebracht hatte, hatte sie irgendeine hochmoderne Hightech-Wohnung erwartet. Doch die kleine Zweizimmerwohnung war ganz bescheiden gewesen. Nun gut, fast alles war bescheiden gewesen. Bis auf den riesigen Fernseher. Außer einer Couch, Schrank, Laptop, eine Station für sein IPhone und besagtem Fernseher gab es nichts in seinem Wohnzimmer.

Damals hatte Nina gedacht, er wäre gerade erst eingezogen. Es gab keine Bilder, keinen Krimskrams, keine Blumen, keine herumliegenden Klamotten, keine Gardinen, nichts. Doch wie sich herausstellte, wohnte Alex schon länger hier.

Nina setzte sich auf die Couch. „Alex, immer wenn ich hierher komme, denke ich, ich betrete ein Hotelzimmer", platzte sie heraus und sah aus dem kahlen Fenster.

Alex spielte abwesend mit seinem Schlüsselbund, während er ihren Blicken folgte. „Ich brauch nun mal nicht viel. Ich bin sowieso die meiste Zeit arbeiten."

Das hatte sie nicht gemeint. Eher der Mangel an Hinweisen, dass hier jemand wohnte. Aber sie ließ es auf sich beruhen. Seine Laune war sowieso nicht die beste. „Ja, ich hab immer gedacht, ihr Computerfachleute arbeitet für einen horrenden Stundenlohn zu minimalen Arbeitszeiten. Ich hätte nie gedacht, dass man in deinem Beruf so viele Überstunden machen muss", antwortete sie stattdessen.

„Nun ja. Die anderen Angestellten arbeiten auch nicht so lange. Aber als Sohn des Chefs hat man andere Verpflichtungen. Ich würde weiß Gott auch lieber öfter was mit dir unternehmen." Er legte seinen Schlüssel auf den Wohnzimmerschrank und ging zur Küche. „Möchtest du was trinken?"

„Hm, Cola, wenn du hast. Übrigens, es bleibt doch dabei, dass du übermorgen mitfährst, oder Alex?", fragte sie hoffnungsvoll.

„Ah! Zum Movie Park!" Er stellte die Gläser auf den Tisch und setzte sich zu ihr. Er schluckte und strich ihr eine Strähne ihrer schulterlangen Haare hinter das Ohr. Er holte tief Luft. „Ja. Klar. Es bleibt dabei", sagte er dann, ehe er nach seinem Glas griff und einen großen

Schluck trank.

„Ich kann es nicht glauben", meckerte Jan.

Es war Samstagmorgen und sie hatten sich bei ihm vor der Einfahrt getroffen, um gleich gemeinsam zum Movie-Park zu fahren. Jan steckte sein Handy wieder in seine Hosentasche und sah zu Lisa hinüber. „Das war Mica. Er hat die Scheißerei und kann nicht mitkommen." Er sah enttäuscht in die Runde.

„Dafür kommt ja die liebe Jessica mit", sagte Lisa übertrieben freundlich. „Das war ja auch eine Überraschung."

„Ach, wusstest du nicht, dass ich mitkomme?", fragte Jessica.

„Nein, das hat Jan vergessen, zu erwähnen."

„Ich wusste nicht, dass das jetzt so wichtig ist", verteidigte sich Jan.

„Du hast mir doch erzählt, dass Nina und Alex mitfahren. Und Jessica hast du vergessen?"

Nina sah sich das Geplänkel an, ehe sie Alex zumurmelte. „Kann es sein, dass Lisa und deine Schwester nicht die besten Freunde sind?"

„Kann es sein, dass Jan immer noch scharf auf Jessica ist?", sagte Alex schlechtgelaunt. „Ich hab gedacht, in der Zeit, in der sie weg war, hätte sich das erledigt."

„Hatten die mal was zusammen?"

„Nein, aber Jan hätte es gern gehabt, damals."

„Jetzt bin ich der einzige Typ heute, oder was?", klagte Jan grade.

„Hey, Alex kommt doch auch mit", tröstete Jessica ihn. „Ich hab Jan nämlich gestern noch gesagt, dass ich nicht glaube, dass du wirklich mitkommst. Ich kenn ja Papa", sagte sie zu Alex.

„Geil. Das war ja eine schöne Überraschung, die Nina uns da heute Morgen mitgeteilt hat", murmelte Jan.

„Äh, Jan, wir stehen hier zwei Meter entfernt", sagte Nina.

„Ja, Entschuldigung, falls ich die Gefühle deines Freundes verletzt hab." „Keine Bange. Ich freu mich genauso drauf, mit dir den Tag zu verbringen", antwortete Alex.

„Könntet ihr mal aufhören? Anstatt gute Laune zu haben, dass wir Glück mit dem Wetter haben und gleich wegfahren, keift ihr hier rum." Jessica marschierte zu Jans Auto. „So, da Mica ja nicht kommt, würd ich vorschlagen, dass wir jetzt losfahren."

„Ja, du hast Recht." Jan marschierte zur Fahrerseite.

„Jessica, fährst du nicht mit deinem Bruder?", fragte Lisa und griff an Jessica vorbei an die Beifahrertüre von Jans Passat.

„Ich quetsche mich bestimmt nicht hinten auf Alex Notsitze. Außerdem dachte ich, wir fahren alle zusammen, jetzt wo Mica nicht kommt." Fragend sah Jessica in die Runde.

„Wir fahren hinter euch her. Ich glaub, Jan bekommt einen Herzinfarkt, wenn er eine Stunde mit mir auf so engem Raum sitzt", sagte Alex und ging zu seinem Auto.

„Jetzt hör doch auf."

Jan drehte sich zu Nina und Alex um. „Sag mal lieber, mein Auto ist dir nicht gut genug. Und um die Spritpreise braucht so einer wie du sich ja keine Gedanken zu machen."

„Lädst du uns ein, mit dir zu fahren?", fragte Nina herausfordernd.

„Tja, ich hab's nicht so dicke. Eigentlich hatte ich

gedacht, wir teilen die Benzinkosten durch vier oder sogar fünf, wäre Julia mitgekommen. Jetzt fahr ich mit Lisa und Jessica alleine!"

Nina sah über das Autodach zu Alex, der nur die Schultern zuckte. „Also schön, fahren wir alle mit dir!", sagte sie dann und quetschte sich mit Alex und Jessica auf die Rücksitzbank von Jans altem VW.

Zwei Stunden später kletterten sie lachend aus der Achterbahn, als Jens plötzlich auf den Getränkestand zusteuerte. „So, Leute, Zeit, sich einen zu genehmigen."

„Spinnst du? Du bist unser Fahrer." Nina sah ihn ungläubig an.

„Lisa, die Gute, war komplett überwältigt, als ich ihr vorhin vorgeschlagen habe, dass sie heute meinen Goldschatz nach Hause fahren darf."

„Echt?" Nina sah zu Lisa.

Diese zuckte die Achseln. „Von mir aus."

„Also, dann" Jan klatschte in die Hände und steuerte wieder auf den Stand zu. „Was ist mit dir? Auch ein Bier?", fragte er Alex.

Alex zögerte. Seit heute Morgen war er so verspannt, er war sicher, als die Achterbahn vorhin in die Kurven gegangen war, war er der Einzige gewesen, der sich keinen Millimeter zur Seite bewegt hatte. Die anderen Leute hatten ihn bestimmt für eine Puppe gehalten. Heute Morgen hatte er seinen Vater per SMS davon in Kenntnis gesetzt, dass er an ihrem heutigen Meeting nicht teilnehmen würde. Anschließend hatte er sein Handy ausgeschaltet und zu Hause auf seinen Tisch gelegt. Da lag es jetzt noch. Wenn er sich vorstellte, was im Moment bei seinen Eltern zu Hause abging und was er morgen erleben würde, könnte er ein bisschen

Absinth gebrauchen und kein Bier. Ab und an schaffte er es für zwei Minuten, an etwas anderes zu denken, aber dann schweiften seine Gedanken wieder ab und ihm graute vor den Konsequenzen. Dann wiederum ärgerte er sich über sich selber, dass er sich überhaupt Gedanken machte, anstatt den Tag mit seiner Freundin zu genießen. Schließlich wusste er, dass er das Richtige getan hatte!

Und dann waren da noch Jan und Jessica, die Alex Sorgen bereiteten. Das Letzte, was er wollte, war, das Jan sich an seine Schwester ranmachte. Ja, Alkohol war genau das, was er jetzt brauchte. „Klar. Warum nicht?"

„Wenn ihr beiden was trinken wollt, bitte schön. Ich habe aber Hunger!", sagte Jessica."

„Ich auch. Ich schlage vor, wir setzen uns irgendwohin, wo man sich was zu essen bestellen kann", sagte Nina.

„Zu schade, dass Julia heute nicht mitkommen konnte", bemerkte Jessica etwas später, während sie eine Pommes in ihren Ketchup tunkte. Sie saßen an einem Tisch und die Frauen aßen, während die Männer es vorzogen zu trinken.

„Sie hätte gekonnt, sie wollte nur nicht", murmelte Jan und verzog geringschätzig den Mund.

Lisa schüttelte den Kopf. „Was die hat, das möchte ich echt mal wissen." Sie stach schlechtgelaunt in ihre Currywurst.

Da die anderen schon mal das Thema angeschnitten hatten, beschloss Nina, die Gelegenheit nicht ungenutzt zu lassen. „Und du hast keine Ahnung, warum sie so komisch ist? Ihr kennt euch doch schon lange, oder?"

Lisa zuckte die Achseln. „Hm, ja, ein paar Jahre. Zwei?" Fragend sah sie Jan an.

„Was guckst du mich an? Ich hab ja wohl nichts mit ihr zu tun. Die war ja wohl schon immer ätzend, das hat sich in den letzten Monaten nur noch verschlimmert. Ich weiß gar nicht, was Mica an der findet."

„Du bist so ein Blödmann. Julia ist doch wohl in Ordnung. Es gibt Menschen, denen gehen Probleme nicht am Arsch vorbei, wie dir."

„Was weißt du davon? Nur weil man Probleme hat, muss man sie ja nicht überall vor sich her tragen wie eine Trophäe und um Mitleid betteln."

„Das tut sie doch gar nicht. Manche Leute nehmen das Leben eben schwerer als gewisse andere, die nur oberflächlich durch die Welt hüpfen."

Nina wartete das übliche gekeifte zwischen Lisa und Jan nicht ab, sondern wandte sich stattdessen an Jessica. „Du kennst sie doch auch. Ist sie die ganzen Jahre schon so in sich gekehrt?"

Jessica schüttelte den Kopf. „Wenn ich mich recht erinnere, war Julia immer für jeden Spaß zu haben."

„Eben. Weißt du noch, Jan, auf der Abschlussfahrt? Was haben wir da gesoffen", mischte sich Lisa ein.

„Ja, aber nur, weil wir Glück hatten und den Kirstner mithatten."

„Da haben wir uns eigentlich richtig kennengelernt", sagte Lisa erklärend zu Nina. „Wir waren zwar in einer Klasse, aber sie hing meistens mit ihren Leuten rum. Aber während der Klassenfahrt, da haben wir erstmal gemerkt, wie gut wir uns verstehen. Und nach den Ferien, als wir anstatt Klassen nur noch Kurse hatten, haben wir festgestellt, dass wir ein paar Kurse gemeinsam hatten. Ihre anderen Freundinnen hatten anderen Kurse und so hat sich das ergeben, nehme ich an, dass sie mehr mit uns rumgehangen hat."

„Ja. wenn ich so drüber nachdenke, war sie am

Anfang wirklich nicht so übel. Aber in letzter Zeit kannst du die ja vergessen." Darauf trank Jan noch einen Schluck.

„Tja, nun, wer weiß, was die für Probleme hat", sagte Lisa ruhig und sah Jan herausfordernd an.

„Was willst du noch mal werden? Psychologin?"

„Du kannst mich mal."

„Die Abschlussfahrt, wie lang ist die denn her?", mischte Nina sich wieder an, ehe die beiden wieder anfingen.

„Hm, drei Jahre ungefähr."

„Auf der Abschlussfahrt, dieser Lehrer, Kirstner, ist das nicht derjenige, den du letztens im Laden gegrüßt hast, Jessica?"

„Ja, genau."

„Woher kennst du den denn?", fragte Jan. „Das ist vielleicht einer! Der hat damals mehr gesoffen als alle Schüler zusammen."

„Quatsch", widersprach Lisa.

„Auf jeden Fall ist der cool drauf. Wir konnten feiern und saufen, so viel wir wollten. Wo andere Lehrer sich den Arsch aufrissen und die Zimmer der Schüler nach Alkohol durchsuchten, hatte der alle Hände voll zu tun, die andere Lehrerin abzulenken, damit wir in Ruhe feiern konnten."

„Ja, aber du stellst es so dar, als wäre er verantwortungslos gewesen. Er ist lediglich nicht so verklemmt wie die anderen Lehrer", widersprach Lisa.

„Ja, verklemmt ist der bestimmt nicht. Wenn ich mich recht entsinne, wurde er auch auf den Mädchenzimmern gesichtet." Jan lachte immer noch.

Lisa wandte sich an Nina. „Der labert wieder nur Mist. Der Kirstner war auf den Mädchenzimmern und hat sich mit uns unterhalten. Und wenn er uns hat

Alkohol trinken lassen, hat er trotzdem darauf geachtet, dass keiner zu viel trinkt. Außerdem waren wir alle schon sechzehn oder so. Kirstner ist auf jeden Fall total nett. Der ist nicht umsonst seit Ewigkeiten der Vertrauenslehrer hier an der Schule."

„Hey, ich hab nichts gegen den. Der ist cool drauf, sag ich doch." Jan verdrehte die Augen.

„Und seit dieser Zeit seid ihr befreundet?", hakte Nina nach.

„Ja." Lisa zuckte die Achseln. „Warum fragst du das eigentlich alles?" Neugierig sah sie Nina an.

„Keine Ahnung. Nur so. Ich hab mich gefragt, was aus Julias alter Clique geworden ist. Ich hab meine Freunde zu Hause so lange nicht gesehen und mit einigen hab ich gar keinen Kontakt mehr. Ich hab mich gefragt, wieso Julia mit keinem von ihnen mehr was zu tun hat."

„Freunde ändern sich. Und manchmal passen sie eben nicht mehr zusammen", bot Jessica an, sah zu Jan und warf dann einen bezeichnenden Blick auf Lisa neben sich.

Lisa sah wütend von Jessica zu Jan, ehe sie zum Sprechen ansetzte. „Was willst du denn damit sagen?"

Nina warf einen genervten Blick auf das Trio vor sich, ehe sie sich nachdenklich ihrem Essen widmete.

„Ich kann heute Nacht nicht schlafen", klagte Lisa, als sie nach einer Stunde anstehen und fünf Minuten Schrecken schließlich wieder ins Freie traten.

„Komm, Lisa, bei sowas fühlst du dich doch wie zu Hause."

„Oh, Jan, du kannst ja wieder sprechen. Vorhin hab ich dich nur wimmern gehört. Und einmal hast du dich erschreckt, was? Ich wusste gar nicht, dass Männer so schrill schreien können."

„Das war Alex."

„Alex und Nina sind hinter uns gelaufen. Der Schrei drang an mein rechtes Ohr. Und da warst du."

Nina lachte glücklich und umarmte Alex. Sie war so froh, dass sie heute hierhergekommen waren. Das war der schönste Tag, den sie seit langem erlebt hatte. Den ganzen Tag mit Alex zusammen. Einem lachenden, witzigen, Alex, ohne seine übliche ernste Miene und seine steifen Klamotten. Seit er sich ein paar genehmigt hatte, war seine Stimmung beachtlich gestiegen. In Jeans und Jacke und wie er sie jetzt so anlachte, sah er zum ersten Mal so jung aus, wie er ja auch noch war. Nina legte locker die Arme um seine Taille und sah ihm glücklich in sein lachendes Gesicht. Im schwachen Licht der Scheinwerfer, die den düsteren Park nur ein wenig erhellten, konnte sie sich vorstellen, sie wären alleine im Park. Nina kam sich plötzlich vor, als wäre sie es, die etwas getrunken hatte. „Ich könnte für immer so stehen bleiben", seufzte sie.

„He, das würd ich dir aber nicht empfehlen. Wir müssen weiter! Da vorne am Deathspital müssen wir jetzt schon ewig anstehen und es wird nicht leerer", maulte Jan.

„Wow. Das ist gruselig", lachte Nina vier Stunden später erschrocken und sah einem Zombie hinterher, der an ihnen vorbeigewankt war.

„Ja, bist ganz schön zusammengezuckt." Alex sah sie mit leicht glasigem Blick an und zog sie noch etwas enger an sich.

„Alex, wie viel hast du getrunken?", fragte Nina leicht beunruhigt. Vor einer Stunde hatte Jan aus seinem Rucksack einige Spirituosen hervor gezogen und er und Alex waren von Bier auf härtere Sachen umgestiegen. Seitdem hatte sich Alex Laune ins Gegenteil gekehrt. Und langsam wurde er zu betrunken für Ninas Geschmack.

„Was soll das denn jetzt?"

„Na, ja. Ich hätt nicht gedacht, dass du so viel verpacken kannst, nach dem ersten Abend damals im Kristall."

„Tja, du weißt so manches nicht über mich", sagte Alex düster, fasste ihre Hand fester und blieb plötzlich stehen, als ein Monster ihn ansprang. „He! Arschloch", grölte Alex und stieß das Monster von sich.

„Alex! Das gehört zur Show", rief Nina verwundert und machte sich von seiner Hand los. Alex war kein freundlicher Betrunkener, auch das hatte sie die letzte halbe Stunde bemerkt. Lisa warf ihr einen Blick zu und zog vielsagend die Brauen hoch.

„Lasst ihr mir den Alex in Ruhe", rief Jan und schlug ihm kräftig auf die Schulter. „Der Alex ist jetzt mein Freund. Stimmt's, Alex?"

Alex versteifte sich und erwiderte nichts, doch das schien Jan nicht zu bemerken.

„Und jetzt gehen wir Rick und Daryl besuchen. Komm, Jessica, ich pass auf dich auf, damit du keine Angst hast." Damit ergriff Jan ihre Hand und zog sie zum The Walking Dead Labyrinth. Eine grimmige Lisa folgte ihnen und auch Nina und ein schlechtgelaunter Alex, dessen düsterer Blick auf Jan und seiner Schwester ruhte, folgten.

„Was für ein Spaß", murmelte Nina. Dass Lisas Laune im Keller war, konnte sie ja verstehen. Aber warum Alex sich aufführte wie der besorgte Vater einer Fünfzehnjährigen, das fand Nina etwas lächerlich.

Sie wurden in kleinen Gruppen in das dunkle

Gebäude geleitet und schlurften durch den schwach beleuchteten Gang. Sie liefen hintereinander und Nina schrie ein paar Mal erschrocken auf, als ein Zombie vor ihr erschien und sie im Dunkeln etwas in ihrem Gesicht spürte. „Oh, Gott, da war ein Spinnennetz oder sowas, wo ich reingelaufen bin", kreischte sie in der Dunkelheit. Hinter sich hörte sie Alex lachen und vor sich Lisa kreischen.

Sie kamen in eine Art Höhle, wo es stockdunkel wurde. „Ihh, mich hat was angefasst", schrie Nina. Sie tastete sich unbeholfen vorwärts und packte in irgendwelche ekligen Substanzen, ehe sie endlich einen schwachen Lichtschein sah, wo ein Gang wieder aus der Höhle hinausführte und sie einige Personen der Gruppe, die vor ihnen gegangen war, erkennen konnte. „Gott sei Dank. Hoffentlich ist das bald zu Ende." Sie hörte einen der Männer in der Höhle erschrocken aufschreien. „Ha, da bin ich ja nicht der einzige Angsthase", murmelte sie und machte, dass sie zum Ausgang kam.

Erleichtert atmete sie zwei Minuten später auf, als sie aus der Attraktion heraustrat. „Oh Gott. Das war nichts für meine Nerven", sprach sie zu sich selbst und hielt nach den anderen Ausschau. Sie konnte keinen entdecken. In der Höhle musste sie Jan und Jessica überholt haben. „He", rief sie lachend, als Alex herausgestolpert kam.

„Wo warst du denn plötzlich?", murrte er.

„Keine Ahnung. Ich hab da drin total die Orientierung verloren", sagte sie und ignorierte die mürrische Miene des betrunkenen Alex. „Hast du da drin so geschrien?"

„Nein", sagte er brummig.

Nina verdrehte die Augen.

„Das ist krank", rief Lisa schaudernd, als sie als nächstes heraustrat.

„Oh je!", rief Nina lachend, als sie einen Blick auf Jan warf, der mit grimmigem Gesicht hinter Lisa aus dem Gebäude trat, eine besorgte Jessica an seiner Seite, die sich zu ihm beugte. „Guckt euch Jan an. Den hat der Besuch bei den Zombies aber mitgenommen."

„Das macht der doch mit Absicht, damit Jessica sich um ihn kümmern kann", sagte Lisa angewidert. „Vielleicht täuscht er gleich noch eine Ohnmacht vor."

„Na, Jan", neckte Nina ihn, sobald er und Jessica bei ihnen angekommen waren. „War zu gruselig für dich, was?"

„Ha, ha. Die Idioten da sollten sich mal an ihre Auflagen halten", gab er schlecht gelaunt zurück. „Ich hab mir da an irgendwas schweineweh getan." Er schlug seine Jacke zurück und hob seinen Pullover an. „Guckt euch das an! Sowas darf ja wohl nicht passieren!"

„Wie hast du das denn gemacht?", fragte Lisa verwundert, während alle die kleine, blutende Wunde an Jans Seite betrachteten. „Sieht aus, als hättest du dich an irgendetwas gepiekt oder gestochen."

„Ich hab keine Ahnung", antwortete Jan mürrisch.

„Er hat auf einmal geschrien", rief Jessica aufgewühlt.

„Aber eher aus Überraschung als aus Schmerz", stellte Jan schnell klar. „Ich war mit Jessica in der Höhle und auf einmal hab ich einen stechenden Schmerz gespürt."

„Hm, tief ist die Wunde aber nicht", sagte Nina. „Wie konnte das denn passieren?"

„Keine Ahnung. Ob ich unbemerkt irgendwo drangestoßen bin?"

Alex beugte sich näher heran. „Sieht glaub ich schlimmer aus, als es ist. Am besten gehen wir zur Erste Hilfe Station. Die können dir ein Pflaster draufkleben."

„Danke für dein Mitgefühl und deinen Tipp", gab Jan sarkastisch zurück.

„Aber das darf doch nicht sein, dass da so scharfe Gegenstände herausragen, wo man sich dran verletzen kann", regte sich Lisa auf.

„Vielleicht ein Stück Stacheldraht von der Zaunattrappe", schlug Jessica vor.

„Quatsch. Das ist doch kein Kratzer. Das sieht aus wie ein Stich von etwas Spitzem oder so", sagte Nina und sah sich die Wunde nochmal genauer an. „Auf jeden Fall müssen wir das melden, ehe sich noch jemand anderes verletzt."

„Merkwürdig. Ich kann mich nicht erinnern, irgendwo rangestreift zu sein. Im Gegenteil. Ich hab einfach nur mit Jessica da gestanden."

„Ihr habt da gestanden?", fragte Alex mit zusammengekniffenen Augen. „Wozu?"

„Wir sollten jetzt die Wunde versorgen lassen", schlug Nina schnell vor.

„Ich find's trotzdem merkwürdig", sagte Lisa.

Langsam machte sich die Gruppe auf den Weg zur Erste Hilfe Station.

Kapitel 6

Julia starrte entsetzt in die verzerrte Fratze ihres Peinigers und schrie.

Was hatte sie nur getan? Was hatte sie getan? Benommen sah sie durch die lodernden Flammen des Feuers in die anderen Gesichter, die sie umringten. Der merkwürdige Gesang, der immer wieder durch monotones Gemurmel unterbrochen wurde, vernebelte ihr die Sinne und das Bewusstsein dessen, was gerade mit ihr passierte, lähmte sie vor Entsetzen. Der Sprechgesang erreichte einen neuen Höhepunkt und Julia schrie vor Schmerz auf, als eine weitere Gestalt sich in ihr Blickfeld schob. Einen Moment spielt sie mit dem Gedanken, sich zu widersetzten, doch was sollte das bringen? Es hatte keinen Zweck. Und sie konnte Julius nicht enttäuschen. Julia schloss die Augen und flüchtete an einen anderen Ort. Zu einer anderen Zeit. Als sie noch nichts ahnte von der dunklen Seite, die in jedem schlummerte und von den Abgründen, die sich hinter den Fassaden der freundlichen Gesichter verbargen.

„Guten Morgen."

Nina öffnete die Augen. Einen Moment sah sie sich irritiert in dem Schlafzimmer um, ehe ihr Blick auf den Mann fiel, der an ihrem Bett stand. „Oh, guten Morgen." Sie setzte sich auf und sah Alex verschlafen an. „Du bist schon wach? Eigentlich müsste ich es sein, die dich froh gelaunt weckt, in dem Zustand, in dem du dich befunden hast, als wir endlich hier angekommen sind."

Alex verzog das Gesicht. „Die Couch war sowas von unbequem, hätte ich im Bett geschlafen, dann wär ich jetzt auch noch nicht wach."

„Tut mir leid. Du bist gestern im Wohnzimmer eingeschlafen und ich konnte dich nicht mehr dazu bewegen, aufzustehen."

„War ich sehr schlimm?"

Nina zuckte die Achseln. „Ach was. Wenn du nicht gerade deine Anfälle von schlechter Laune hattest, warst du ganz niedlich. Nach Jans Verletzung warst du sogar nett zu ihm." Ihr Blick fiel auf den Radiowecker. Halb neun.

Alex setzte sich zu ihr auf das Bett und rieb sich die Augen. „Oh Gott. Sag niemals einem Mann, er wäre niedlich." Er setzte sich die Brille wieder auf und sah sie an. „Ich hab Brötchen geholt."

„Was?"

„Ich hab gesagt, ich hab gerade Brötchen geholt."

„Oh. Und Kaffee?", fragte sie hoffnungsvoll.

„Den hab ich als allererstes aufgeschüttet."

„Du bist ein Mann nach meinem Geschmack." Sie küsste ihn, stand auf und streckte sich. „Ähm, erinnerst du dich, auf was du dich für heute eingelassen hast?", fragte sie dann amüsiert.

„Nein?", antwortete er vorsichtig.

Nina lachte, während sie aus dem winzigen Schlafzimmer trat und in die Küche ging. „Da du und Jan ja jetzt so seid", sie krümmte ihren Mittelfinger über ihren Zeigefinger, „nachdem du ihm bei seiner Verletzung geholfen hast, habt ihr beschlossen, euch heute Abend zu treffen, um den gestrigen Tag Revue passieren zu lassen."

„Ach ja." Alex holte ihr eine Tasse von dem Regal, dass ihm als Geschirrablage diente und stellte sie vor die Kaffeemaschine. „Das hab ich verdrängt."

„Ach komm." Sie warf ihm einen Blick zu, während

sie sich den Kaffee einschenkte. „Ist doch ganz nett, wenn du dich mit denen anfreundest."

„Meinst du? Ich glaub nur nicht, dass unsere neugewonnene Freundschaft eine Stunde mit meinem nüchternen Ich überlebt."

„Ach was." Nina sah sich suchend um. „Die Brötchen?"

„Im Wohnzimmer."

Am Abend saßen sie alle in der Pizzeria, in der Alex und sie sich damals ihre Pizza geholt hatten. „Äh, Julia, du hast morgen Unterricht", fühlte Nina sich verpflichtet, ihrer Cousine in Erinnerung zu rufen, nachdem diese sich grade ihren vierten Bacardi-Cola bestellt hatte. Davon abgesehen war es erst halb acht.

„Das weiß ich", gab ihre Cousine mürrisch zur Antwort.

„Du hast da was verwechselt, Julia. Zur Pizza trinkt man Wein. Oder Cola.", steuerte Jan hilfreich bei.

„Kümmere du dich um deinen eigenen Scheiß."

Nina pustete aus und steckte sich ein Stück Pizza in den Mund. Als sie sich darauf geeinigt hatten, um sieben Uhr Pizza essen zu gehen, hatte Nina es für eine gute Idee gehalten, Julia anzurufen und sie zu bitten, mitzugehen. Zu ihrer Überraschung hatte sie sogar zugestimmt. Doch seit ihrer Ankunft vor einer halben Stunde hatten sie keine zwei Worte gewechselt. Während die anderen, insbesondere Jan, sie davon unterrichteten, was sie gestern alles verpasst hatte, verdüsterte sich ihre Stimmung auch noch, obwohl Nina nicht gedacht hätte, dass das noch möglich war. Jetzt schoss Julia gerade wütende Blicke auf Lisa, die es gewagt hatte, über irgendetwas zu lachen, das Jan gesagt hatte. Langsam bekam auch Nina schlechte

Laune. Julias Stimmung schien auf alle abzufärben. Alex hatte nach einem Blick in Julias saure Miene ebenfalls kaum mehr etwas von sich gegeben und auch Mica war relativ still, seit er von Julia komplett ignoriert worden war.

„Du bist aber mutig", sagte Nina nur halb im Scherz zu dem sauer dreinblickenden Mica. „Wenn ich gestern noch krank gewesen wäre, würde ich mir jetzt keine fettige Pizza genehmigen."

Mica sah auf überrascht auf seinen Teller, als hätte er seine Pizza vergessen. „Ja, ich weiß auch nicht, warum ich die bestellt habe. Vorhin dachte ich, ich könnte es ja mal versuchen, aber jetzt wo ich sie vor mir stehen hab…" Unschlüssig sah er weiterhin auf seinen Teller.

„Tu doch nicht so. Du isst sie ja doch." Angewidert sah Julia zu Mica hinüber. „Ahh, da kommt ja mein Getränk." Kaum hatte die Bedienung es abgestellt, genehmigte Julia sich einen großen Schluck. „Können direkt noch einen bringen."

„Möchtest du nicht doch was essen?", wagte Nina sich vor. „Hier, die ist echt lecker." Sie schob Julia ihren Teller hin."

„Nein, ich hab keinen Appetit." Julia schob den Teller zurück.

Zehn weitere Minuten später, Mica saß vor seiner kalten Pizza, Alex murmelte ab und an ein paar Worte zu Jan, der mittlerweile seine Berichte über den gestrigen Abend nur noch sporadisch einwarf, Julia trank und Lisa war auf dem Klo, erklärte Nina den Abend für gegessen. Die Stimmung war hinüber und verantwortlich dafür machte sie Julia. Hätte sie sie doch nur nicht angerufen. Das hatte man davon, wenn man es gut meinte.

„Guck mich nicht so an!", keifte Julia gerade zu Mica

rüber.

„Bist du bald fertig?", rief Nina wütend.

„Guck dir die Alte an." Jan schüttelte den Kopf. „Jetzt hast du schon so viel getankt, man sollte meinen, irgendwann kriegst du mal bessere Laune. Gut, dass du gestern nicht mitgefahren bist. Dich hätten die direkt dabehalten. Als Stimmungsmörder."

„Ja, du Arsch", lallte Julia. „Gibt's bei dir überhaupt was anderes als dein scheiß Halloween? Du und deine läppischen Zombies", murmelte sie voller Verachtung. „Monster und Mörder", sagte sie mit übertrieben dunkler Stimme und aufgerissenen Augen und beugte sich über den Tisch zu Jan hinüber. „Und dann fühlst du dich cool, was?" Dann setzte sie sich wieder gerade auf ihren Stuhl. „Pff", sie holte mit dem Arm aus und machte eine wegwerfende Bewegung, wobei sie beinahe die Gläser vom Tisch fegte. „Du Vollidiot."

„He, jetzt hör aber auf." Nina fing ein wackelndes Glas auf, ehe es auf dem Boden landete.

Julia ignorierte sie. „Ich hab gestern echte Monster gesehen", sagte sie dann zu Jan, ehe sie langsam den Blick über die anderen wandern ließ. „Echte, böse Monster."

„Leck mich am Arsch", murmelte Jan und betrachtete Julia mit einer Mischung aus Abscheu und Faszination. „Es gibt nicht ekelhafteres als besoffene Weiber."

„Ich bin ekelhaft?", schrie Julia. „Ich?" Sie stand auf und stieß dabei beinahe den Stuhl um. „Was seid ihr doch alle für scheinheilige, dreckige-.

„Julia!" Nina stand ebenfalls auf, fasste sie am Arm und sah sich peinlich berührt um. Das gesamte Lokal starrte zu ihnen hinüber. „Jetzt setzt dich wieder hin!"

„Lass mich los" Julia riss ihren Arm weg. „Soll ich dir erzählen, warum ich gestern nicht mitkonnte? Willst du wissen, wo die echten Monster sind?"

„Julia, jetzt schrei nicht so." Nina sah ihr ratlos in die glasigen Augen.

„Am besten, wir schaffen sie raus." Lisa erhob sich ebenfalls.

„Fass mich nicht an!", rief sie voller Verachtung zu ihr hinüber, noch ehe diese zu ihr treten konnte. „Ihr alle! Keiner fasst mich mehr an." Julia atmete immer schneller und Tränen liefen ihr über die Wangen und verschmierten ihre Schminke.

„Jo. Wie gestern im Movie-Park."

„Du bist so ätzend, Jan", murmelte Lisa angewidert.

Nina nahm die hysterische Julia in die Arme. „Wir müssen sie nach Hause bringen", murmelte sie zu Alex. Dieser nickte. „Lasst und bezahlen, dann hol ich das Auto."

„Nein! Ich will nicht." Julia wand sich aus Ninas Umarmung. „Ich muss weg." Damit schwankte sie aus dem Lokal. Nina folgte ihr.

„Ich komm mit", bot Mica an.

„Julia", rief Nina draußen und fasste sie am Arm. „Komm, ich bring dich nach Hause." Plötzlich ließ Julia sich auf dem Boden nieder und zog die überraschte Nina mit sich hinunter. Julia zog die Knie an, legte den Kopf darauf und bedeckte ihn mit ihren Armen, während ihr ganzer Körper von Schluchzern geschüttelt würde. Hilflos hockte Nina vor ihr und warf Mica einen ratlosen Blick zu. Dieser sah besorgt auf Julia hinunter.

„Was ist los?" Lisa trat, gefolgt von den anderen, aus der Pizzeria.

„Julia, jetzt komm. Da auf der Erde ist es zu kalt", redete Nina auf sie ein.

Julia schüttelte den Kopf.

„Mein Wagen steht da hinten", murmelte Mica. „Ich geh ihn holen."

„Verpiss dich!", schrie Julia und Speichel flog aus ihrem Mund und blieb an ihrem Kinn hängen.

„Bah!" Angewidert verzog Jan das Gesicht.

„Komm, Julia." Nina versuchte wieder, sie hochzuziehen. Langsam und umständlich erhob Julia sich. „Komm, wir gehen nach Hause", sprach sie wie zu einem kleinen Kind.

„Mit denen geh ich nirgendwo hin. Alles Schweine."

„Dann gehen wir alleine, o.k.? Mit mir gehst du doch, oder?" Julia nickte.

Sie wankten zum Parkplatz, wo ihre Autos standen.

„Ich hab gesagt, ich fahr nicht mit denen mit! Ich will laufen." Julia blieb stehen, dann beugte sie sich plötzlich vor, ehe sie sich mitten auf dem Parkplatz übergab.

„O.k. Also ich lass ihr ihren Willen", rief Jan, ehe er einen Schritt zurück trat.

„Komm, Julia, ich bring dich zu Fuß nach Hause." Nina nahm ihre Cousine in den Arm und schüttelte den Kopf, als Alex und Mica vortraten. „Lasst sie in Ruhe. Ich mach das schon. Mit ihr ist jetzt nicht vernünftig zu reden." Widerwillig traten die Männer zurück.

„Ich ruf dich nachher an", sagte Alex.

Nina nickte nur. Sie hatte alle Hände voll mit Julia zu tun.

Zwanzig Minuten später suchte sie in Julias Tasche nach dem Haustürschlüssel, schloss auf und bugsierte Julia die Treppe hoch. „Sind Tante Hilli und Onkel Rolf nicht da?"

„Pff, keine Ahnung. Nein", nuschelte Julia. Wenigstens war ihr Heulen auf dem Weg nach Hause weniger geworden.

„Komm ins Badezimmer. Du hast dich vorhin angekotzt", sagte Nina schaudernd und öffnete die Türe zum Bad. Sie half Nina, die Hose und den langen Pulli auszuziehen. „Igitt, das nächste Mal beugst du dich weiter vor." Sie warf mit spitzen Fingern den Pulli in die Wanne und Julia ließ sich auf dem Klodeckel nieder.

„Wo habt ihr Waschlappen? Du musst dir dein Gesicht- he, Julia, ich wusste ja gar nicht, dass du ein Tattoo hast!" Nina starrte auf das merkwürdige Symbol, welches den Ansatz von Julias linker Brust zierte. Julia folgte ihrem Blick und schauderte. Schnell legte sie schützend ihre Hand darüber. „Das ist nichts!", lallte sie. „Nichts! Du hast nichts gesehen, klar?", rief sie drohend.

„Julia, jetzt bleib mal locker. Da ist doch nichts dabei." Nina zwang sich, nicht auf Julias Arm mit den Narben zu schauen.

„Nichts dabei." Julia lachte, während ihr die Tränen über die Wangen liefen. „Du bist so blöd. Ihr alle seid so dumm." Sie sah Nina angewidert an. „Du hast ja keine Ahnung, was hier eigentlich los ist. Und du schnüffelst mir nach und hältst dich für so schlau, bist du irgendwann so endest wie Dirk."

„Dirk?"

„Du hängst mittendrin und weißt es nicht mal!" Julia heulte wieder verzweifelt auf.

„Was ist denn nur los?" Nina hockte sich vor Julia hin. „Was meinst du denn immer? Rede mit mir, Julia."

„Ich kann nicht", antwortete sie verzweifelt.

„Lass dir doch helfen, Julia", flehte Nina.

„Ich helfe dir, verstehst du das nicht? Darum kann ich dir nichts erzählen. Wenn du zu viel weißt, bist du in

Gefahr." Julia nahm die Hand von ihrem Tattoo und wischte sich die Tränen vom Gesicht."

Ninas Blick fiel unwillkürlich wieder auf das seltsame Symbol. Julia folgte ihrem Blick. „Guck nicht so da drauf.", schrie sie. „Das ist nichts! Du darfst das gar nicht sehen!"

Nina erhob sich. „Schon gut, schon gut." Sie trat einen Schritt von ihrer vollkommen hysterischen Cousine zurück. „Ich hol dir einen Waschlappen. Wo habt ihr die?" Da Julia damit beschäftigt war, wie eine Irrsinnige über ihre Tätowierung zu reiben, blieb ihr wohl nichts anderes über, als suchen zu gehen. Sie verließ das kleine Badezimmer und überlegte, wo ihre Tante wohl die Handtücher verwahrte. Sie wurde im Schlafzimmerschrank fündig, holte den Waschlappen und ein frisches Handtuch und blieb dann einen Augenblick stehen, um tief durchzuatmen. Sie hatte ja schon oft genug mit Betrunkenen zu tun gehabt, aber Julias Verhalten hatte einen verzweifelten Unterton. Gut, sie hatte ordentlich was getrunken, aber dass sie so ausrastete… Nina beschloss, Julia noch eine Minute zu geben, um sich zu beruhigen. Nur gut, dass ihre Tante nicht zu Hause war. Nina lehnte sich gegen die Schranktür und ließ den Blick über das biedere Schlafzimmer schweifen. Alles an ihrer Tante war bieder. Das Haus hatte kleine Alpenveilchen in Übertöpfen an den Fenstern, der Garten bestand aus stets getrimmtem Rasen, gesäumt von akkurat gesetzten Blümchen, plus der obligatorischen Gartenzwerge. Das Haus war eingerichtet, als wohnten hier Leute in den Sechzigern und nicht ein Ehepaar Ende vierzig mit Teenagertochter. Man sollte meinen, solche Leute legten Wert darauf, zu wissen, wie ihre Tochter ihre Zeit verbrachte. Aber solange diese nicht das Image in der Öffentlichkeit störte, war für Tante Hilli alles in Ordnung. Ihre Tante zog es vor, genau wie Ninas Mutter und deren Eltern, die Augen vor allem unangenehmen zu verschließen und sich vorzumachen, alles wäre wunderbar in ihrer heilen Welt. Tante Hilli trällerte durch den Tag, sagte sich, ihre Tochter leide immer noch unter den üblichen Stimmungsschwankungen einer überlangen Pubertätsphase und fragte lieber nicht nach, wo Julia ihre Zeit verbrachte, denn die Antwort könnte ihr ja nicht gefallen. Lieber nahm sie jede Ausrede an, auch wenn sie noch so unglaubwürdig war und putzte ihr Haus, denn das Wichtigste im Leben war der äußere Schein. Sogar vor sich selbst. Nina seufzte und ging wieder ins Badezimmer.

„So, Julia. Jetzt-." Nina schnappte nach Luft und trat entsetzt einen Schritt zurück. Einen Moment starrte sie wie gelähmt auf das Blut, das Julias Brust und ihre Hände bedeckte. Dann eilte sie auf ihre Cousine zu. „Was machst du denn da?", fragte sie schrill und ergriff Julias Handgelenke.

„Lass mich", schrie Julia und versuchte sich aus Ninas Griff zu befreien. „Es muss weg. Es muss weg", kreischte sie.

„Julia", stieß Nina fassungslos aus und entdeckte dann den rosa Einwegrasierer in Julias Hand. Hautfetzen hingen in den Klingen. Nina rang verzweifelt mit einer wahnsinnigen Julia und schaffte es schließlich, ihr mit zitternden Fingern den Rasierer zu entwenden. Sie warf ihn ins Waschbecken und suchte die Quelle des ganzen Blutes. An der Stelle, wo sich die Tätowierung befunden hatte, war eine Masse rohen Fleisches. Julia hatte versucht, mit dem Rasierer die Tätowierung unkenntlich zu machen und hatte sich wie eine Verrückte die Haut abgeschabt. „Oh, lieber Himmel", flehte Nina schwach. Sie unterdrückte ihren Würgereiz, während sie die Wunde untersuchte und fragte sich hilflos, was sie jetzt machen sollte. Sie sah wieder auf in Julias Gesicht. „Julia, was machst du nur?", versuchte sie zu Julia durchzudringen, doch diese sah nur schweratmend auf ihre blutende Brust. „Wo habt ihr Verbandszeug oder so etwas? Das blutet wie verrückt", schluchzte jetzt auch Nina. Das alles war eine Nummer zu groß für sie. Julia war völlig durchgedreht. Mit zitternden Händen durchnässte Nina den Waschlappen und biss anschließend die Zähne zusammen, während sie die Stelle säuberte. Wieder würgte sie, als sie das ganze Ausmaß dessen sah, was Julia mit der zarten Haut ihrer Brust angestellt hatte. Sie musste wie besessen mit dem Rasierer zugange gewesen sein. Hektisch wühlte Nina in dem Schränkchen über dem Waschbecken, wo Julia offensichtlich den Rasierer her hatte. Nichts. Sie schlug die Spiegeltür zu und entdeckte im Spiegel das kleine Schränkchen hinter sich an der Wand. Sie riss es auf. „Gott sei Dank." Sie ergriff das kleine Erste-Hilfe-Täschchen und machte sich daran, Julias Wunde zu versorgen.

Eine Viertelstunde später sah sie zu, wie Julia sich in ihr Bett legte. Nina deckte sie zu, ehe sie sich erschöpft zu ihr auf den Bettrand setzte. Ratlos sah sie auf ihre Cousine hinunter, deren Zustand sich, seit Nina begonnen hatte, sie zu verarzten, von vollkommen verrückt zu teilnahmslos gewandelt hatte. Julia war verstummt, während sie die ganze Prozedur über sich hatte ergehen lassen. Nun starrte sie an die Decke.

„Kein Wort zu Mama!", sagte sie dann plötzlich, ohne ihren Blick von der Decke zu nehmen.

„Julia…"

Julia griff Ninas Handgelenk mit schmerzhaftem Griff und sah sei eindringlich an. „Kein Wort, Nina! Ich meine es ernst! Wehe du sagst etwas."

„Spinnst du? Als könnte ich einfach so tun, als wäre nichts passiert. Das, was du da gemacht hast…" Nina schauderte.

Julia ließ Nina los. „Das lag an den Tabletten", winkte sie ab.

„Was?"

„Ich hab Tabletten für meine Depressionen", nuschelte sie. „Die haben sich nicht vertragen mit dem Alkohol", murmelte sie. „Wir reden morgen drüber, ja? Mir geht's gut."

Ungläubig lachte Nina auf und kopfschüttelnd sah sie das betrunkene Häufchen Elend auf dem Bett an. „Gar nichts ist gut. Du bist verzweifelt. Und das liegt nicht an irgendwelchen Tabletten oder am Alkohol." Diese Kombination mochte die Ursache dafür gewesen sein, dass sie so extrem ausgerastet war, aber sie steckte nicht hinter dieser Verzweiflung, die überhaupt zu diesem Ausbruch geführt hatte. „Warum hast du dich denn überhaupt so betrunken?", fragte Nina sanft. „Und was ist mit der Tätowierung? Warum wolltest du sie wegmachen?"

Julia drehte Nina den Rücken zu. „Lass mich. Ich bin müde."

Nina seufzte. Julia war hinüber. Das Beste wäre, sie ließe sie schlafen. Nina wartete, bis sie sicher war, dass Julia schlief, dann machte sie das Bad sauber und ging anschließend nach unten ins Wohnzimmer. Was jetzt? Sollte sie auf Tante Hilli warten? Sie sah auf die Uhr und riss ungläubig die Augen auf. Es war grade mal zehn. Es kam ihr vor, als wäre eine Ewigkeit vergangen, seit sie in der Pizzeria gesessen hatten. Nina setzte sich ratlos auf die Couch. Was sollte sie machen? Sie musste Tante Hilli doch erzählen, was vorgefallen war. Andererseits hatte Julia sie angefleht, nichts zu sagen. Nina lehnte sich frustriert zurück. Ihr Handy klingelte und dankbar für die Ablenkung, nahm sie das Gespräch an. „Hallo Alex"

„Hi. Ich wollte nur wissen, ob du Julia ohne Probleme nach Hause bekommen hast."

„Ja. Sie schläft jetzt."

„Du hörst dich aber komisch an."

Nina schüttelte den Kopf. Sie konnte sich nicht vorstellen, dass Julia davon erbaut sein würde, wenn Alex von ihrer Eskapade erfuhr, so gerne Nina ihm ihre Befürchtungen mitteilen würde. „Nein, es ist nichts. Ich bin nur müde. Ich geh jetzt auch nach Hause." Nina telefonierte noch ein paar Minuten, ehe sie sich auf den Weg machte. Morgen würde sie mit Lisa reden. Und dann würde diese nicht so einfach davon kommen.

„Wo warst du vorgestern Abend? Und warum konnte ich dich gestern nicht erreichen?"

Alex legte die Papiere beiseite, faltete die Hände auf dem Schreibtisch und zwang sich, zu seinem Vater aufzusehen, der ihm gegenüber vor dem Schreibtisch stand. Obwohl dessen eisige Stimme vor Wut zitterte, war ihm ansonsten nicht anzumerken, dass er innerlich kochte. Aber ein wesentlicher Hinweis darauf war die Tatsache, dass sein Vater die Etikette vergessen hatte und ohne anzuklopfen in sein Büro gestürmt war. Alex bemühte sich, sich seine Nervosität nicht anmerken zu lassen. „Auch dir einen guten Morgen."

„Treib es nicht zu weit, Alexander! Ich frage dich noch einmal: Wo warst du am Samstag?"

„Im Movie-Park."

Sein Vater schluckte. „Wie bitte?", flüsterte er dann ungläubig.

Alex atmete tief durch. „Ich war mit Jessica und Freunden im Movie-Park. Ich hatte dir doch eine Nachricht geschickt, dass ich nicht zum Treffen komme."

Sein Vater ballte die Hände zu Fäusten. „Du weißt, dass das Zusammentreffen am Samstag für uns alle von großer Bedeutung war. Als mein Erbe und Nachfolger war deine Anwesenheit zwingend!"

Alex erhob sich. „Was, wenn ich das Erbe nicht will?"

„Bist du verrückt? Weißt du, was du da redest?" Sein Vater beugte sich zu ihm. „Man kann sich seine Bestimmung und Verpflichtungen nun mal nicht aussuchen. Meinst du, dass alles hier hätte ich geschenkt bekommen?" Thomas machte eine ausholende Bewegung mit dem Arm. „Ich habe Verantwortung für diese Firma, unzählige Angestellte, Kunden, die auf unsere Arbeit vertrauen. Und vor allem habe ich Verantwortung für meine Familie! Und du hast dieselben Verpflichtungen." Er richtete sich wieder auf. „Ich werde dafür sorgen, dass du mein Werk weiterführst, verlass dich drauf!"

Alex lachte verächtlich auf. „Hast du noch nicht dafür gesorgt? Bis jetzt hab ich immer alles getan, was du von mir verlangt hast. Aber…"Alex holte Luft und nahm allen Mut zusammen. „Ich kann das nicht mehr." Er trat von seinem Schreibtisch weg und ging im Zimmer auf und ab. „Ich hab auch eigene Interessen, ich kann nicht mehr so weitermachen."

„Jetzt werde mal nicht melodramatisch!", knurrte sein Vater abwertend. „Jetzt weiß ich auch, woher der Wind weht. Deine verdammte kleine Freundin, die lässt dich deine Familie vergessen."

„Lass Nina aus dem Spiel."

„Dann sieh zu, dass so etwas wie am Wochenende nicht mehr vorkommt! Du warst schon immer ein weinerlicher Jammerlappen, Alex", fuhr Thomas aufgebracht fort. „Aber wenigstens hast du deine Pflichten wahrgenommen. Aber seit du diesem Gör hinterher hechelst, hast du vollkommen deinen Blick fürs Wesentliche verloren."

„Ich hab gar nichts verloren."

„Was erwartest du eigentlich von dieser Geschichte? Diese Nina ist ja wohl kaum die angemessene Frau für dich. Ihr fehlt eine wesentliche Voraussetzung-."

„Bevor du dir über mein Liebesleben Gedanken machst, solltest du dich um das deiner Tochter sorgen. Die und ihr Freund Jan hängen verdächtig oft zusammen!"

„Dann sorg dafür, dass sie sich von ihm fernhält. Das fehlt noch-."

„Ich soll dafür sorgen? Ich hab jahrelang den Babysitter gespielt. Ich hab Besseres zu tun, als Jessica vom männlichen Geschlecht fernzuhalten. Rede du mit ihr!"

„Ich habe wichtigere Dinge zu erledigen. Ich will, dass du-."

„Ich hab auch eigene Interessen, stell dir vor. Zur Abwechslung möchte ich mal das machen, was ich will!"

„Du kannst machen, was du willst, solange du deine Pflichten nicht vernachlässigst!" Sein Vater sah ihn wutentbrannt an. „Das ist ein schlechter Zeitpunkt für deine „Selbstfindung" oder was das ist, was du da gerade veranstaltest. Was denkst du dir nur? Es ist einfach unentschuldbar, dass du am Samstag nicht erschienen bist. Und du weißt, dass wir im Moment Ärger haben, Alex. Gerade jetzt müssen wir zusammen halten. Die Familie ist das Wichtigste!"

„Daran musst du mich nicht erinnern! Und ich bin es nicht, der den Ärger verursacht hat, mit dem wir es jetzt zu tun haben!" Alex steckte die Hände in die Taschen und ging aufgebracht zum Fenster.

„Nein", gab sein Vater widerwillig zu, „und darum werde ich mich persönlich kümmern, aber du musst jetzt nicht auch noch zusätzlich Schwierigkeiten machen." Thomas schüttelte verständnislos den Kopf. „Ich zähle auf dich, Alex."

Alex atmete scharf aus und ließ die Schultern hängen. „Ich weiß." Er blickte grimmig aus dem Fenster. „Ich muss mit dir noch über eine andere Sache reden! Aber nicht hier. Ich komm heute Abend vorbei."

„Also schön. Und was deine kleine Freundin angeht-."

Alex warf einen Blick über die Schulter. „Die hältst du da raus, klar?"

„Dann mach nicht wieder Ärger. Reiß dich zusammen und halt die Augen offen. Du weißt, was auf dem Spiel steht." Damit drehte Thomas sich um und verließ das Büro.

„Als könnte ich das je vergessen", murmelte Alex und starrte auf die Schiffe, die über den Rhein fuhren. Manchmal wünschte er sich, er könnte einfach so auf eins dieser Schiffe steigen, alles hinter sich lassen und sein Leben so leben, wie er es wollte, ohne die tonnenschwere Last der Verantwortung und ohne Dinge zu tun, gegen die er sich sträubte. Frustriert schlug er mit der Faust gegen den Fensterrahmen. Seit langer Zeit sah er nun endlich einen Lichtblick in seiner

Zukunft und das war Nina. Und das ließ er sich nicht kaputt machen. Er wollte sie behalten! Nur wie er das machen sollte, das war ihm noch ein Rätsel. Es gab nun mal Dinge in seinem Leben, von denen er bezweifelte, dass Nina davon begeistert sein würde. Er schlenderte wieder zu seinem Schreibtisch, ließ sich in seinen Stuhl fallen und nahm sich wieder das Schreiben zur Hand, dass er begonnen hatte zu lesen, ehe sein Vater in sein Büro gestürmt war.

Kapitel 7

„Komm, Nina. Setz dich zu uns. Ein paar Plätzchen essen und Kaffee trinken", sagte Elke Hartmann am Freitagnachmittag zu ihrer Tochter.

Überrascht sah Nina ihre Mutter an. „ Ich wollte eigentlich weg. Alex holt mich jetzt ab."

„Oh", erwiderte Elke enttäuscht.

Nina zögerte. Ihre Mutter machte heute einen überraschend klaren Eindruck. Als Nina vorhin von der Arbeit gekommen war, war ihre Mutter damit beschäftigt gewesen, Plätzchen zu backen. Plätzchen. Das hatte sie schon zehn Jahre nicht mehr gemacht. Nina nahm an, sie hatte wieder eine ihrer „ab heute wird alles anders" Phasen. Die Absicht, ihr Leben zu ändern, hatte sie früher schon öfters gehabt, aber der gute Vorsatz hielt nie länger als ein paar Tage, ehe sie wieder in ihre alten Muster zurückfiel. Nina hatte vor langer Zeit aufgehört, auf Erfolg zu hoffen, aber sie war dankbar für jede Minute, die sie diese freundliche Mutter mit klarem Blick vor sich hatte. Deshalb war das Angebot, zum Kaffee zu bleiben, verlockend. Außerdem wäre dies eine gute Gelegenheit, Alex endlich allen vorzustellen. Wer weiß, wann ihre Mutter das nächste Mal so guter Dinge sein würde. „Ich könnte Alex ja reinbitten. Zum Kaffeetrinken, meine ich."

„Ja, sicher", erwiderte ihre Mutter begeistert. „Dann lernen wir ja endlich mal den geheimnisvollen Freund kennen."

Nina fühlte einen Anflug von schlechtem Gewissen, dass sie ihre Familie so lange vor Alex versteckt hatte und umgekehrt. Warum war ihre Mutter nicht immer so? Nun tatsächlich etwas aufgeregt, ging Nina nach draußen und wartete auf ihren Freund. Als er am

Bordstein hielt, öffnete sie die Beifahrertür und beugte sich hinunter. „Hallo, Schatz. Hast du Lust, Kaffee mit meiner Familie zu trinken?", fragte sie aufgeregt als Begrüßung.

Perplex sah Alex sie einen Moment an, ehe sich ein Lächeln auf seinem Gesicht ausbreitete. „Sicher." Er schaltete den Motor aus und gemeinsam gingen sie hinein.

Nina umklammerte kurz seine Hand und blieb im Esszimmer vor Oma und Mama stehen, die mit neugieriger Miene den Gast in Empfang nahmen.

„Mama, Oma, das ist-." Sie kam nicht dazu, ihren Satz zu vollenden, als ihre Mutter schon Alex Hand ergriffen hatte. „Ja, da lernen wir Ninas Freund auch endlich mal kennen." Sie schüttelte seine Hand und musterte ihn ungeniert von oben bis unten. „Da wollen wir uns den jungen Mann doch mal angucken. Ich bin Ninas Mutter." Bei ihren Worten unterzog sie Alex einer eingehenden Musterung.

Ninas Wangen brannten und sie wünschte verzweifelt, sie wäre überall, nur nicht hier. „Mama..."

„Alex Moore", stellte Alex sich förmlich vor. „Ich freu mich-."

„Und in Anzug und Krawatte!", rief Oma dazwischen. „Ich bin Ninas Oma."

„Sehr erfreut."

„Ja, dann setzt euch mal", befahl Oma. Ihre Mutter gab endlich Alex Hand wieder frei und Nina ergriff seinen Arm und zerrte ihn zu einem freien Stuhl.

„Das ist also dein Freund", bemerkte Oma das Offensichtliche.

„Ja, Oma", murmelte Nina.

„Kaffee?"

„Ja, danke."

„Und du bist in der Computerbranche? Ich kann dich doch duzen, nicht wahr?"

„Oh, ja, sicher", versicherte Alex eifrig. „Und ja, ich arbeite in der Firma meines Vaters. Moore GmbH."

„Kenn ich gar nicht."

Nina verdrehte die Augen. Oma würde noch nicht mal einen Computer erkennen, wenn sie vor einem stünde, geschweige denn eine Computerfirma.

„Oh, wir haben unseren Sitz in Düsseldorf", teilt Alex hilfreich mit.

„Aha", sagte Oma und biss in einen Keks. „Hmm, die hast du aber gut hinbekommen, Elke. Das hast du von mir geerbt, das Backen."

„Ja, die schmecken gut, Mama", beeilte Nina sich zu versichern. Alles, um Omas Gedanken von Alex abzulenken. Als nächstes würde sie bestimmt nach seinem Gehalt fragen, so wie sie Oma kannte.

Alex sah sich bestimmt gerade genötigt, ebenfalls Mamas Plätzchen zu preisen, denn er murmelte anerkennende Worte, ehe er sich noch ein weiteres in den Mund schob. Wahrscheinlich, um weiteren Fragen auszuweichen. Doch davon ließ ihre Mutter sich nicht abbringen.

„Und, wie alt bist du, Alex, wenn man fragen darf?"

Alex schluckte und antwortete. „Dreiundzwanzig."

„Dreiundzwanzig und schon erfolgreich. Und dazu noch gutaussehend." Ihre Mutter musterte ihn wieder prüfend. „Dann pass mal gut auf ihn auf, Nina", sagte sie an Nina gewandt, „das sind die Schlimmsten", schloss sie mit einem Lachen und zwinkerte Alex zu. Nina verschluckte sich an ihrem Plätzchen. Sie warf einen entsetzten Blick auf ihre Mutter. Sie wusste, dass dieser Kommentar alles andere als scherzhaft gemeint gewesen war und in den nächsten Minuten würde ihre

Mutter sich in ihren Männerhasswahn reinsteigern und davon würde Nina sich nie mehr erholen. Sie konnte sich schon die nächsten Fragen vorstellen, von der Anzahl von Alex Freundinnen zu seiner Einstellung zu Betrug und Untreue. Sobald Nina sich von ihrem Hustenanfall erholt hatte und Alex damit fertig war, ihr auf den Rücken zu klopfen, erhob sie sich. „So, wir müssen jetzt auch los." Sie lächelte ihre Oma und ihre Mutter an, ehe sie erwartungsvoll zu Alex hinuntersah.

„Ja. Das müssen wir." Er erhob sich ebenfalls. „Danke für die Plätzchen und den Kaffee."

Auch ihre Mutter stand auf. „Ja. Und hoffentlich bekommen wir dich etwas öfter zu Gesicht. Wir sehen unsere Nina ja gar nicht mehr."

Als wenn ihre Mutter je mehr als zwei Worte mit ihr gewechselt hatte, wenn sie zu Hause war. Nina atmete langsam aus und wollte nur noch weg. Sie kam sich vor wie in einem Heinz Ehrhard Film aus den Fünfzigern. Heile Welt und Förmlichkeiten. Und gleich würden sie noch anmerken, dass Nina um zehn zu Hause sein muss und dass sie das nächste Mal einen Blumenstrauß und Pralinen vom Verehrer ihrer Tochter und Enkeltochter erwarteten.

„Das wäre überstanden", murmelte sie erleichtert, als sie zum Auto gingen.

„Die beiden waren doch nett", sagte Alex lächelnd.

„Ja, ich weiß. Das waren sie." Und so schlimm wäre es ja eigentlich auch nicht gewesen, wenn Nina sich nicht die ganze Zeit ausgemalt hätte, was für ein Unheil plötzlich aus dem Mund ihrer Mutter kommen würde. Es wäre nicht das erste Mal gewesen, das Elke Hartmann ihre Tochter vor ihren Freunden blamiert hatte, indem sie sie in einem plötzlichen Anfall vor aller Augen runtergemacht oder die Freunde beleidigt hatte. Selbst an guten Tagen war die Stimmung ihrer Mutter so unbeständig und unberechenbar wie der Wind. In einem Moment lächelte sie Nina liebevoll an, im nächsten wurde eine Ladung Beschimpfungen voller Hass über sie geschüttet. Nina konnte nicht anders, als in allem, was ihre Mutter sagte, nach Anzeichen für einen drohenden Stimmungsumschwung zu suchen.

„Was ist los?", fragte Alex, und Nina wurde bewusst, dass sie mitten auf dem Bürgersteig stehengeblieben war. Mit einem entschuldigenden Lächeln stieg sie ein. „Nichts. Mir geht nur so einiges im Kopf herum."

Am Abend, nach einem selbstgemachten Essen und einem Film saßen sie gemeinsam auf Alex´ Couch und Ninas Gedanken schweiften zu Julia. Sie hatte die ganze Woche vergeblich versucht, sie zu erreichen.

„Ist irgendwas nicht in Ordnung, Nina? Du bist so ruhig heute." Alex lehnte sich auf der Couch nach vorne, um Nina ins Gesicht sehen zu können.

„Ach, ich weiß auch nicht." Nina kuschelte sich an ihn und sah nachdenklich aus dem Fenster in die dunkle Nacht. Den ganzen Abend haderte sie schon mit sich, ob sie Alex von Julia erzählen sollte oder nicht. Sie musste einfach mit jemandem darüber reden. Und die Person, der sie am meisten traute, mit der sie am liebsten über die Dinge sprechen wollte, die sie beschäftigten, war Alex. Nina sah ihn nachdenklich an. Er war lieb und vernünftig und vertrauenswürdig. Und er hörte ihr wirklich zu. Nina setzte sich auf.

Fragend sah Alex sie an, als sie sich aus seiner Umarmung befreite und sich ein Stück wegsetzte. Nervös rieb sie sich die Hände. „Also, schön. Ich sag's dir. Aber verdreh nicht wieder die Augen, wenn ich jetzt von Julia anfange."

Alex stöhnte, doch dann lachte er. „Das war ein Witz. Also, was ist los?"

Nina zögerte noch einen Moment. „Letzten Sonntag...da ist etwas passiert, als ich bei Julia war. Ich war so aufgewühlt, ich hab dann die ganze Nacht wachgelegen und hin und her gegrübelt und mir so meine Gedanken gemacht. Und seitdem versuche ich, mit ihr zu sprechen, aber sie weigert sich."

„Es ist was passiert? Was denn?"

Nina schüttelte den Kopf. „Du weißt doch, dass ich glaube, dass sie ein Verhältnis mit diesem Lehrer hat."

Alex nickte.

„Nun, ich glaube, da ist noch mehr."

„Mehr? Was meinst du?"

Nina setzte sich noch einmal bequemer hin und beugte sich ein wenig vor. „Nein, hör zu. Ich hab falsch angefangen. Was ich eigentlich sagen wollte, war, dass ich glaube, Julia ist da in irgendetwas reingeraten. Aber ich weiß noch nicht, in was."

„Ähm, Nina..."

„Ich weiß, ich weiß, lass mich erst mal erklären, ja?" Als Alex wieder nickte, begann sie. „Was ich jetzt sage, also, einiges davon mag weit hergeholt sein, aber im Ganzen gibt es Sinn, o.k.?

Vor drei Jahren war mit Julia noch alles in Ordnung. Sie hatte ihre Freunde und eine beste Freundin. Meine Tante und mein Onkel hatten oft Probleme und immer, wenn es da gerumst hat, ist Julia zu Oma und Opa gerannt. Dann kam die Abschlussfahrt in der Neunten. Mit dem coolen, witzigen Vertrauenslehrer, der die Schüler saufen ließ, mitfeierte und so mitfühlend den Mädchen und ihren Problemen lauschte. Der ja übrigens zufällig derselbe ist, mit dem wir Julia gesehen haben." Nina zog vielsagend die Brauen hoch.

„Nun denn, besagte Klassenfahrt war ein Skiurlaub im Februar. Auf jeden Fall begann Julia im Frühjahr darauf, ihr Verhalten zu ändern. Anstatt zu Oma und Opa zu laufen, wie immer, wenn es zu Hause Ärger gab, ließ sie sich dort gar nicht mehr blicken. Das weiß ich, weil die Goldhochzeit von meinen Großeltern im April war, und da war die Ehe meiner Tante beinahe am Ende. Ich weiß, dass meine Mutter schon Wochen vorher am Telefon mit Tante Hilli gesprochen und die ihr ihr Leid geklagt hatte." Alex sah sie verwirrt an. „Warte ab, es geht noch weiter. Auf jeden Fall kamen dann die Sommerferien, in denen Julias Freunde in Urlaub fuhren. Danach begann die Oberstufe. Ab dem zehnten Schuljahr gibt es auf der Schule nur noch Kurse. Julia hatte nicht mehr viel mit ihren bisherigen Freunden zu tun und hat sich neue gesucht. Lisa, Jan und Mica. Na ja, also hauptsächlich Lisa. Und mit ihr hatte sie nie so ein enges Verhältnis wie mit ihren vorherigen Freunden. Aber mit ihr hatte sie meistens „Fun". Nina setzte mit den Fingern Anführungszeichen in die Luft. „Also, ich sag dir, was ich denke. Ein fünfzehnjähriges Mädchen hat Probleme zu Hause. Dann kommt der nette Vertrauenslehrer auf der Klassenfahrt und wer weiß, was da passiert ist…"

„Nina, weißt du, was du anrichten kannst, wenn du so etwas behauptest?", unterbrach Alex ernst.

„Ich sag es doch nur dir. Also, weiter. Nehmen wir mal an, es war so. Sie fängt also was mit ihrem Lehrer an. Vielleicht war er am Anfang ja auch nur der verständnisvolle Freund, ehe er etwas anderes wurde. Egal. Es hört sich weit hergeholt an, aber wie ich schon sagte, wenn man weiter überlegt, gibt es Sinn. Also, nehmen wir an, es war so. Ihre Probleme bespricht sie künftig also mit dem Freund und da ihre Freundinnen nichts davon wissen sollen, zieht sie sich zurück. Vielleicht haben die ja auch was geahnt, wer weiß? Also, nach den Ferien sucht sie sich neue Freunde, mit denen sie aber kein enges Verhältnis hat. Weil sie in ihren Lehrer verknallt ist, interessiert sie sich auch nicht für Mica, oder einen anderen Jungen. So läuft es alles eine Weile, doch dann plötzlich, vor sechs Monaten, ändert sich was." Nina unterbrach sich und wartete auf Alex Reaktion. „Gib zu, dass es möglich ist."

Alex rieb sich die Stirn. „Ja, wenn du willst. Alles ist möglich."

„Gut. Also weiter. Wir wissen, dass Julia einen Freund hatte. Vor einem halben Jahr. Entweder hat sie mit dem Lehrer Schluss gemacht oder sie hatte ihn nebenbei."

Alex verzog das Gesicht.

„Dann plötzlich macht der Freund Schluss und Julia ist am Boden zerstört. Also war sie wirklich in ihn verliebt. Das lässt einen denken, die Affäre mit dem Lehrer war vorbei."

„Sollte es sie je gegeben haben."

Nina zögerte. „Ja. So, nun ist sie also deprimiert, weil der Freund sie verlassen hat. Vielleicht, weil er das mit dem Lehrer rausgefunden hatte? Auf jeden Fall ist Julia nun aber wieder mit ihm zusammen. Mit dem Lehrer meine ich."

„Und das schließt du aus…?"

Nina verdrehte die Augen. „Stell dich doch nicht so dumm! Das schließe ich aus der Tatsache, dass wir sie zweimal zusammen mit dem Lehrer in einem dunklen Geländewagen gesehen haben, etwas, das sie jedem verheimlicht.

Ich habe übrigens auch in Betracht gezogen, dass er

vielleicht verheiratet ist, wie du mal vorgeschlagen hast und sie vielleicht auch unglücklich ist, weil sie sich heimlich treffen müssen und ihr Liebhaber nicht zu ihr steht." Nina sah ihn an. „Kirstner, der Lehrer, ist aber nicht verheiratet. Ich hab Lisa die Tage angerufen und gefragt." Nina schwieg einen Weile. „Und eine Affäre verheimlichen zu müssen, scheint mir kein ausreichender Grund für Julias Verhalten. Denn, es geht ja noch weiter. Also, sie ist mit ihm zusammen und wird von mir gesehen. Am nächsten Tag kommt sie zu mir. Sie war richtig wütend und verzweifelt, weil ich sie gesehen habe."

Alex sah sie einen Moment nachdenklich an. „Also schön. Nehmen wir an, du hast Recht. Was soll das alles? Sie haben ein Verhältnis. Nicht schön und wenn sie wirklich schon damals was hatten, was ja schon harter Tobak wäre, dann wäre das für den Lehrer das Ende, sollte das jemals herauskommen. Aber das kann niemand mehr beweisen. Du könntest höchstens mit deiner Vermutung einen Skandal verursachen. Willst du das?"

„Nein, aber wenn er das wirklich gemacht hat, damals schon, dann sollte ich es eigentlich", murrte sie.

„Du kannst es aber nicht beweisen und so wie ich das sehe, wird Julia wohl kaum gegen ihn aussagen. Also, sollte die Affäre rauskommen, was wird das Schlimmste sein, was passiert? Er wird versetzt? Oder was macht man mit Lehrern, die was mit Schülern anfangen? Nicht viel mehr, kann ich mir vorstellen, wenn die Schüler volljährig sind."

„Ja. Das nehme ich auch an."

„Dann frag ich mich, was du dir so viele Gedanken um die beiden machst."

„Es geht ja auch nicht darum, wie lange die Affäre

schon dauert. Selbst wenn ich unrecht habe, mit der Klassenfahrt und dass er sich schon vor Jahren an sie rangemacht hat, auf jeden Fall bin ich sicher, sie haben jetzt was miteinander! Und ich bin ja auch noch nicht fertig mit meinen Vermutungen."

„Nicht?"

„Nein. Da muss noch was anderes sein. Wie du gerade selbst gesagt hast, kann ihm nicht viel passieren, sollte das jemals rauskommen. Und mein Onkel und meine Tante würden vielleicht im ersten Moment geschockt sein, aber auch sie sind keine Unmenschen. Julia aber ist völlig verängstigt. Und unglücklich. Aber warum? Wenn sie in ihren Freund verliebt war, warum ist sie dann wieder mit dem Lehrer zusammen? Und warum ist sie immer noch so am Boden zerstört? Und wovor hat sie Angst? Sie hat mich ein paar Mal gewarnt, immer ominöse Warnungen ohne Sinn. Sie könnte nichts sagen, ich müsste aufpassen. Vielleicht ist Kirstner gefährlich?"

„Was denn für Warnungen? Drohungen? Davon hast du mir ja gar nichts erzählt", sagte Alex beunruhigt.

Nina machte eine wegwerfende Bewegung mit der Hand. „Weil das alles Warnungen ohne Sinn waren. Und einmal war sie betrunken. Es waren auch anfangs mehr allgemeine Warnungen. Aber mittlerweile glaub ich, dass hinter ihren Andeutungen wirklich irgendwas dahinter steckt. Julia wird immer verzweifelter. Und wütender. Ich solle aufhören, hinter ihr her zu schnüffeln und ich wüsste gar nicht, was ich anrichte."

Alex schüttelte den Kopf. „Nina, hör dich mal an. Du bist es, die sich in etwas reinsteigert, nicht Julia. Du schnüffelst in ihrem Leben rum und reimst dir die tollsten Geschichten zusammen. Wahrscheinlich ist sie nur frustriert, weil du ihr hinterherschnüffelst. Ich wär auf jeden Fall auch wütend, wenn mir immer jemand hinterherspioniert."

Nina errötete. „Nun ja, ihre Wut versteh ich ja. Aber nicht die Angst und Verzweiflung." Sie sah Alex eindringlich an. „Und da ist noch etwas…"

„Was?"

„Ich wollte es dir eigentlich nicht erzählen. Aber ich hab die ganze Woche versucht, sie alleine zu erwischen, aber sie weicht mir aus und weigert sich, mit mir zu reden." Nina rieb ihre Hände nervös aneinander. „Sonntagnacht, als ich sie nach Hause gebracht hab, da war sie vollkommen verrückt."

„Sie war ja auch sternhagelvoll."

„Das meine ich nicht." Nina rang die Hände. „Sie hat ein Tattoo. Auf der Brust. Ein merkwürdiges Symbol oder so was. Auf jeden Fall hab ich mich nur gewundert, dass sie tätowiert ist. Und kaum hab ich was über das Tattoo gesagt, ist sie vollkommen ausgerastet. Hat wieder merkwürdigen Dinge gesagt, dass ich es nicht sehen dürfe. Und dann, Alex!" Nina schauderte „Wenn ich dran denke, wird mir jetzt noch ganz anders. Ich hab sie nur kurz alleine gelassen und als ich wieder zu ihr kam, hatte sie…" Nina schluckte. „Sie hatte versucht, sich das Tattoo rauszuschneiden oder so etwas. Sie hatte sich mit einem Einwegrasierer die ganze Haut weggeschabt." Nina schauderte. „Sie muss von Sinnen gewesen sein und wie eine Irre herumgeschnitten haben", fuhr sie mit zitternder Stimme fort. „Das war ein Bild, das kannst du dir nicht vorstellen. Sie war vollkommen verrückt. Später hat sie es auf den Alkohol und Tabletten geschoben, aber…Ich meine, wer tut so etwas? Besoffen oder nicht? Und immer hat sie geschrien, es muss weg, oder so etwas. Und es ist nicht das erste Mal, dass sie sich selber verletzt. Ich hab alte Narben entdeckt, auf ihrem Arm. Alex, ich sag dir, da stimmt was nicht und es ist nicht nur die Affäre mit dem Lehrer, die ihr zu schaffen macht." Erschöpft und seltsam erleichtert, ihre ganzen Befürchtungen endlich jemandem mitgeteilt zu haben, sackte sie auf der Couch zusammen und wartete auf Alex Reaktion.

Dieser sah sie eine Weile nur an, ehe er den Atem ausstieß. „Puh. Das ist wirklich….verrückt."

„Glaubst du mir jetzt, dass da was nicht stimmt?"

„Ich glaube, dass deine Cousine ganz schöne Probleme hat. Vielleicht sollte sie mal zu einem Psychiater oder so etwas gehen."

„Ja, ja", winkte Nina ab, „Aber meinst du nicht auch, da stimmt was nicht?"

„Keine Ahnung. Vielleicht ist ihr die Sache mit dem Lehrer nicht bekommen. Ich meine, wenn du Recht hast und er hat sich wirklich an sie rangemacht, als sie wie alt, fünfzehn, war? Und selbst wenn nicht. Wer weiß, was mit dem Exfreund gelaufen ist? Vielleicht hat sie einfach einen Knacks bekommen und hat jetzt Wahnvorstellungen oder sowas?"

Nina verzog ungläubig das Gesicht.

„Guck nicht so. Woher soll ich wissen, wieso deine Cousine neben der Spur ist? Manche Leute sind eben labiler als andere. Wer weiß, was sie sich zusammenspinnt."

„Hmm. Und ich sag dir, da stimmt was nicht. Da ist noch mehr als einfach nur eine Affäre zwischen Lehrer und Schüler."

Alex seufzte und zog Nina an sich. „Du machst dir zu viele Gedanken. Gib ihr etwas Zeit. Das wird sich schon alles regeln. Sie ist nicht die Einzige mit einem unglücklichen Liebesleben oder Problemen. Sie wird schon drüber hinwegkommen, was auch immer ihr zu schaffen macht."

„Ja, vielleicht hast du Recht. Also meinst du nicht, ich sollte mit Tante Hilli reden? Nach der Sache mit dem Rasierer mach ich mir echt Gedanken."

Alex zögerte, ehe er nachdenklich sagte: „Ich weiß nicht. Wenn du dir wirklich so große Sorgen machst, dann rede mit ihr."

„Hmm", brummt sie wieder. „Wenn Julia sich weiterhin weigert, mit mir zu reden, dann mach ich das, glaub ich, auch." Sie kuschelte sich an Alex und sah nachdenklich auf den Fernseher, der ohne Ton vor ihnen lief.

„Geht's dir jetzt besser", hörte sie Alex über ihr brummen.

„Ja. Viel. Das hört sich blöd an, aber diese Sache mit Julia lässt mir einfach keine Ruhe. Anfangs war ich hauptsächlich neugierig, aber mittlerweile mach ich mir ernsthafte Sorgen."

„Soll ich versuchen, dich abzulenken?"

„Oh ja", lächelte Nina. „Bitte."

Nina saß gebannt vor Alex Computer und konnte nicht glauben, was sie entdeckt hatte, als sich plötzlich von hinten zwei Arme um sie schlossen.

„Guten Morgen." Alex beugte sich von hinten über Ninas Schulter und gab ihr einen Kuss. „Was machst du denn da?" Er sah auf den Bildschirm vor ihnen.

„Morgen." Sie lächelte. „Ich konnte nicht mehr schlafen. Ich hab Frühstück und Kaffee gemacht und als du danach immer noch tief und fest geschlafen hast, da hab ich hier gesessen und gedacht, wie glücklich ich doch bin." Nina sah lächelnd zu Alex auf und legte ihre Hände auf seine Arme, die sie immer noch umschlungen hielten. Sie gab ihm noch einen Kuss, ehe sie fortfuhr. „Nun, und dann fiel mir die arme Julia ein und wie unglücklich sie ist und da dachte ich, ich seh mal nach, was es mit dem Symbol von Ninas Tattoo auf sich hat."

„Ugh". Alex ließ seinen Kopf in gespielter Erschöpfung auf Ninas Schulter fallen. „Nicht schon wieder."

„Hey, jetzt sei nicht so. Ich hatte Langeweile und wollte mal nachsehen. Und du wirst nicht glauben, was ich entdeckt habe."

„Komm lieber wieder ins Bett und vergiss deine Cousine." Alex hob seinen Kopf und sah sie an.

Nina fuhr unbeirrt fort. „Ich hab mal nach so einem Symbol gesucht, das sie auf der Brust hatte. Ein halber Kreis über einem ganzen." Sie sah zu ihm hinüber und endlich blickte er ebenfalls auf den Bildschirm.

„Alex?"

Er ließ sie los und richtete sich auf. „Und? Was bedeutet es?"

„Gott."

„Gott!"

„Ja, nun, es ist ein Symbol für Gott, wie in Gott, Göttin usw. Es ist ein Wicca-Symbol. Wicca, hab ich grade gelesen, sind übrigens Hexen." Nina sah, dass sie jetzt seine ganze Aufmerksamkeit hatte und fuhr aufgeregt fort. „Es ist eins von vielen Symbolen, die Wicca-Anhänger benutzen. Einige sind verwandt mit alchemistischen Symbolen und sie wurden schon damals, zu Zeiten der Inquisition, zum Zwecke der Geheimhaltung benutzt." Nina klickte auf eine Seite, die sie zuvor abgespeichert hatte. „Hier, sie werden in Magiebüchern und alten Eintragungen verwendet." Ihr Blick flog über die vielen verschiedenen Symbole, die ihr entgegenleuchteten.

Alex seufzte und rieb sich erschöpft mit beiden Händen übers Gesicht. Dann sah er sie an. Er sah wirklich süß aus, so zerzaust, mit dem Schatten eines Bartwuchses. Und ohne Brille kamen seine grünen Augen so richtig zur Geltung, dachte Nina verzückt. Allerdings wurde sie von seinen nächsten Worten aus ihrer romantischen Stimmung gerissen.

„Du machst mich fertig, Nina. Wahrscheinlich ist sie in den Tattooladen marschiert, hat sich die Bücher angeguckt, fand das Zeichen cool und hat es sich stechen lassen. Und du spinnst dir jetzt wieder solche Dinge zusammen. Nicht jeder, der ein Kreuz tätowiert hat, ist frommer Christ."

„Das weiß ich auch", sagte sie verletzt. „Aber als ich diese Seite hier gefunden hab und die ganzen Symbole, da ist mir wieder was eingefallen. Vor Wochen bin ich mal in Julias Zimmer geplatzt, und sie hatte so ein cooles Notizbuch. Es war bemalt mir merkwürdigen Symbolen. Ich hab damals im ersten Moment gedacht, es wär ein Physikbuch oder Chemie oder Kunst oder so etwas, wegen der merkwürdigen Zeichen. Aber heute hab ich welche davon wiedererkannt. Hier." Nina zeigte auf ein Symbol, welches einen Kreis darstellte. Doch diesmal schloss sich an seiner linken und rechten Seite jeweils ein weiterer Mond in Form einer Sichel an. „Dieses Symbol hier bedeutet „Die Göttin." Und dieses hier bedeutet Widersinn, dieses hier Gift oder Bann und dieses hier Herbst." Aufgeregt deutete Nina auf die verschiedenen Symbole. „Die hatte Julia auf ihrem Buch. Oder zumindest so ähnliche." Aufgeregt sah sie Alex an, der nun genauso konzentriert auf den Monitor starrte wie sie. „Kannst du überhaupt was erkennen ohne Brille?"

Er ignorierte ihre Frage und sah sie schließlich wieder an. „Und, was willst du jetzt damit sagen? Deine Cousine schwärmt also für diese Wicca-Symbole. Was solls?"

„Warum sollte sie ihr Notizbuch damit vollmalen und sich ein Zeichen auf die Brust machen? Einfach nur so? Viel wahrscheinlicher ist es doch, sie hat sich damit befasst, oder?" Nina wartete seine Antwort nicht ab, sondern rief eine weitere Seite auf. „Sieh mal. Ich hab vorhin ein, zwei Seiten gefunden, wo ein wenig über diesen Wicca-Kult steht. Wicca ist eine neuzeitliche Naturreligion. Ich hab noch nicht viel gelesen, aber so wie ich das bis jetzt verstehe, ist das eine Art Hexenkult."

„Oh, bitte!", schnaufte Alex.

„Ja, ja, ich weiß, wie verrückt sich das anhört. Aber was, wenn Julia jetzt in so einer Art Sekte ist oder so etwas?"

„Nina", begann Alex erschöpft und trat einen Schritt zurück. Er fuhr sich mit der Hand durch das zerzauste Haar und schüttelte den Kopf. „Wie kommst du nur immer auf sowas? Gestern hat sie ein Verhältnis mit ihrem Lehrer und heute ist sie in einer Sekte oder einem Kult. Einem Kult, von dem wohlgemerkt weder du noch ich jemals was gehört haben. Und das nur, weil sie ein Tattoo hat." Er seufzte und sah sie gequält an. „Können wir deine Cousine mal vergessen und jetzt frühstücken?"

Nina ließ die Schultern hängen und fuhr widerwillig den PC runter. „Du hast recht. Tut mir leid." Mit einem letzten bedauernden Blick in Richtung Computer setzte sie sich mit Alex an den gedeckten Wohnzimmertisch.

Am Mittag schloss Nina die Haustür auf und wurde

144

vom Duft geschmorten Fleisches begrüßt. „Hallo, ich bin wieder da." Sie betrat die Küche. „Was gibt es denn Leckeres?"

„Kommst du auch mal nach Hause?", begrüßte sie ihre Oma.

„Ich hab Mama doch gestern Abend angerufen und Bescheid gesagt, dass ich nicht nach Hause komme, aber zum Mittagessen wieder da bin." Nina hob den Topfdeckel. „Oh, Rouladen. Lecker. Ich hab doch auch eine, oder?"

„Natürlich. Oder meinst du, ich lasse dich zugucken?"

„Nein, aber ich dachte, Mama hätte vergessen, Bescheid zu sagen. Weil du dich ja gewundert hast, wo ich bin."

„Ich hab mich nicht gewundert. Ich wollte mit meinem Kommentar nur zu verstehen geben, dass ich mich früher geschämt hatte, einfach andauernd über Nacht wegzubleiben."

„Wie bitte? Ich bin zwanzig!" Warum rechtfertigte sie sich überhaupt?

„Aber wenigstens hat er ja Geld und ist keiner von diesen Herumtreibern."

„Aha", seufzte Nina. „Wo ist Mama?"

„Mit Opa und Hiltrud im Wohnzimmer."

„Tante Hilli ist hier? Julia auch?", fragte Nina überrascht.

Oma winkte ab. „Die treibt sich irgendwo rum. Das sind Zustände heutzutage. Jeder macht was er will. Solange ich noch zu Hause gewohnt hab, damals, da war ich auch zu den Essenszeiten zu Hause und hab im Haushalt mitgeholfen. Dinge, die ihr heutzutage ja nicht mehr nötig habt. Und deine Cousine, die macht deiner Tante auch nur Ärger und Sorgen. Das sind Blagen heutzutage. Treiben sich rum, gehen ihrem

Vergnügen nach…" Nina hörte nicht mehr länger zu. Sie marschierte in ihr Zimmer, denn der Appetit war ihr vergangen. Zu schade, dass Alex heute zum Mittagessen bei seiner Familie erwartet wurde. Bis vor zehn Minuten war es ein perfektes Wochenende gewesen. Nina setzte sich auf ihr Bett und starrte aus dem Fenster. Was sollte sie jetzt machen? Sie trat an ihren Tisch und schaltete ihren Laptop an. Sie schrieb ihre alten Bekannten von früher über Facebook an und surfte anschließend noch etwas im Internet, auf der Suche nach Informationen über diesen Hexenkult. Schließlich schaltete sie, nicht viel schlauer, den Computer aus, ergriff ihr Handy und wählte Julias Nummer.

„Alex, Schatz. Du bist so still. Ist alles in Ordnung?"

Alex sah von seinem Teller auf und zu seiner Mutter hinüber und zwang sich zu einem Lächeln. „Natürlich, Mama. Ich hab Kopfschmerzen, das ist alles."

„Alex war schon immer viel zu grüblerisch", sagte seine Schwester liebevoll.

„Ganz im Gegensatz zu dir. Du trällerst durch die Gegend, als hättest du keine Sorgen auf der Welt!", gab Alex erzürnt zurück.

„Hab ich auch nicht", gab Jessica zurück.

„Nun, da hab ich eine Überraschung für dich", begann Alex erzürnt, ehe sein Vater ihm ins Wort fiel.

„Wenn du schlechte Laune hast, musst du uns anderen nicht auch die Stimmung verderben!"

Natürlich. Wir wollen ja nicht, dass die Frauen der Familie mit irgendwelchen Problemen belastet werden, dachte Alex und warf seinem Vater einen wütenden Blick zu.

„Deine Schwester hat Recht, Alexander", warf seine

Mutter plötzlich ein, wie immer unempfänglich für alles, was ihre heile Welt trüben könnte. „Deine Miene ist viel zu ernst für jemanden, der verliebt ist", fuhr sie fort. „Dein Vater sagt, du verbringst jede freie Minute mit deiner neuen Freundin. Wann lernen wir die junge Frau denn endlich kennen?"

„Ja, Alex. Auf diese Begegnung bin ich auch schon gespannt. Du wirst sie hoffentlich bald mitbringen!", bemerkte sein Vater.

Nicht, wenn Alex das verhindern konnte.

„Und Jessica, hast du dich hier wieder eingelebt?", wandte sein Vater sich nun an seine Schwester.

„Oh, ja. Es ist, als wäre ich nie weg gewesen. Und ich bin froh, dass du mich jetzt noch einige Monate in unserer Firma verbringen lässt, ehe ich mit dem Studium beginne."

„Jeremy hat deine Arbeit in seiner Niederlassung in den vergangenen Monaten sehr gelobt, Jessica"

„Wenn du wüsstest, wie ich mich angestrengt habe, um einen guten Eindruck bei Onkel Jeremy zu machen. Du würdest stolz auf mich sein."

„Das bin ich, Prinzessin. Das bin ich." Sein Vater ergriff Jessicas Hand und drückte sie beruhigend.

„Dann bist du nicht sauer, dass ich das Studium noch einmal herausgeschoben habe und stattdessen erst einmal in der Firma arbeite?"

„Solange du dein Ziel nicht aus den Augen verlierst." Thomas sah sie nachdenklich an. „Ich vertraue darauf, dass du alles unter Kontrolle hast. Das hast du doch?"

„Natürlich", versicherte Jessica ihrem Vater weich.

Alex blickte auf seine Familie, die mit ihm am Tisch saß und sein Magen krampfte sich schmerzhaft zusammen. Wenn er seine Familie schützen wollte, dann blieb ihm keine andere Wahl. So sehr es ihm missfiel, er musste mit seinem Vater reden. Er räusperte sich. „Vater."

„Ja?"

„Es gibt da etwas, über das ich mit dir reden muss." Sein Vater wartete. „Es gibt Probleme."

„Probleme?"

„Ich glaube schon."

„Du glaubst?" Als Alex schwieg, nickte sein Vater verstehend. „Über Geschäftliches reden wir besser nach dem Essen."

„Da bin ich ganz deiner Meinung", erwiderte Alex, ehe er sich seiner Schwester zuwandte. „In welcher Abteilung möchtest du denn anfangen, Jessica?", fragte er und wartete, dass das Essen endlich vorüber war und er es hinter sich bringen konnte.

„Also, was gibt es?" Thomas setzte sich in seinen Stuhl und wartete, dass sein Sohn die Türe des Arbeitszimmers hinter sich schloss.

„Vater, ich sag's nicht gerne, aber Onkel Julius bringt uns in Teufels Küche", begann Alex, sobald er an den Schreibtisch getreten war.

„Das ist ja nichts Neues."

„Ich finde das nicht witzig!"

„Aber passend. Also, was hat Julius jetzt schon wieder gemacht? Wieder eine Schülerin verführt oder irgendeine Schlampe geschwängert? Der verdammte geile Bock macht nichts als Ärger."

Alex setzte nervös seine Brille zurecht und wanderte im Arbeitszimmer seines Vaters hin und her. „Nein. Es geht immer noch um Julia."

„Ja, und?" Sein Vater winkte ungeduldig mit der Hand. „Sprich weiter!"

„Er hat sie nicht mehr unter Kontrolle. Ich hab dir vor

Wochen schon gesagt, sie ist zu labil, aber du wolltest ja nicht auf mich hören." Alex warf seinem Vater einen kurzen Blick zu, ehe er weiter auf und ab lief. „Sie wird immer hysterischer und unberechenbarer. Letzte Woche ist sie völlig ausgeflippt in der Kneipe. Ich hab's noch nicht erwähnt, weil ich dachte, es hätte keine Konsequenzen. Allerdings hab ich gestern mehr erfahren. Was auch immer ihr mit ihr gemacht habt an dem Abend, hat sie vollkommen irre gemacht."

„Was auch immer?", fragte Thomas ungehalten. „Du weißt ganz genau, was mit ihr gemacht wurde. Auch wenn du an dem fraglichen Abend mit Abwesenheit geglänzt hast, weil du lieber wie ein verliebter Trottel Karussell gefahren bist."

„Jedenfalls war es ein Fehler." Alex blieb stehen und funkelte seinen Vater an. „Sie hat eine Menge wirres Zeug geredet. Genug, um Nina misstrauisch zu machen. Nina hat das Tattoo gesehen und Julia hat irgendein Buch mit den Wiccasymbolen verziert. Bei unserem Glück wahrscheinlich ein Tagebuch. Das hat uns gerade noch gefehlt." Alex lachte ohne Humor auf. „Nina weiß von dem Verhältnis der beiden-."

„Weil du Trottel ihr noch geholfen hast, ihnen auf die Schliche zu kommen. Julius hat gedacht, er sieht nicht richtig, als er dich da damals hat auf dem Parkplatz stehen sehen."

„Ich hab dir erklärt, es gab keine Möglichkeit, das zu verhindern, ohne dass es merkwürdig ausgesehen hätte", erklärte Alex genervt. „Und darum geht es jetzt auch nicht. Jedenfalls sucht Nina jetzt nach Informationen über einen Hexenkult."

„Verdammt!" Sein Vater schlug mit der Faust auf den Tisch. „Ich wusste, dass deine verdammte Freundin nichts Gutes bedeutet."

„Was!" Alex trat auf seinen Vater zu und stach sich den Finger in die Brust. „Meine Freundin? Die ist jetzt das Problem?"

„Unter anderem", lenkte sein Vater ein.

„Dein verdammter Schwager ist das Problem", schrie Alex. „Ich sag dir seit Jahren, dass der Mann nur Ärger macht", fuhr er ruhiger fort. „Er kann seine Hose nicht zulassen und hat seine perversen Neigungen nicht unter Kontrolle und alles was wir machen, ist, blöd dazusitzen und abzuwarten, was er als nächstes macht."

„Da erzählst du mir nichts Neues. Aber was soll ich machen? Möchtest du raus gehen und das deiner Mutter erzählen? Hat sie nicht schon genug mitgemacht?"

Alex griff sich frustriert in die Haare. „Ich weiß. Ich hab dir das auch nicht erzählt, damit wir streiten. Du musst mit Julius reden. Er soll Julia in Ruhe lassen. Oder aufhören mit dem, was auch immer er mit ihr macht. Stell dir vor, sie bricht vollkommen zusammen und erzählt alles. Was dann? Dann können wir einpacken!"

Sein Vater schwieg und sah nachdenklich auf das Firmenlogo, das vor ihm an der Wand hing. „Ich rede mit ihm. Und du hältst deine kleine Freundin im Zaum."

„Keine Sorge. Um die kümmere ich mich schon."

„Hoffentlich."

„Ich bin es nicht, der hier dauernd alles verbockt."

„Dann sieh zu, dass es auch so bleibt."

„Was ist mit dem anderen Problem, von dem ich dir erzählt habe?"

„Das ist erledigt."

Alex schnaufte ungläubig, aber sein Vater winkte ihn hinaus. „Jetzt geh deiner Mutter und deiner Schwester Gesellschaft leisten. Ich muss nachdenken."

Mit einem flauen Gefühl im Magen verließ Alex das Arbeitszimmer seines Vaters.

Thomas setzte sich in seinem Sessel zurecht und griff zum Telefon.

„Julius. Hast du einen Moment?", fragte er, sobald er seinen Schwager in der Leitung hatte.

„Natürlich. Was gibt es?"

„Ich musste eben leider erfahren, dass du deine kleine Gespielin nicht mehr unter Kontrolle hast."

„Unsinn! Ich hab alles im Griff ..."

„Da habe ich aber was anderes gehört. Jetzt sag ich dir mal was. Ich hab dich jetzt lange genug gewähren lassen. Wenn du nicht der Bruder meiner Frau wärst, hätte ich dich schon vor Jahren verschwinden lassen."

„Jetzt mal langsam. Ich-. "

„Du hältst jetzt den Mund. Erst hast du Familiengeheimnisse ausgeplaudert, als nächstes kam der Ärger mit dem Freund deiner psychotischen Freundin, weil die ihr Maul nicht halten konnte und jetzt droht dasselbe mit der Cousine?", rief Thomas erzürnt.

„Ich regle das ...."

„Du regelst das? Du verursachst immer nur noch mehr Probleme, du Idiot. Ich sag dir, was du machst. Das, was wir schon vor Monaten hätten machen sollen. Du schaffst uns das Weib von Hals, hast du gehört?"

Als er keine Antwort erhielt, ergriff Thomas den Hörer fester. „Hast du gehört?"

„Ja. Aber ich-."

„Nichts aber! Lass dir was einfallen. Und finde heraus, was sie ihrer Cousine schon alles erzählt hat. Wir können uns keine weiteren Fehler leisten, Julius."

„Die Cousine, heh?"

„Ja, genau. Finde heraus, ob sie ein Risiko ist oder nicht. Alex sagt, sie wüsste nichts. Aber der denkt mit seinem Schwanz und wohin das führt, das sehen wir ja an dir. Also tu, was ich dir gesagt habe. Und zwar schnell, Julius, sonst wirst du es bereuen." Thomas knallte den Hörer auf seinen Apparat und erhob sich. Zeit, sich wieder den Frauen seiner Familie zu widmen, wie es sich für das Oberhaupt gehörte.

Julia steckte sich langsam ein Stück Orange in den Mund und beobachtete mit wachsender Besorgnis, wie Julius´ Gesichtsausdruck sich immer mehr verdüsterte, je länger er telefonierte. Er beendete das Gespräch und kam zu ihr herüber, gerade, als ihr Handy klingelte. Julia zuckte zusammen und warf einen vorsichtigen Blick auf das Telefon, das neben ihrem Teller auf dem Tisch lag.

„Was ist? Willst du nicht rangehen?", fragt Julius und setzte sich wieder ihr gegenüber an den Tisch.

Julia zögerte. „Das ist nur Nina."

„Nina? Deine Cousine?"

Julia nickte.

„Und?"

„Ich hab jetzt keine Lust mit ihr zu reden."

„Nun, mich würde aber interessieren, was sie dir zu sagen hat." Julius sah Julia mit strengem Blick an, bis diese widerwillig das Handy vom Tisch nahm.

„Ich will hören, was sie zu sagen hat", bekräftigte Julius noch einmal. Julia drückte die Taste für den Lautsprecher. „Ja?", nahm sie dann das Gespräch an, ohne den Blick von ihrem Gegenüber abzuwenden.

„Julia?"

„Ja. Wer sonst? Du hast mich doch angerufen, oder?"

„Ähm, kann ich gleich mal vorbeikommen? Wir

müssen reden."

„Nein, tut mir leid. Da geht jetzt nicht."

„Verdammt, ich lass mich nicht mehr länger hinhalten. Ich hab dir gesagt, ich halt den Mund über den Vorfall letzte Woche, wenn du mir alles in Ruhe erklärst. Seitdem weichst du mir aus."

„Wir reden später. Ich bin jetzt nicht zu Hause."

„Ja, ich kann mir schon denken, wo du bist. Julia, warum willst du nur mit keinem reden? Wenn nicht mit mir, dann mit deiner Mutter. Ich mach mir wirklich Gedanken. Wenn dir was passiert oder du irgendwelche Dummheiten machst, und ich es hätte verhindern können, wenn ich jemand von deinen Problemen erzählt hätte, dann würd ich mir das nie verzeihen."

„Unsinn. Wie kommst du auf sowas?"

„Vielleicht, weil du dich ritzt und dir merkwürdige Symbole irgendeines Hexenkults von der Brust schabst?", fragte Nina wütend. „Gib mir irgendwas, um mich zu beruhigen, ja? Ich will dir doch nur helfen."

Am ganzen Leib zitternd wagte Julia einen Blick auf den Mann, der ihr nun mit unheilvoller Miene am Tisch gegenübersaß. „Nina, was redest du da. Wenn dich jemand hört."

„Ich bin alleine in meinem Zimmer. Aber lange kann ich das alles nicht mehr für mich behalten, Julia."

„Nein bitte!", rief Julia panisch und warf wieder einen Blick auf Julius. „Wir reden! Ich äh, muss gucken, wann ich es schaffe. Ich ruf dich zurück." Julia legte das Telefon auf den Tisch. „Julius, es tut mir leid…"

Julius schlug mit der Faust auf den Tisch. „Du verdammtes blödes Stück." Er erhob sich und trat um den Tisch herum auf sie zu. „Was hast du getan und was hast du deiner Cousine erzählt?" Er ergriff mit seiner Hand ihren Unterkiefer und drückte zu. „Hmm? Warum schnüffelt die in unseren Angelegenheiten herum?"

Julia traten Tränen in die Augen, so schmerzhaft drückten Julius Finger in ihre Wangen. „Es tut mir leid."

„Das hast du schon gesagt. Und es wird dir bald noch viel, viel mehr leid tun, du Miststück." Er stieß sie von sich, so dass sie beinahe vom Stuhl fiel. Julius wanderte aufgebracht im Zimmer auf und ab. „Was hab ich mir mit dir für einen Ärger aufgehalst!" Er warf ihr einen düsteren Blick zu. „Langsam verursachst du mehr Unannehmlichkeiten als du wert bist." Er trat wieder auf sie zu. „Ist das der Dank?", fragte er mit sanfter Stimme. „Dass ich mich dir hässlichem, wertlosem, dämlichem Stück angenommen hab? Hmm?" Julius atmete tief ein und griff dann eine Hand voll von Julias langem Haar. Er schlang sich die dicke Strähne um seine Hand und riss Julias Kopf nach hinten. „Das ist der Dank?", fragte er noch einmal wutentbrannt. „Dafür, dass ich dich verwöhnt hab, dir wichtige Geheimnisse anvertraut und dich in unsere Gemeinschaft aufgenommen hab?", schrie er außer sich und riss ihren Kopf noch ein Stück weiter nach hinten. Julia schrie vor Schmerz und Angst auf. Sie wusste, was nun kommen würde. „Es tut mir leid, Julius", schluchzte sie verzweifelt. „Sie hat mein Tattoo gesehen und den Rest hat sie sich zusammengereimt."

„Und das soll ich dir glauben?" Er zog sie an den Haaren von Stuhl und zerrte sie zu sich heran. „Sie hat dein Tattoo gesehen! Und sie war dabei, als du in einem deiner hysterischen Anfälle versucht hast, es von deiner Titte zu kratzen?", schrie er und quetschte die fragliche Brust zusammen.

Julias Schmerzensschrei ignorierend, fuhr er fort. „Ich glaube, du möchtest, dass diese bösen Dinge passieren, hm? Was bist du? Ein Todesengel?" Er lachte auf. „Erst hast du deinem Freund unser kleines Geheimnis erzählt, und dann hast du dich mächtig gefühlt, nicht wahr? Du wusstest, dass du damit sein Todesurteil besiegelt hast. Und dann hast du abgewartet, dass das Urteil vollstreckt wurde. Aber du wusstest auch, dass es falsch war, uns Unannehmlichkeiten zu bereiten. Und darum wolltest du, dass ich dich bestrafe. So ist es doch, oder?", fragte Julius mit einem wahnsinnigen Glitzern in den Augen.

„Nein, bitte. So ist es nicht, Julius."

„Und jetzt machst du dasselbe mit deiner Cousine. Soll ihr das Gleiche passieren wie deinem Freund?"

„Nein, Nina weiß nichts. Ich schwöre es."

„Sie weiß, dass du für mich die Beine breit machst, oder, du verkommenes Luder? Was weiß sie noch?"

„Nichts. Nichts weiter. Ich schwöre es, Julius", schluchzte Julia außer sich.

„Du triffst dich mit ihr, und du regelst das, du wertloses Stück Dreck. Hast du mich verstanden?"

„Ja, ja. Ich regle alles, Julius."

Er stieß sie angewidert von sich. „Sieh dich an. Du siehst aus wie die Schlampe, die du bist. Deine Schminke ist verlaufen und dein Gesicht ist aufgequollen. Du siehst aus wie eine Hure." Er gab ihr noch einen Stoß. „Geh! Sie dich an, wie du aussiehst." Er packte sie am Arm und zerrte sie vor einen Spiegel. „Ja, jetzt siehst du so wertlos und verkommen aus, wie du auch bist. Mach nur so weiter. Eines Tages geh ich zu deinen Eltern und dann erzähl ich ihnen mal, was sie für eine Tochter haben. Möchtest du das? Soll ich die Fotos ins Internet stellen, die ich von dir gemacht hab,

Julia? Für jeden sichtbar?" Mit weit aufgerissenen Augen begegnete Julia Julius Blick im Spiegel. „Vielleicht wartest du ja darauf. Reizt du mich deshalb so? Damit ich die Geduld verliere und der Welt zeige, was für Abschaum du bist?"

„Julius, bitte, ich flehe dich an."

„Wir überlegen uns jetzt, was wir mit deiner Cousine machen. Und anschließend zeigst du mir, wie leid dir die Unannehmlichkeiten tun, die du mir bereitet hast. Und dann gehst du nach Hause und überlegst dir, warum ich mich noch weiter mit so einer Enttäuschung wie dir abgeben sollte. Klar?"

„Ja, alles, was du willst, Julius. Ich bring alles in Ordnung. Aber sei nicht mehr böse mit mir, ja?"

„Wir werden sehen, Julia. Wir werden sehen."

Kapitel 8

Nina saß in ihrer Mittagspause. Sie trank einen Schluck Kaffee, winkte einem Arbeitskollegen, der jetzt Feierabend hatte, der Glückliche, und holte ihr Handy aus der Tasche. Unglaublicherweise hatte Nina eben entdeckt, dass ihre Cousine heute Morgen versucht hatte, sie zu erreichen. Gespannt wählte sie Julias Nummer.

„Ja?"

„Hallo, Julia. Du hast mich heute Morgen angerufen?"

„Ja", erklang Julias erschöpfte Stimme. „Da du mich ja gestern erpressen musstest, hab ich mich entschlossen, deine Neugier zu befriedigen", fuhr sie schnippisch fort. „Also, wann hast du Zeit?".

„Ich hab um vier Uhr Feierabend", sagte Nina triumphierend.

„Gut. Ich hol dich dann um halb fünf zu Hause ab!"

„Was? Jetzt warte doch mal. Wie meinst du das, du holst mich ab?"

„Ich rede bestimmt nicht mit dir, wo Mama, Oma oder deine Mutter jeden Moment reinkommen können. Also, bis gleich." Damit beendete Julia das Gespräch.

Um viertel nach fünf sah Nina ungeduldig auf die Uhr. Langsam glaubte sie, dass Julia gar nicht mehr kommen würde. Wütend nahm sie ihr Handy und wollte grade anrufen, wo sie blieb, als sie eine SMS bekam, dass Julia draußen stand. „Kommt auch nicht mehr rein, Tag sagen", murmelte sie vor sich hin. „Ich bin mal weg", rief sie ins Wohnzimmer und ging hinaus. Sie war gespannt auf Julias Erklärung. Die Hexenkultidee hatte sich nach Ninas Recherche gestern eigentlich soweit erledigt. Wie sie aus den

Internetartikeln hatte entnehmen können, handelte es sich bei diesem Wicca-Kult um eine friedliche Gemeinschaft, die ohne Gewalt im Einklang mit der Natur lebte. Keine bösen Rituale oder Schändungen oder was Nina sich sonst so alles zusammengesponnen hatte. Sie war also genau so schlau wie vorher und die Ursache für Julias Selbstverstümmelung war ihr immer noch ein Rätsel. Sie riss die Autotür auf und kletterte in den kleinen roten Wagen. „Hallo. Ich hab schon gedacht, du kommst nicht mehr." Als Julia ohne ein Wort losfuhr und auch weiterhin eisern schwieg, verzog Nina verärgert den Mund und sah aus dem Fenster.

Nach zehn Minuten kurvten sie immer noch durch die Gegend und Nina sah zu Julia hinüber. „Also, legst du jetzt los? Sagt du mir, warum du damals so ausgeflippt bist?"

„Ja, gleich. Noch ein paar Minuten, dann sind wir da und können reden. Weißt du, es ist wirklich halb so wild. Ich hatte ein paar Probleme und eine Zeit lang ging es mir wirklich schlecht. Aber das ist jetzt vorbei. Es geht mir wirklich wieder gut."

Verwundert sah Nina, wie Julia auf die Straße zum See abbog und schließlich auf den Parkplatz fuhr. Neben einem wohlbekannten Geländewagen kamen sie zum Stehen.

„Das kann ja wohl nicht dein Ernst sein", rief Nina ungläubig.

„Nina, Julius ist wirklich nett. Ich will dir nur beweisen, dass du ein ganz falsches Bild von ihm hast. Er will mit dir reden und-."

„Ich hab aber kein Interesse, mich mit ihm zu unterhalten. Ich will mit dir reden, nicht mit einem widerlichen Perversen, der sich an seine minderjährige

Schutzbefohlene rangemacht hat."

„Ich wusste, dass man mit dir nicht reden kann. Du bist viel zu stur. Das habe ich Julius auch gesagt." Damit öffnete sie die Türe und stieg aus.

„Ich glaub es nicht", murmelte Nina. Ganz wohl war ihr nicht. Aber sie kam hier nicht weg und konnte auch schlecht wie ein bockiges Kleinkind schmollend im Auto sitzenbleiben. Mit einem frustrierten Schnaufen stieg sie aus dem Wagen und versuchte, in der Dunkelheit etwas zu erkennen.

Die Autotür des BMW öffnete sich und Kirstner trat heraus. Er nahm Julia beiläufig in den Arm und ging dann auf Nina zu.

„So, so. Da haben wir ja die Detektivin", begrüßte er Nina. „Ich bin Julius Kirstner."

Nina antwortete nicht und ignorierte Kirstners ausgestreckte Hand.

„Oh, deine Cousine ist ein wenig garstig, was?", richtete er seine Frage an Julia, ehe er an Nina gewandt, fortfuhr. „Und womit hab ich so viel Animosität verdient?"

„Hören Sie, ich habe kein Verlangen, mich mit Ihnen zu unterhalten. Ich möchte lediglich mit meiner Cousine etwas klären und kann mir beim besten Willen nicht vorstellen, dass Sie das was angeht."

„Aber da muss ich ganz entschieden widersprechen. Es geht mich sogar sehr viel an, was die liebe Julia so über mich erzählt."

„Die liebe Julia hat gar nichts über Sie erzählt. Sollte sie?"

„Dann frage ich mich umso mehr, warum Sie mir so feindselig gegenübertreten?"

„Na schön. Weil ich weiß, dass Sie ein Verhältnis mit einer Schülerin haben. Das wär mir ja noch egal, wenn ich nicht den Verdacht hätte, dass das Verhältnis schon besteht, seit Julia fünfzehn ist. Und wenn ich nicht wüsste, dass es da irgendetwas gibt, dass Julia so unglücklich macht, dass sie sich selber verletzt. Sie hat Angst und sie ist verzweifelt. Ich weiß nicht was und warum, aber es hat was mit Ihnen zu tun und mit diesen merkwürdigen Symbolen. Ich sehe, dass das alles mit Julia immer schlimmer wird und es rapide mit ihr bergab geht.

Sie hat angefangen, sich zu verändern, als das mit Ihnen losging und es ist außer Kontrolle geraten, als ihr Freund verschwunden ist. Und weil ich die Einzige bin, die das zu bemerken scheint, werde ich erst Ruhe geben, wenn ich weiß, was hier vor sich geht."

Kirstner stand vor ihr, eine Hand in der Tasche, eine um Julias Mitte gelegt und nickte nachdenklich mit dem Kopf. „Verständlich", murmelte er schließlich und löste seinen Arm von Julias Taille. Er verschränkte die Arme vor der Brust und spitzte die Lippen. Die Innenbeleuchtung seines Wagens erlosch plötzlich und nur noch Umrisse waren zu erkennen. „Die Frage, die ich mir jetzt stelle, ist Folgende", ertönte Julius Stimme aus der Dunkelheit. „Was mache ich jetzt mit euch beiden?"

Nina schluckte nervös und warf einen Blick auf Julia, die neben ihr stand. Das ungute Gefühl, das sie die ganze Zeit gehabt hatte, verstärkte sich plötzlich ungemein. Nina wollte weg. Und zwar sofort. „Julia…"

„Steig in meinen Wagen, Julia", sagte Julius plötzlich in harschem Tonfall.

Julia zögerte.

„Hast du nicht gehört? Du sollst in den Wagen steigen!", wiederholte er mit autoritärer Stimme. „Ich möchte mit deiner Cousine hier alleine reden."

Nina riss ungläubig die Augen auf, als Julia sich tatsächlich in Bewegung setzte und um das Auto herum zur Beifahrertür schritt. „Julia, was tust du? Komm sofort wieder her. Ich möchte fahren. Und zwar jetzt!" Nina trat einen Schritt zur Türe des kleinen Opel und fasste nach dem Griff. Plötzlich umklammerte eine Hand ihr Handgelenk.

„Nicht so schnell. Wir zwei sind hier noch nicht fertig." Kirstner zog sie grob zu sich heran und Ninas Herz klopfte plötzlich schmerzhaft in ihrer Brust. Panisch versuchte sie sich aus seinem eisernen Griff zu befreien. „Lassen Sie mich los!" Sie warf einen Blick zu seinem Auto, in dem Julia brav auf dem Beifahrersitz saß und in ihren Schoß starrte. Nina konnte es nicht glauben. „Julia!", rief sie fassungslos und zerrte ihren Arm zurück um sich zu befreien. Vergeblich, denn Kirstner ließ nicht locker.

„Na, na, na, da haben wir ja eine Wildkatze hier, was?", lachte er. „Du interessierst dich doch so für mich. Ich hab gedacht, ich zeig dir etwas mehr von mir, damit du auch alles richtig verstehst", sagte er mit einem dreckigen Unterton und zog Nina mit seiner anderen Hand zu sich heran.

Jetzt hatte sie wirklich Angst. Was hatte er vor? Sie spürte seine Finger an ihrer Brust und wand sich verzweifelt in seinem Griff. Wieder sah sie hilfesuchend zu Julia hinüber, die immer noch in dem verdammten Auto saß. „Julia!", schrie Nina wütend und ängstlich. Sie versuchte, Kirstner zu treten, doch in Wirklichkeit klappte das nicht so reibungslos, wie es in den Filmen immer aussah. Das Einzige, was sie damit erreichte, war, dass er lachte. Das konnte doch nicht wirklich passieren, dachte Nina, während sie versuchte, seiner wandernden Hand auszuweichen, die ihren

Körper begrapschte. Sie stöhnte auf, als er ihr Handgelenk schmerzhaft quetschte und Nina erkannte mit Entsetzen, das sie absolut nichts gegen ihn ausrichten konnte.

Julia öffnete plötzlich die Fahrertür und streifte Julius damit am Rücken. „Julius, lass sie in Ruhe", sagte sie zögerlich. Er fluchte, als die Kante der Türe seinen Rücken streifte und er drehte sich ungehalten zu ihr um. „Verschwinde zurück in den Wagen!", schnaufte er verärgert.

„Du hast gesagt, du willst nur mit ihr reden", sagte Julia unsicher.

Sein Griff lockerte sich ein wenig, als er Julia mit seiner anderen Hand einen Stoß gab, um sie wieder ins Auto zu schubsen. Nina nutzte den Moment, um ihn diesmal zwischen die Beine zu treten und sich loszureißen. Sie gab ihm einen Stoß, als er sich fluchend krümmte und rannte in die Dunkelheit. Wohin? Wohin sollte sie laufen? Der Parkplatz war pechschwarz. Vor ihr sah sie die Umrisse der Bäume, die den See umrahmten. Sie rannte in Richtung Hauptstraße, um ein Auto anzuhalten. Aber was, wenn kein Auto kam? Dort konnte sie sich nicht verstecken. Nina wechselte die Richtung. Sie trat in eine der Pfützen, die sich in den unzähligen Schlaglöchern gebildet hatten, die den Parkplatz überzogen und stolperte. Sie fiel auf die Knie und sah sich verzweifelt um. Kaum vier Meter hinter ihr kam Kirstner angerannt wie eine Naturgewalt. Mit einem verzweifelten Aufschrei rappelte Nina sich auf und rannte geradeaus in die Sträucher, die um den See wuchsen. Die Äste stachen ihr ins Gesicht und blind schlug Nina mit den Armen die Zweige zur Seite, um tiefer in das Dickicht zu gelangen. Hinter ihr hörte sie das Knacken weiterer

Äste und das Lachen Kirstners. Er lachte! Er fand Gefallen an der Jagd. Nina schluchzte, dann rannte sie weiter. Sie schlug weitere Äste zur Seite und fasste Mut, als sie plötzlich das Ufer des Sees vor sich sah. Dies war ein Stück, das im Sommer als Liegewiese genutzt wurde. Hier konnte sie wieder frei laufen. Sie rannte so schnell sie konnte, um Abstand zu ihrem Verfolger zu gewinnen, der noch im Unterholz steckte. Schwer atmend rannte Nina ein weiteres Stück, ehe sie sich wieder ins Dickicht schlug. Sie kroch unter einen Busch, der noch nicht alle Blätter verloren hatte, zog die Beine an und legte einen Moment den Kopf auf die Knie, um Atem zu schöpfen. Sie versuchte, ihre Schluchzer zu unterdrücken. Sie musste sich unbedingt beruhigen. Nina schlug sich die Hände vor den Mund, damit er sie nicht hören konnte, schloss einen Moment die Augen und konzentrierte sich darauf, tief durch die Nase einzuatmen. Bitte, bitte, lass mich nicht so laut sein, flehte sie und drückte sich die Hände noch fester auf den Mund. Sie öffnete wieder die Augen und versuchte, in der Dunkelheit etwas zu erkennen. Sie erkannte die Oberfläche des Sees vor sich, die schwarz glänzte und dann sah sie ihn. Er stand am Ufer. Was machte er? Sah er sich suchend um? Oder wusste er, wo sie war und spielte mit ihr? Nina zwang sich, absolut reglos in ihrem Versteck zu verharren. Er konnte sie doch unmöglich sehen, oder? Oh, lieber Gott, was sollte sie machen? Sie beobachtete, wie er langsam am Ufer entlangging. Dachte er, sie würde sich da unten in der Böschung verstecken? Plötzlich fiel Nina ihr Handy ein. Aufgeregt wollte sie schon danach greifen, ehe sie sich zur Ruhe zwang. Raschelnde Blätter und knackende Äste musste sie unbedingt verhindern. Mit zitternden Fingern griff sie langsam in ihre Gesäßtasche. Kein leichtes Unterfangen, wenn man drauf saß. Sie zog es vorsichtig heraus und nach einem Blick auf den Mann zwanzig Meter entfernt, wählte sie schnell die erste Nummer, die in ihrem Display erschien. Hoffentlich verriet das Licht des beleuchteten Displays sie nicht. In der Dunkelheit fiel es doch bestimmt auf. Geh ran, geh ran, flehte sie, während ihr Blick starr auf Kirstner fixiert war. Beinahe hätte sie aufgeschrien, als plötzlich Alex Stimme ertönte. „Alex…Komm schnell", flüsterte sie unter Tränen.

„Nina? Was sagst du? Ich versteh dich nicht."

Jetzt weinte Nina richtig. Sie schlug sich wieder die Hand vor den Mund, ehe sie erneut zum Sprechen ansetzte. „Komm schnell", wimmerte sie. „Kirstner. Er ist hinter mir her." Sie holte zitternd Luft und beobachtete weiter ihren Verfolger.

„Was? Kirstner?" Nach einem Moment sprach Alex aufgeregt weiter. „Wo bist du, Nina?"

„Komm schnell, Alex. Er sucht mich. Und Julia sitzt einfach nur da. Ich-."

„Nina! Wo bist du?", schrie Alex jetzt panisch.

Nina schluckte. Sie konnte nicht richtig denken. „Ah, am See. Am Kaarster See", flüsterte sie, ehe sie erschrocken die Luft einzog. Er kam in ihre Richtung! Das Handylicht! Schnell schaltete Nina das Handy aus und schaltete auch gleich den Ton ab. Hatte er sie gesehen? Gehört? Oder suchte er nur weiter? In der Ferne hörte sie Julia rufen. Was würde er mit ihr machen, wenn sie gefunden hatte? Würde Julia ihr helfen? Ninas Atem beschleunigte sich noch mehr, als Kirstner an den Büschen entlangschritt.

„Du bist hier irgendwo...", murmelte er. „Julia!", schrie er dann, viel zu nah an Ninas Versteck. „Bring mir die Maglite aus dem Handschuhfach."

„Was?", jammerte diese zurück.

„Die Taschenlampe, du blödes Stück!"

Nina zuckte zusammen und rückte automatisch ein Stück zurück. Ein Fehler, denn ruckartig drehte Kirstner sich zu ihrem Versteck um. Sein dreckiges Lachen ging ihr durch Mark und Bein.

„Da bist du ja." Er schnellte auf sie zu, bückte sich und ergriff ihren Knöchel. Nina versuchte, sich mit dem anderen Fuß zu widersetzen, aber mit überraschender Kraft zog er sie einfach aus dem Unterholz. „Da hab ich dich ja schon in der richtigen Position." Nina trat mit aller Kraft nach ihm, ohne Erfolg.

„Julius. Hör auf und komm her. Du hast versprochen, du würdest ihr nichts tun", schrie Julia von irgendwo hinter den Büschen. Nina stellte verwundert fest, dass der Parkplatz direkt hinter ihr lag. In der Dunkelheit war es ihr vorgekommen, als hätten sie sich hunderte Meter entfernt.

„Halt's Maul. Das ist alles deine Schuld", schrie er nachlässig zu ihr hinüber, ehe er wieder auf Nina hinuntersah, die sich immer noch gegen ihn sträubte. „Du gefällst mir. Du hast Feuer. So mag ich meine Mädchen", murmelte er. „Deine Cousine, das heulende Elend, hat mich schwer enttäuscht. In der letzten Zeit bereitet sie nur noch Ärger und heult rum. Du wärst da anders, hm? Zu schade, dass ihr beide verschwinden müsst. Aber es spricht ja nichts dagegen, dass ich nicht noch vorher meinen Spaß mit dir haben könnte, oder?" Er ließ von ihrem Fuß ab und griff blitzschnell mit beiden Händen nach ihrem Oberkörper. Er kniete sich mit gespreizten Beinen über sie und packte ihre Hände mit eisernem Griff, ehe sie sein Gesicht erreichen konnte. „Ja, wehr dich. So hab ich es am liebsten", lachte er heiser und erregt.

„Damit kommen Sie nicht davon. Ich halt bestimmt nicht dicht wie Julia", rief Nina verzweifelt.

„Hast du mir nicht zugehört? Du wirst keine Gelegenheit mehr haben, irgendwas zu erzählen. Genauso wenig wie deine Cousine."

Mit neuem Grauen sah Nina ihrem Peiniger in das in der Dunkelheit verschwommene Gesicht. „Jemand wird Fragen stellen!"

„Da mach dir mal keine Gedanken. Ihr seid nicht die Ersten, die einfach verschwinden. Was ich mit euch mache, überleg ich mir später. Vielleicht ertränk ich euch ja. Oder auch nicht. Ich hab ein hübsches Plätzchen, wo ich euch lagern kann, bis ich mir was einfallen lasse", murmelte er. „So, und jetzt genug geplaudert. Zeit, dass ich dir zeige, wo dein Platz ist", keuchte er und Nina würde übel, als sie sein schweres Gewicht auf sich spürte.

Plötzlich erstarrte er und hob den Kopf. Nina hoffte einen Moment gegen alle Vernunft, er hätte es sich anders überlegt, ehe sie es ebenfalls hörte. Ein Motor.

„Ich fahr jetzt, Julius, wenn du nicht sofort herkommst", ertönte Julias weinerliche Stimme, ehe sie wieder den Motor aufheulen ließ.

Julius fluchte ausgiebig, ehe er seine Faust hob und auf Ninas Gesicht heruntersausen ließ.

Julia sah ihren Geliebten wütend aus dem Dickicht stapfen und schaltete den Motor aus. „Es tut mir leid", rief sie, als er an das Auto trat. „Aber du hast gesagt, du würdest ihr nichts tun, du wolltest nur mit ihr reden", flehte Julia, als sie aus dem Auto steigen wollte. „Ah", schrie sie auf, als er sie grob zurück stieß und sie mit dem Hinterkopf an den Türrahmen schlug. Sie landete wieder auf dem Fahrersitz und fiel hintenüber. „Julius...", begann sie, und versuchte, sich aufzurappeln. Doch Julius beugte sich zu ihr in den Wagen und packte sie am Hals. Außer sich drückte er sie in den Sitz „Au. Julius", keuchte Julia. Der Schalthebel stach ihr schmerzhaft in den Rücken und Julius Hände schlossen sich nun wie eiserne Klammern um ihren Hals. „Julius", röchelte Julia entsetzt, während sie in die irren Augen ihres Geliebten sah.

„Du verdammtes Miststück. Hab ich dir gesagt, du sollst ruhig in meinem Auto sitzen bleiben?" Er drückte fester zu. „Keine Sekunde länger schlag ich mich mit dir rum." Wutentbrannt starrte er in Julias Gesicht und langsam breitete sich ein Lächeln auf seinem Gesicht aus, das allmählich vor ihren Augen verschwamm. Sie ließ von seinen Händen ab, an denen sie verzweifelt gezogen hatte, um sie von ihrem Hals zu lösen und tastete hilflos um sich, auf der Suche nach irgendetwas, was sie retten könnte. Julius hatte sie schon öfter gewürgt, aber nicht mit so einem Ausdruck. Sie hatte ihn zu sehr gereizt. Er hatte die Kontrolle verloren. Julias Hand schloss sich um einen kalten, harten Gegenstand. Sie hob die schwere, lange Taschenlampe und ließ sie mit letzter Kraft gegen Julius Schläfe hinunterfahren. Sein Griff löste sich etwas und in Todesangst schlug Julia noch einmal zu. Und noch einmal. Sein Würgegriff erschlaffte und schwer sank er auf sie nieder. Julia japste nach Luft und blieb einen Moment reglos liegen. Dann versuchte sie, den schweren Körper von sich zu schieben. Sie zwängte sich aus ihrem kleinen Wagen, richtete sich auf zittrigen Beinen auf und trat einen Schritt zurück. Fassungslos sah sie auf den reglosen Körper hinunter.

„Julius?", rief sie leise. „Julius?" Tränen traten ihr in die Augen und voller Entsetzen ahnte sie plötzlich, was sie getan hatte. Wie betäubt starrte sie auf den Mann vor ihr, das schwache Licht der Innenbeleuchtung erhellte die Wunde, aus der Blut troff. Julia zuckte zusammen, als plötzlich ein Lichtschein auf sie traf. Sie sah zur Seite und verwundert erkannte sie, dass ein Auto neben ihr zum Stehen gekommen war. Sie hatte es gar nicht kommen hören. Alex stieg aus und stürzte auf sie zu.

„Was ist passiert? Wo ist Nina?" Sein Blick fiel auf Julius und er ergriff Julia fest am Oberarm. „Wo ist sie?", schrie er sie an und schüttelte sie.

Julia blinzelte, ehe sie sich fahrig die Haare aus dem Gesicht strich. Schwankend zeigte sie in Richtung See. Alex ließ Julia stehen und rannte auf das Dickicht zu.

„Nina", schrie er. Was hatte Julius mit ihr gemacht? Das verdammte, perverse Schwein. Wenn Nina etwas passiert war… Alex stieß einen erleichterten Laut aus, als er plötzlich eine Gestalt aus dem Unterholz treten sah. Doch seine Erleichterung hielt nicht lange, als er Ninas wankenden Gang bemerkte. Er eilte auf sie zu und sein Herz setzte einen Schlag aus, als sie sich schluchzend in seine Arme fallen ließ. Er umarmte sie fest und drückte ihren Kopf an seine Brust. „Was ist passiert?", fragte er nach einem Augenblick, löste sich von ihr, fasste sie an den Schultern und beugte sich zu ihr hinunter. Er sah ihr ins Gesicht und versuchte, in ihrem Gesicht zu lesen. Aber die Dunkelheit machte das unmöglich. „Hat er dir was getan?" Oh, bitte nicht…

Nina schluchzte auf und schüttelte den Kopf. „Er h-h-hat es versucht, aber…" Sie holte stockend Luft.

„Aber?", fragte Alex außer sich. „Aber was? Er hat es nicht geschafft, oder Nina? Er hat dir nichts getan?", flehte er.

„N-nein. Julia hat ihn abgelenkt." Nina schluckte. „Wo ist sie?", fragte sie plötzlich alarmiert und sah ängstlich zum Parkplatz.

„Ihr geht's gut", versicherte Alex schnell und nahm Nina wieder in die Arme. „Alles ist gut", versicherte er noch einmal und schloss die Augen.

Als er Ninas Anruf erhalten hatte und ihm schließlich gedämmert hatte, was los war, hatte er gedacht, er würde verrückt werden. Zum Glück war er schon auf dem Heimweg gewesen, aber trotzdem schien die Fahrt hierher kein Ende nehmen zu wollen. Er kannte seinen Onkel und er wusste, wozu dieser fähig war. Bei diesem Gedanken drückte er Nina noch etwas fester, ehe er sie wieder losließ.

„Wo ist er?", fragte Nina mit immer noch zitternder Stimme.

Alex holte tief Luft und gestattete sich noch einen Moment der Erleichterung, ehe er sich dem nächsten Problem widmete. „Nina, ich möchte, dass du noch einen Moment hier wartest."

„Warum?", fragte sie misstrauisch. „Ist doch etwas mit Julia?"

„Nein, nein. Julia geht es gut. Ich verspreche es. Bitte, ich will eben nachsehen, was mit dem Mann ist, ja? Ich äh, will nicht, dass du ihm zu nahe kommst."

„Wie du willst", gab Nina sich geschlagen. „Ich kann auch drauf verzichten, wenn ich ehrlich bin."

Alex sah sie einen Moment an, ehe er schnellen Schrittes zu Julia marschierte. Er warf ihr einen Blick zu und schob sie zur Seite, als sie keine Anstalten machte, ihn vorbei zu lassen. „Lass mich mal nachsehen", murmelte er und beugte sich in das Auto. Julius lag etwas seitlich, die Füße streiften den Boden vor der Fahrertür, sein Unterkörper lehnte gegen das Lenkrad und sein Oberkörper lag zwischen Konsole und Schalthebel.

„Er blutet. Am Kopf", ertönte die verzweifelte Stimme Julias hinter ihm.

Alex beugte sich umständlich über seinen Onkel und versuchte, einen Blick auf dessen Gesicht werfen zu können. Er hob Julius Kopf an zuckte einen Moment zusammen, als er in die starren Augen seines Onkels blickte. Er ließ den Kopf wieder fallen und mühte sich, rückwärts aus dem Auto zu klettern. Alex war zwar kein Arzt, aber er glaubte sagen zu können, dass der alte Bock tot war. Er richtete sich auf und sah auf Julia hinunter. „Dem hast du den Garaus gemacht."

Julias Augen weiteten sich, ehe sie in Tränen ausbrach. Alex fuhr sich durch die Haare und stemmt die Hände in die Hüften. Verdammt. Was jetzt?

„Julia? Was ist los?", rief Nina, viel zu nah für seinen Geschmack.

Sein Kopf ruckte zur Seite und er sah seine Freundin auf sie zukommen. Er griff Julia hart an der Schulter und gab ihr einen Ruck. Er beugte sich zu ihr hinunter und zischte ihr ins Ohr. „Wehe, du sagst gleich was Falsches! Er hat euch überfallen, du hast dich verteidigt. Nichts weiter, klar? Halt unsere Familie da raus, sonst wirst du es bereuen!" Er ließ von ihr ab, gerade als Nina neben ihnen zum Stehen kam. Sie schnappte nach Luft, als ihr Blick auf den Toten fiel.

„Ist er...?"

„Ja, er ist tot." Alex rückte seine Brille zurecht. „Wir müssen die Polizei rufen." Er tastete suchend nach seinem Handy. „Oder hast du das schon getan, Nina?"

„Was? Nein. Mein Handy, ich hab es verloren, glaub ich." Sie griff sich an den Kopf und im Schein der Autobeleuchtung sah Alex die Beule an Ninas Schläfe und die Kratzer in ihrem Gesicht. „Du bist verletzt!" Er hob die Hand und berührte vorsichtig die Schwellung.

„Es ist schon gut." Sie trat einen Schritt zurück und sah ihre verzweifelte Cousine an. „Julia." Sie umarmte sie und Julia klammerte sich an Nina, als wäre sie das Einzige, was sie aufrecht hielt.

Alex ging zu seinem Wagen und holte sein Telefon. Nachdem er die Polizei gerufen hatte, vergewisserte er sich, dass die beiden Frauen noch mit sich selbst beschäftigt waren, ehe er sich etwas von ihnen entfernte, bis er sich außer Hörweite befand. Fluchend tätigte er ein weiteres Telefonat. „Wir haben ein Problem!", teilte er seinem Vater mit, sobald dieser abgenommen hatte.

„Ich höre."

„Julius ist tot."

Schweigen. „Was?", ertönte schließlich die Stimme seines Vaters.

„Julius ist tot. Julia hat ihn erschlagen."

„Wo bist du jetzt?"

„Ich bin am Kaarster See und warte auf die Polizei", sagte Alex nervös. „Ich weiß noch nichts Genaues, aber er war mit Julia und Nina hier und war hinter Nina her, verdammt."

„Du musst etwas unternehmen, Alex!", ertönte die besorgte Stimme seines Vaters.

Alex schnaufte. „Und was? Kannst du mir das mal sagen?", fragte er gereizt.

„Sie darf nichts erzählen!"

„Das weiß ich auch", rief Alex, ehe er daran dachte, seine Stimme zu senken. Schnell warf er einen Blick auf die beiden Frauen, ehe er leiser fortfuhr. „Ich hab ihr gesagt, sie soll den Mund halten, aber was weiß ich, was sie bei der Polizei erzählt."

„Was ist das alles für eine Scheiße!", fluchte Thomas.

Da konnte Alex ihm nur zustimmen. Nach einem Augenblick sagte er: „Vielleicht hält sie ja den Mund. Bis jetzt bringt uns kein Mensch mit Julius in Verbindung. Also-."

„Ach nein? Du bist doch gerade am Tatort, oder?"

„Tja, tut mir leid. Meine Freundin wurde von einem Perversen verfolgt. Sei froh, dass ich nicht vorhin schon die Polizei alarmiert hab, als sie mich angerufen hat." Müde rieb sich Alex über das Gesicht, während sein Vater am anderen Ende der Leitung schwieg.

„Was passiert jetzt? Wo bringen sie das Weib hin?", fragte er schließlich.

Alex umfasste den Hörer fester. „Woher soll ich wissen, wie die Polizei im Falle eines gewaltsamen Todes vorgeht?", fragte er durch zusammengebissene Zähne. „Auf jeden Fall können wir im Moment nichts machen, außer hoffen, dass Julia den Mund hält." Alex hörte in der Ferne das Martinshorn. „Ich melde mich wieder, sobald ich mehr weiß. Da kommt die Polizei." Er beendete das Gespräch und gesellte sich wieder zu den Frauen.

Kapitel 9

Nina rieb langsam mit ihrem Handtuch über den beschlagenen Spiegel. Einen Moment betrachtete sie ihr Spiegelbild. Die Beule und die Kratzer sahen schlimmer aus, als sie sich anfühlten, wenn sie ehrlich war. Besonders, wenn sie sich ausmalte, was sonst noch hätte passieren können. Sie schauderte, ehe sie sich ihre Schlafanzughose und ein T-Shirt überzog. Die letzten Stunden waren furchtbar gewesen. Nachdem sie der Kriminalpolizei alles erzählt hatten und anschließend ins Krankenhaus gefahren waren, hatte Alex sie nach Hause gebracht. Julia war immer noch mit einer Polizeibeamtin beschäftigt gewesen, als Nina sich verabschiedet hatte. Nachdem sie zu Hause angekommen waren und Nina alles berichtet hatte, war sie kraftlos im Wohnzimmer zusammengesackt. Oma hatte hysterische Heulkrämpfe gehabt, die Nina ihr nicht verdenken konnte, und ihre Mutter hatte offensichtlich sofort, nachdem die Nachricht sie erreicht hatte, ihre tägliche Dosis erhöht, denn sie hatte lallend auf der Couch gesessen. Zum ersten Mal war es Nina egal gewesen, dass jemand Außenstehendes ihre Mutter in diesem Zustand sah. Nina hatte sich nur noch zusammenrollen und getröstet werden wollen. Sie hatte zu Opa gesehen, der Oma gerade scharf zurechtwies, sie solle sich zusammenreißen, auf Mama, die etwas murmelte und dann abwinkte, und schließlich auf Alex, der sich neben ihr auf die Lehne des Sessels gesetzt hatte und ihr beruhigend über den Rücken rieb. Als er sie dann gefragt hatte, ob sie lieber bei ihrer Familie bleiben würde oder mit zu ihm kommen wolle, hatte sie nicht lange überlegen müssen. Sie hatte ihre Tasche gepackt und war mit zu ihm gefahren. Jetzt saß sie frisch geduscht hier auf dem Klodeckel in seinem kleinen Badezimmer und zum ersten Mal seit Stunden war sie in der Lage, richtig nachzudenken. Die Polizei hatte Julia schließlich nach Hause gelassen, hatte Tante Hilli ihr mitgeteilt, als sie sie vorhin angerufen hatte und Nina fragte sich, was nun mit ihrer Cousine passieren würde. Nicht wegen der Polizei, sondern wegen ihres sowieso schon labilen psychischen Zustands.

Müde erhob sich Nina und verließ das Badezimmer. Alex stand am Fenster und telefonierte. Als er sie bemerkte, beendete er das Gespräch und trat auf sie zu. „Gott, dein Gesicht sieht schlimm aus", bemerkte er und verzog mitfühlend das Gesicht. „Hast du eine Schmerztablette genommen?"

Nina nickte. „Ja. Aber es sieht schlimmer aus, als es ist." Sie umarmte ihn und legte ihren Kopf auf seine Brust. „Ich muss immer dran denken, was nun mit Julia wird."

„Ihr wird schon nichts geschehen, Nina. Es war doch ganz klar, dass es Notwehr war. Die Würgemale an ihrem Hals waren nicht zu übersehen."

Nina schauderte. „Einerseits bin ich froh, dass er mich k.o. geschlagen hat, so dass ich das nicht mitbekommen musste." Sie holte tief Luft, ehe sie zu ihm aufsah. „Aber das war es nicht, was ich gemeint hab. Was soll aus ihr werden, frag ich mich." Nina nahm seine Hand und zog ihn zur Couch. „Du hättest das erleben müssen, Alex", begann sie, sobald sie sich gesetzt hatten. „Er hatte sie vollkommen unter Kontrolle. Er sagte „spring" und sie fragte „wie hoch?" Nina schüttelte den Kopf, nur um schmerzhaft das Gesicht zu verziehen. „Aua." Sie fasste sich vorsichtig an die Beule, ehe sie fortfuhr. „Ich meine, es war nach

174

zwei Minuten klar, dass er nicht mit mir reden wollte. Aber was hat sie gemacht? Ist brav ins Auto geklettert und tat so, als würde sie das alles nichts angehen. Selbst, als klar war, was er vorhatte, hat sie nur zaghaft protestiert. Ich kann das nicht verstehen." Nina sah Alex an. „Sie hatte sogar schon die Taschenlampe aus seinem Handschuhfach geholt, um sie ihm zu bringen. Um zu helfen, mich zu finden", sagte Nina fassungslos. „Das war der Grund, warum sie neben ihr auf dem Beifahrersitz lag. Sie hat dann doch einen Anflug von Gewissen bekommen und ist, anstatt ihm die Lampe zu geben, zu ihrem Auto gegangen, um ihn abzulenken. Aber trotzdem. Sie hatte es vorgehabt, Alex! Wollte sie daneben stehen und zusehen, was er mit mir macht? Wie konnte sie das tun?"

„Ich weiß es nicht, Nina", sagte er ernst.

„Sie war ihm vollkommen hörig. Du hast gehört, was sie zur Polizei gesagt hat. Selbst, als er sie umbringen wollte, wollte sie ihm keinen ernsthaften Schaden zufügen. Sie wollte ihn nur aufhalten!" Ungläubig lachte Nina auf. „Sie ist am Boden zerstört, dass er tot ist." Nina schwieg eine Weile, ehe sie mit dem herausrückte, was sie am meisten beschäftigte. „Sie war schon vorher total fertig. Wie soll sie jetzt damit fertig werden, dass sie es war, die ihn umgebracht hat?" Sie saßen eine Weile still nebeneinander auf der Couch, ehe Alex sich erhob. „Komm, wir gehen ins Bett, Nina. Es ist schon nach eins."

„Ja, du hast Recht." Sie ließ sich von ihm hochziehen. „Obwohl ich nicht glaube, dass ich schlafen kann. Mir gehen tausend Dinge im Kopf herum." Sie trottete langsam ins Schlafzimmer.

Alex verschwand im Bad und trat kurz darauf mit einem Glas Wasser ans Bett. „Hier." Er öffnete seine andere Hand und hielt ihr eine Tablette hin.

„Was ist das?"

„Eine Schlaftablette."

„Ugh, nein. Sowas hab ich noch nie genommen."

„Ich nehme die öfter. Komm, Nina. Du musst dich ausruhen. Was meinst du, was morgen los ist, überall? Ich kenne das, wenn einem die Gedanken keine Ruhe lassen."

Nina zögerte. Der Gedanke an Schlaf war wirklich verlockend. Sie war zu Tode erschöpft, wusste aber, dass sie die ganze Nacht kein Auge zu machen würde. „Also schön", gab sie nach und nahm Tablette und Wasser entgegen.

Alex stieg zu ihr ins Bett und rückte an sie heran. „Gute Nacht."

„Gute Nacht, Alex", flüsterte sie lächelnd, ließ sich umarmen und schloss die Augen.

Julia saß im Dunkeln auf ihrem Bett und wartete. Er hatte sie vorhin angerufen. Sie hatte gewusst, dass er nur wartete, bis er annahm, sie wäre alleine, ehe er sich melden würde. Sie war versucht gewesen, ihr Handy auszuschalten, weil sie sich so schuldig fühlte und sich schämte. Aber sie war allen eine Erklärung schuldig. Und wenn sie ehrlich war, wollte sie auch mit jemandem reden, der wusste, dass Julius nicht das Monster war, als das jeder ihn heute dargestellt hatte. Und sie musste den anderen erklären, dass sein Tod ein Unfall gewesen war. Dass sie Julius niemals hatte verletzen wollen. Julia heulte auf. Nein, sie würden ihr bestimmt nicht verzeihen. Wie könnten sie auch? Sie konnte es ja selbst nicht. Erst hatte sie Julius so enttäuscht und so weit getrieben, dass er die Beherrschung verloren hatte und dann hatte sie ihn deswegen umgebracht. Julia wischte sich die Tränen ab. Wie sie sich selber verachtete.

Und auch Nina war wegen ihr in Gefahr. Das war ihr vorhin klar geworden. Julius war davon überzeugt gewesen, Julia hätte Nina etwas erzählt. Dies würden auch die anderen glauben und Julia sah keine Möglichkeit, sie vom Gegenteil zu überzeugen. Also schwebte Nina in Gefahr und es bestand kein Grund mehr, Schweigen zu bewahren. Sie musste Nina jetzt wenigstens einen Teil der Wahrheit sagen, damit diese wusste, in welcher Gefahr sie sich befand. Julia nahm ihr Handy und rief ihre Cousine an. Vielleicht konnte diese ja auch nicht schlafen. Doch wie Julia schon geahnt hatte, ging Nina nicht ran, sondern ihre Mailbox sprang an. Doch jetzt, wo sie sich vorgenommen hatte, sich alles von der Seele zu reden, wollte Julia nicht noch länger warten. Also sprach sie Nina auf die Mailbox. Sie hatte kaum begonnen, als ihr Handy eine eingehende Textnachricht meldete. Sie wusste, was das bedeutete. Sie beendete ihren Monolog und las die Nachricht, die sie erhalten hatte. Er war unten und wartete auf sie. Julia sah einen Moment hinaus in die dunkle Nacht, dann nahm sie ihr Handy und schrieb, dass sie unterwegs war. Langsam zog sie sich Jeans, Pullover und eine Jacke über, ehe sie vorsichtig ihre Zimmertüre öffnete. Es war zwei Uhr nachts und ihre Eltern hatten sich endlich in ihr Schlafzimmer zurückgezogen. Julia schlich sich nach draußen und lief ein Stück den Bürgersteig entlang, bis sie zum Ende der Straße gelangte. Dort stieg sie in das wartende Fahrzeug. „Ich wollte das nicht", flüsterte sie.

„Ich weiß. Das hast du schon gesagt." Schweigend fuhren sie weiter.

„Wo fahren wir hin?", fragte sie, als sie auf die

Landstraße abbogen.

„Was glaubst du denn, wo wir hinfahren?"

„Nein, bitte nicht", bat sie.

„Oh, doch. Ich will, dass du dir den Platz noch einmal ansiehst."

„Die Polizei-."

„Die ist weg. Und ich hab ein Plätzchen etwas abseits ausgesucht. Vorsichtshalber."

Julia rang nervös die Hände, als das Auto auf dem zweiten Parkplatz am anderen Ende des Sees zum Stehen kam.

„Wir laufen das Stück um den See herum."

Zögernd stieg Julia aus und folgte ihm.

„Dass du dich überhaupt noch im Spiegel ansehen kannst", begann ihr Begleiter, nachdem sie eine Weile nebeneinander durch die Dunkelheit gegangen waren. „Wie erträgst du das eigentlich? Mit so viel Schuld zu leben, das stell ich mir unerträglich vor."

Julia schluckte. „Das ist es auch", gab sie mit erstickter Stimme zu.

„Hier, trink einen Schluck, dann geht's dir gleich besser." Er hielt ihr eine Flasche hin.

Julia starrte auf den dunklen Umriss. „Was ist das?"

„Etwas , wovon es dir besser geht."

Zögernd trank Julia einen Schluck. „Warum bist du so nett? Ich dachte, du wärst wütend."

„Sieh mal, Julia, du kannst ja nichts dafür, dass du ein wertloses, schwaches Geschöpf bist. Julius hätte wissen müssen, dass du sein Verhängnis bist", erklärte er verständnisvoll. „Er hat dir vertraut. Hat dir unsere Geheimnisse anvertraut. Und was machst du?", fragte er mit weicher Stimme. „Betrügst ihn mit einem jungen Mann in unserem Alter. Tz, tz, tz." Er hielt ihr wieder die Flasche hin. Nachdem Julia sie angenommen hatte, fuhr er fort. „Und als ob das nicht schon schlimm genug gewesen wäre, erzählst du ihm auch noch die Geheimnisse, die Julius dir anvertraut hatte. Was bist du nur für eine verachtungswürdige Kreatur." Er ignorierte das leise Schluchzen und sprach weiter. „Du weißt, es ist deine Schuld, dass Dirk tot ist, nicht wahr? Nicht wahr?", wiederholte er, als er nur ein Wimmern vernahm.

„Ja. Ich bin schuld."

„Und dann lässt du dich hängen und tust so, als ob du unglücklich wärst. Was meinst du, wie Julius sich da gefühlt hat?" Er ließ seine Worte wirken und einige Zeit liefen sie wieder schweigend durch die Dunkelheit. Er lauschte auf das Weinen Julias, was nur unterbrochen wurde, wenn sie einen Schluck von dem Schnaps nahm, den er ihr gereicht hatte. Einmal stolperte sie im Dunkeln und fiel.

„Nun sieh dich an", sagte er vorwurfsvoll, als er ihr aufhalf. „Was bist du nur für ein erbärmlicher Mensch." Sie liefen weiter, bis sie auf der anderen Seite des Sees angekommen waren. „Ah, da sind wir ja am Platz des Verbrechens angekommen. Hier hast du also dem Mann, dem du so viel bedeutest hast und den du angeblich geliebt hast-."

„Das hab ich", unterbrach ihn Julia schluchzend.

„Hier hast du ihm also den Schädel eingeschlagen", beendete er den Satz unbeeindruckt. „Hat er gewusst, was du getan hast? Hat er dir noch entsetzt und ungläubig in die Augen geschaut? Oder war er sofort tot? Ist das Blut aus seiner Wunde auf dich gelaufen, Julia? Klebt sein Blut wortwörtlich an deinen Händen?"

Er lauschte einen Moment dem verzweifelten Schluchzen, ehe er sie am Arm ergriff und sie zu Boden zog. „Setz dich. Du kannst ja kaum mehr stehen", sagte er freundlich und setzte sich ihr gegenüber. „Die Schuld drückt dich nieder, hm? Die Polizei wird dich sicher noch öfter verhören wollen, nicht wahr? Wann? Morgen? Da wirst du kaum in der Lage sein, darauf zu achten, was du sagst. Dann wirst du Julius noch nach seinem Tod enttäuschen. Denn dann wirst du unsere Geheimnisse ausplaudern."

„N-Nein, das würd ich nie tun", versicherte Julia weinend.

„Aber du hast es doch schon einmal freiwillig getan. Da meinst du, einem Polizeiverhör hältst du stand? Und das ist noch nicht mal das Schlimmste, Julia."

„Nein?"

„Das Schlimmste ist, dass du auch ausplaudern wirst, was Julius mit dir gemacht hat. Wozu du Julius getrieben hast. Und was du, kleine wertlose Schlampe die du bist, hast mit dir machen lassen. Alle werden es erfahren, Julia. Deine Eltern, deine Freunde, alle deine Bekannten…"

„Nein", schluchzte Julia.

„Du weißt, es gibt nur einen Ausweg, nicht wahr?" Er zog die scharfe Klinge aus seiner Tasche und reichte sie ihr. Julia sah sie sich einen Moment wie betäubt an, ehe sie sie zögernd an sich nahm.

„Du weißt, dass es das Einzige ist, was du noch tun kannst. Stell dir deine armen Eltern vor, die mit der Schmach leben müssen, was sie für eine Tochter haben, sollte die ganze Wahrheit über dich ans Licht kommen. Meinst du, sie könnten noch durch den Ort laufen? Oder du? Wie werden sie sich für dich schämen. Und wie werden sie dich verachten. Zu Recht, Julia, nicht wahr? Du musst es tun." Er senkte die Stimme und beugte sich näher an sie heran. „Es ist ja nicht so, als hättest du nicht schon selbst daran gedacht, oder?" Er lehnte sich noch näher an sie heran und flüsterte in ihr Ohr. „Tu es, Julia. Dann wird alles besser." Langsam zog er sich ein Stück zurück und beobachtete, wie sie langsam die Klinge an ihr Handgelenk führte.

„Warte", sagte er sanft. „Ich helfe dir." Er schob die Ärmel ihrer Jacke und ihres Pullovers hoch über ihre Ellbogen. „So, siehst du. Wenn du es machst, mach es auch richtig. Mach einmal in deinem erbärmlichen Leben etwas richtig, Julia."

Mit zitternden Fingern verharrte Julia mit der Klinge über ihrem Handgelenk.

„Worauf wartest du noch?", fragte er eindringlich. „Willst du wieder alle enttäuschen? Du musst es tun, Julia!" Er sah gebannt auf die Klinge. „Tu es. Denk an deine Eltern, deine Familie. Alle sind besser dran ohne dich. Denk an Dirk, den du auf dem Gewissen hast. An Julius, den du ermordet hast. Eine Mörderin. Wie willst du damit leben? Tu es, Julia. Tu es!"

Seine Augen weiteten sich, als er sah, wie die Klinge ihre empfindliche Haut aufschlitzte. Gebannt sah er zu, wie das Blut aus ihren Armen gepumpt wurde. Mit klopfendem Herzen wartete er, während das Leben aus ihr herausfloss, ehe er sich schließlich langsam erhob und zu seinem Auto zurücklief. Es war nicht schön, was da gerade passiert war. Es war sogar eine verdammte Schande. Aber man musste tun, was nötig war, um die Familie zu schützen.

Thomas legte den Hörer auf und setzte sich wieder zu seiner Frau auf die Couch. Er nahm besorgt zur Kenntnis, dass sie sich immer noch nicht gerührt hatte, seit sie vor Stunden die Nachricht vom Tod ihres Bruders erhalten hatte.

„Die Gerechtigkeit hat gesiegt, Trixie. Julius ist

gerächt und die Gefahr für unsere Familie gebannt."

Langsam riss Trixie sich vom Anblick des Kaminfeuers los und sah ihren Mann an. „Sie ist tot?"

Thomas nickte.

„Bist du sicher?"

„Ich habe grade die Bestätigung erhalten, Liebes."

„Er hat es wirklich getan? Er ist ein guter Junge."

„Er hat die Pflichten eines Sohnes erfüllt. Mehr nicht!"

„Gib es doch zu. Wenn es drauf ankommt, können wir auf ihn zählen. Ich hab es dir immer gesagt."

„Ja. Ich weiß", gab Thomas nach. „Jetzt komm, es ist schon gleich Morgen. Du musst ins Bett, dich ausruhen."

Nina schlug die Augen auf, nur um sie gleich wieder zu schließen. „Uff", schnaufte sie und runzelte die Stirn. „Au." Das schmerzte noch mehr. Sie fühlte sich gerädert und ihr Kopf schmerzte. Vorsichtig öffnete sie wieder die Augen und blinzelte vorsichtig, als ihr die Sonne ins Gesicht schien. Es war Morgen. Sie fühlte sich, als hätte sie kaum geschlafen. Ihr Atem stockte, als ihr wieder alles einfiel. Vorsichtig richtete sie sich im Bett auf und warf einen Blick auf die Uhr. Halb zehn. Die Schlaftablette gestern hatte sie umgehauen. Sie kletterte aus dem Bett und tapste aus dem Schlafzimmer. Alex saß auf der Couch. Ellbogen auf den Knien und seinen Kopf in die Hände gestützt, starrte er auf den Boden vor sich.

„Alex?"

Bei ihren Worten hob er langsam den Kopf. Ein gezwungenes Lächeln erschien auf seinem Gesicht. „Guten Morgen."

„Morgen", murmelte Nina und trat langsam auf ihn

zu. Forschend sah sie ihm ins Gesicht. „Ist irgendwas?"

„Nein, nein, alles in Ordnung."

Nicht ganz überzeugt, sah sie ihn weiter forschend an und versuchte, in seinem Gesicht zu lesen. „Du sahst aber gerade nicht so aus."

Er zog sie zu sich hinunter auf die Couch, gab ihr einen Kuss und legte seine Stirne gegen ihre. „Doch, alles in Ordnung", flüsterte er dann. „Mach dir keine Sorgen."

Nina machte sich aber Sorgen. Alex benahm sich merkwürdig. „Alex…"

Er richtete sich auf. „Wie geht's dir?"

Nina zuckte die Achseln. „Mir geht's ganz gut. Aber dir-."

„Hör auf", sagte er genervt und Nina beschloss, die Sache erst mal auf sich beruhen zu lassen. „Wieso bist du nicht auf der Arbeit?"

„Ich hab mir frei genommen."

Nina war gerührt. „Kannst du das denn so einfach?"

„Manchmal hat es Vorteile, für seinen Vater zu arbeiten", sagte er lächelnd, ehe sein Lächeln plötzlich verschwand und sein Gesicht alle Farbe verlor.

„Alex?" Er schüttelte den Kopf. „Es ist doch etwas! Bist du krank? Du siehst schlecht aus."

„Quatsch. Jetzt hör auf. Was soll sein, außer, dass meine Freundin gestern nur knapp einer Vergewaltigung entkommen ist. Oder was auch immer Kirstner sonst noch vorhatte."

„Ja. Entschuldige." Von Alex` Blickwinkel aus hatte sie das noch gar nicht betrachtet. Das gestern musste auch ihn mitgenommen haben. „Ich frag mich, ob Julia der Polizei gestern noch etwas erzählt hat."

„Was meinst du?"

„Na, ob sie ihnen gesagt hat, was es noch mit

Kirstner auf sich hat. Ich meine, er hat mich gefragt, ob sie mir was erzählt hat."

„Vielleicht hat er einfach nur Einzelheiten ihrer Beziehung gemeint?"

„Keine Ahnung. Vielleicht. Jetzt wo ich gesehen hab, wie er sie manipuliert, kann ich mir vorstellen, warum sie so fertig war, die ganze Zeit. Wie mag es ihr heute gehen?"

Alex schwieg.

„Ich brauch jetzt erst mal einen Kaffee."

„Ich hol dir einen." Alex sprang auf und ging in die Küche. Er nahm eine Tasse aus dem Regal und ergriff die Kaffeekanne.

„Ich ruf mal eben zu Hause an, ja? Vielleicht haben die ja was von Julia gehört. Wie es ihr geht", rief Nina aus dem Wohnzimmer.

Alex ließ kraftlos die Kanne auf die Arbeitsplatte sinken und schloss für einen Moment die Augen. Oh, Gott. Was hatten sie nur getan? Er schluckte schwer und fragte sich, ob ihre Familie schon wusste, dass Julia tot war. Er öffnete die Augen und starrte blind auf das Regal vor sich. Er lauschte einen Moment Ninas Stimme, ehe er wieder die Kaffeekanne ergriff und langsam und bedächtig den Kaffee eingoss. Er verdrängte sein Gewissen, wie er es mit so vielen Dingen machte, die er liebend gerne ungeschehen machen würde und machte sich wieder auf in die Küche. Er reichte Nina die Tasse mit ruhiger Hand, wie er zufrieden feststellte. Sie sah kurz auf, das Gesicht blass und besorgt, ehe sie die Tasse entgegennahm. Alex stählte sich für das Kommende, als Nina die Tasse abstellte und sich wieder auf ihr Gespräch konzentrierte.

„Wo kann sie denn sein? Habt ihr schon Lisa oder

ihre anderen Bekannten angerufen?"

Alex trank einen Schluck Kaffee. Also wussten sie noch nichts. Er sah hochkonzentriert in seine Tasse und fragte sich, ob man ihm das schlechte Gewissen ansah. Wie sollte es nur weiter gehen. Das alles hätte nie passieren dürfen. Wie sollte er Nina ins Gesicht sehen und Mitgefühl heucheln? Aber das brauchte er ja nicht. Er hatte ja Mitgefühl. Es tat ihm alles so unendlich leid. Er wünschte sich, er könne die vergangene Nacht ungeschehen machen. Die letzten Jahre, wo er schon mal dabei war. Aus dem Augenwinkel beobachtete er, wie Nina das Gespräch beendete und den Hörer auflegte.

„Julia ist verschwunden."

Ein überwältigendes Bedürfnis, reinen Tisch zu machen, überkam ihn. Sein Gewissen zu erleichtern und alles zu beenden. Er ertappte sich dabei, wie er schon den Mund öffnete und erschrocken schloss er ihn mit einem lauten Klack.

Kalter Schweiß lief ihm den Rücken runter, als ihm bewusst wurde, was er gerade beinahe getan hätte. Eine Welle der Übelkeit überrollte ihn. Alex atmete tief ein und lenkte all seine Aufmerksamkeit auf die Tasse in seiner Hand. Er führte sie bedächtig zum Mund und zwang sich, einen Schluck zu trinken. Einen Moment befürchtete er, der Kaffee würde wieder hochkommen, doch jahrelange Übung im Unterdrücken sämtlicher Gefühlsregungen ließ die Übelkeit verschwinden. Er mochte seine schwachen Momente haben, doch Alex wäre nicht Alex, würde er nicht die meiste Zeit funktionieren wie eine Maschine. Beruhigt, sich wieder unter Kontrolle zu haben, fühlte er sich in der Lage, seiner Freundin ins Gesicht zu sehen. „Was?", fragte er tonlos.

„Julia. Sie ist verschwunden."

„Verschwunden?", fragte er und klopfte sich in Gedanken auf die Schulter, weil er genau das richtige Maß an Erstaunen und Besorgnis in seine Stimme gelegt hatte.

„Als Tante Hilli heute Morgen nach ihr sehen wollte, lag Julia nicht in ihrem Bett. Sie hat vorhin Oma angerufen, um zu fragen, ob sie vielleicht bei ihnen ist."

„Hmm."

„An ihr Handy geht sie auch nicht. Hätte ich meins nur nicht gestern zu Hause vergessen, dann hätte ich jetzt versuchen können, sie anzurufen. Vielleicht wär sie rangegangen, wenn sie gesehen hätte, dass ich es bin."

Alex schluckte. Was für ein Glück, dass Nina gestern Abend nicht erreichbar gewesen war. Was, wenn Julia gestern Abend, als sie von der Polizei nach Hause kam, versucht hätte, sie anzurufen um sich ihr Gewissen von der Seele zu reden, so wie Alex gerade eben versucht gewesen war zu tun? Dann hätte er hier mit ihr auf der Couch gesessen und hätte zusehen müssen, wie sich ihr verliebter Blick langsam in Abscheu und Grauen verwandelt hätte.

„Ich war so froh, als ich es unter dem Busch wiedergefunden hatte. Und dann vergess ich es Zuhause. Ich nehme mein Handy sonst überall mit hin!", sagte sie gerade wütend.

„Dir ging ja auch viel im Kopf rum, gestern", sagte Alex lahm und dachte wieder daran, was Nina beinahe passiert wäre und wie erschüttert sie gewesen war. Und jetzt? Jetzt würde sie sich gleich noch viel schlechter fühlen als nach der Attacke seines Onkels. Und wer würde dafür verantwortlich sein? Alex rieb sich über seinen Bauch. Da war es wieder, das hohle Gefühl in seinem Inneren. Seine Fähigkeit, alles zu verdrängen, schien heute nicht zu funktionieren.

Nein, seine Fähigkeit funktionierte heute ganz und gar nicht, dachte Alex drei Stunden später, als er eine verzweifelte, am Boden zerstörte Nina im Arm hielt, die gerade die Nachricht erhalten hatte, dass ihre Cousine tot war. Am liebsten wäre er ebenfalls in Tränen ausgebrochen, aber aus anderen Gründen. Wie sollte er nur jeden Morgen aufstehen und sich selber ertragen, mit dem Wissen, dass er und seine Familie für den Schmerz verantwortlich waren, den sie jetzt ertragen musste. Wie viele andere Menschen hatten ebenso gelitten? Er dachte an Dirks Familie und Alex kämpfte mit den Tränen, als er Nina in seinen Armen wiegte. Er war der Letzte, der sie so halten dürfte. Wenn sie jemals erfahren würde, wofür er und seine Familie verantwortlich waren... Zum ersten Mal fragte Alex sich, ob es das wirklich alles wert war, nur, um die Familie zu schützen.

Der kalte Novemberwind fegte Nina ins Gesicht, als sie sich langsam auf der Bank niederließ. Heute Morgen war Julia beerdigt worden. Über eine Woche nach ihrem Tod. Die ersten Tage hatten sich alle im Schock befunden. Untersuchungen wurden abgeschlossen, Fragen mussten beantwortet und die Beerdigung vorbereitet werden. Der heutige Tag war schrecklich gewesen, obwohl Nina auch gerührt gewesen war über die vielen Menschen, die an der Beerdigung teilgenommen hatten. Sie dachte an ihre Freunde, die sichtlich mitgenommen gewesen waren und an Alex, der tatsächlich so betroffen gewesen war, dass er selbst ein paar Tränen vergossen hatte.

Zumindest hatte es so ausgesehen, als er mit den anderen zu ihr und ihrer Familie an das Grab getreten war, um ihnen sein Beileid zu wünschen.

Nina wusste nicht, was sie ohne Alex gemacht hätte, in den Tagen nach Julias Tod. Er war der einzige Anker in einem Meer von verzweifelten Menschen gewesen. Nun schweifte ihr Blick über die riesigen alten Bäume, die kahl und trostlos auf dem ganzen Friedhof verteilt standen. Julias Grab befand sich vor einer Eiche, die es im Sommer überschatten würde. Jetzt, in der Dämmerung, trugen die kahlen Äste nur dazu bei, die Trostlosigkeit zu verstärken, die Nina empfand. Sie betrachtete die Blumenkränze, die das Grab vollständig bedeckten und ließ ihren Tränen freien Lauf. Sie sah auf das Holzkreuz, dass Julias Grab kennzeichnete, bis der Grabstein es ersetzen würde. Von ihrem Platz hier auf der Bank konnte Nina die Schrift nicht lesen, aber das brauchte sie auch nicht, sie wusste was darauf stand. Julias Name und das Datum ihrer Geburt und ihres Todes. Achtzehn. Achtzehn Jahre! Nina schluchzte, als sie an ihre Cousine dachte, an all das, was noch vor ihr gelegen hätte. An die Pläne, die sie als Kinder geschmiedet hatten und das fröhliche Lachen, dass Nina seit Monaten vermisst hatte und früher so oft von Julia zu hören gewesen war.

Traurig wischte sie sich die Tränen von den Wangen. Sie dachte an Tante Hilli, Onkel Rolf, an Oma und Opa. Sie alle fragten sich, wie und warum Julia so etwas hatte tun können und warum sie es nicht hatten verhindern können, obwohl sie wussten, dass es nun sinnlos war. Aber auch Nina fragte sich, ob sie es hätte verhindern können, wenn sie früher etwas zu Tante Hilli gesagt hätte. Hätte es einen Unterschied gemacht? Vielleicht hätte ihre Tante Hilfe gesucht. Oder was wäre gewesen, wenn Nina einfach auf Julia gehört und sie in Ruhe gelassen hätte. Hätte sie sich nicht dauernd eingemischt, dann wären sie nie zusammen zum See gefahren und Julia hätte Julius nicht getötet. Nina wusste, dass das den Ausschlag für den Selbstmord gegeben hatte. Hätte sie nicht rumgeschnüffelt, dann wäre Julia zwar unglücklich, aber am Leben. Nina brach erneut in Tränen aus und heulte hemmungslos, bis sie keine Tränen mehr hatte. Schließlich lehnte sie sich erschöpft auf der Bank zurück und seufzte. Welchen Sinn hatte es, sich jetzt noch zu fragen, was sie hätte tun oder nicht tun sollen, um Julias Tod zu verhindern. Das Einzige, was sie noch tun konnte, war, ihn zu bedauern. Nina erhob sich und schritt müde über den mittlerweile stockdunklen Friedhof, um sich ein letztes Mal von Julia zu verabschieden.

Kapitel 10

„Was ist los, Nina?", fragte Alex leise in der Dunkelheit. „Weinst du?"

Nina sah auf den Radiowecker, der auf dem Schränkchen neben Alex Bett stand. Sechs Uhr. Sie zog die Nase hoch. „Du bist schon wach?"

„Hmm. Was ist denn?", fragte er besorgt. „Denkst du an Julia?"

„Ach, ich..." Nina drehte sich zu ihm um, und betrachtete seine Umrisse in der Dunkelheit. „Ich fühl mich so schuldig, Alex. Ich hab so ein schlechtes Gewissen. Ich hab hier gelegen und nachgedacht." Nina atmete schwer aus. „Ich bin kein netter Mensch, Alex."

„Nina..., du-."

„Nein", unterbrach sie ihn. „Ich bin nicht die, für die du mich hältst. Du kennst mich gar nicht." Sie rutschte tiefer unter die Bettdecke, als könnte diese sie ein wenig schützen. „Weißt du...das hab ich noch nie jemandem erzählt, aber...meine Mutter. Sie ist schon immer, wie soll ich sagen, nicht ganz gesund gewesen, glaub ich. Zumindest nehme ich an, dass andere Frauen sich nicht so verhalten. Sie war immer unglücklich und depressiv und schlecht gelaunt. Wenn sie ahnte, dass mein Vater wieder eine seiner Affären hatte, wurde es immer besonders schlimm. Dann hat sie getobt und geschrien. Papa hat sich dann eine Weile nicht sehen lassen und sie hat ihren ganzen Frust und Hass an mir ausgelassen. Ich weiß, es war die Verzweiflung, die aus ihr gesprochen hat, aber trotzdem..." Nina seufzte. „Auf jeden Fall sind Mama und ich diesen Sommer hierhergezogen. Ich hatte zu Hause auch schon seit längerem keinen mehr, der mir nahestand und ich hab wirklich gedacht, nun hätten wir die Chance auf einen

Neuanfang. Mama würde bei ihrer Familie sein und vielleicht würde das ihren Gemütszustand bessern und ich hätte Julia und würde endlich auf eigenen Beinen stehen. Ich hatte gedacht...ich weiß auch nicht, was ich erwartet hab. Jedenfalls hat sich mein Leben nicht auf wundersame Weise verändert, wie ich erwartet hatte. Bei Oma und Opa fühlte ich mich genauso unwillkommen wie all die Jahre bei meiner Mutter. Und jeden Tag saß ich an der Kasse, dabei wollte ich immer Grundschullehrerin werden. Jedenfalls war ich schließlich einfach frustriert." Nina schwieg einen Moment.

„Und dann sah ich Julia. Sie wohnte gemütlich in ihrem großen Haus. Mein Onkel und meine Tante sind auch nicht die wärmsten aller Eltern, aber wenigstens taten sie nicht so, als wäre sie ein Klotz am Bein. Nein, sie schoben ihr alles in den Hintern. Sie hatte alles. Und dann seh ich sie nur jammern und klagen. Ich hatte solche Wut. Ich meine, ich wäre froh gewesen, wenn ich Freunde gehabt hätte, oder teure Klamotten, damals. Oder jemand hätte mir den Führerschein bezahlt. Ich war wütend auf sie, Alex. Wütend auf alle!

Wenn ich nach Hause kam und sah Mama, die nur dasaß und jammerte, dann wollte ich sie schütteln. Und dann sah ich Oma, die ihr in den Hintern kroch und nichts Schlechtes auf ihre Töchter kommen ließ, und ich bekam noch mehr Wut. Aber gleichzeitig fühlte ich mich auch schlecht. Weil ich so gehässig war und meine Mutter einfach nicht trösten konnte, wenn sie sich schlecht fühlte. Gott, manchmal konnte ich mich selbst nicht leiden. Also saß ich da und tat mir selber leid." Nina schluckte.

„Und dann, Alex. Dann merk ich plötzlich, dass es Julia doch nicht so gut geht, wie ich immer dachte. Und ich war froh!" Nina heulte. „Ich war froh, dass ich nicht die Einzige war, die Probleme hatte und der es schlecht ging. Und ich war dankbar, dass ich mich ablenken konnte und in ihren Problemen rumschnüffeln konnte. Es war nicht so, als hätte ich am Anfang aus reiner Besorgnis gehandelt, verstehst du? Ja, sicher, mit der Zeit war ich ehrlich besorgt, als ich schließlich gemerkt habe, wie schlecht es ihr wirklich ging und dass ihre Probleme ernster waren, als ich erwartet hatte. Aber nicht am Anfang. Nur, weil ich neugierig und unzufrieden war, hab ich mich so in Julias Leben gedrängt. Und jetzt sieh, was deshalb passiert ist."

„Nina, so was darfst du nicht denken. Was auch immer Julia dazu getrieben hat, sich das Leben zu nehmen, es hatte nichts, gar nichts mit dir zu tun", sagte Alex eindringlich.

„Ich schäme mich so. Wäre ich nicht so neidisch gewesen und so egoistisch, wenn ich nur aus selbstlosen Motiven gehandelt hätte-."

„Nein, Nina! Das ist Unsinn. Was du empfunden hast, ist doch ganz normal. Zumindest kann ich es verstehen."

„Hm."

„Doch. Wir haben nun mal alle unsere dunklen Seiten, und deine sind doch gar nicht so schlimm." Er stützte seinen Kopf auf seiner Hand ab. „Ein bisschen Neugier und ein bisschen Neid. Und etwas Wut, die eher Enttäuschung ist. Ich kenn keinen, der diese Empfindungen noch nicht gehabt hat. Du wolltest keinem schaden und das hast du auch nicht."

Nina schwieg eine Weile. „Wenn du es so sagst, klingt es so logisch."

„Weil ich recht hab", sagte er.

Eine Weile blieben sie schweigend nebeneinander

liegen. „Lehrerin wolltest du werden, hm", sagte Alex schließlich in die Stille hinein.

„Ja. Aber dann hab ich gedacht, dass das alles Unsinn wär. Ich hatte das Abi erst beim zweiten Anlauf geschafft, und... Jedenfalls jetzt bin ich hier."

„Du kannst doch immer noch studieren. Meine Schwester hat auch nicht sofort nach dem Abitur angefangen."

„Hmm. Vielleicht mach ich das auch noch. Wer weiß." Nina lächelte. „Ich fühl mich besser. Danke, Alex."

Er schwieg, bis der Wecker schließlich losging und er aufstand. „Ich geh duschen."

„Und ich mach dir Kaffee." Nina erhob sich ebenfalls und ging in die Küche. Sie hatte Spätschicht und konnte sich heute Morgen Zeit lassen.

Eine Viertelstunde später trat Alex mit ihrem Handy in der Hand aus dem Schlafzimmer. „Es hat vorhin geklingelt, als ich mich angezogen hab." Er reichte ihr das Telefon. „Du hast eine Nachricht auf der Mailbox, steht auf deinem Display."

„Wer ruft mich denn so früh am Morgen an?"

„Frag die Mailbox ab, dann weißt du es."

„Ach, die frag ich nie ab. Wenn jemand was will, kann er nochmal anrufen. Meist ist da eh nur Rauschen drauf."

„Gerade hast du dich gewundert, wer dich so früh anruft." Alex schüttelte verständnislos den Kopf und goss sich eine Tasse Kaffee ein.

„Also schön." Nina lauschte einen Moment der Nachricht, ehe sie das Gesicht verzog. „Ich weiß schon, warum ich die nie abhöre. Das war das Geschäft. Ob ich früher kommen könnte. Jemand hat sich krank gemeldet…Oh, da ist noch eine alte Nachricht drauf."

Alex trank einen Schluck Kaffee und verwundert bemerkte er, wie plötzlich alle Farbe aus Ninas Gesicht wich. Entsetzt sah sie ihn an, während sie das Handy an ihr Ohr presste.

„Nina?", fragte er besorgt, als sie immer noch wie erstarrt mit dem Handy am Ohr vor ihm stand. Schließlich ließ sie langsam die Hand sinken.

„Oh, mein Gott, Alex." Mit Tränen in den Augen trat sie auf ihn zu.

„Was ist?", fragte er alarmiert. „Nina! Sagst du mir jetzt, was los ist?", fragte er dann ungeduldig, als sie nicht antwortete. Ein ungutes Gefühl breitete sich in seiner Magengegend aus.

„Da war noch eine Nachricht von Julia drauf."

Alex blinzelte. „Von Julia?"

„Ich weiß nicht, wie ich das übersehen konnte. Ich kann es mir nur so erklären, dass ich damals, als Julia gestorben war, einfach nicht drauf geachtet habe, als das Telefon mir die verdammte Voice-Nachricht gemeldet hat. Ich hab erst ein oder zwei Tage später das verdammte Handy wieder zur Hand genommen."

Langsam dämmerte es Alex, worauf Nina hinauswollte. Er merkte, wie ihm sein Herz in die Hose rutschte. Er wollte etwas sagen, brachte aber kein Wort über die Lippen. Stumm lauschte er, während sie fortfuhr.

„Hör dir das an." Mit zitternden Fingern fummelte sie einen Moment an dem Telefon herum, ehe sie es ihm mit großen Augen entgegenstreckte. Er wollte es gerade annehmen, als Julias Stimme über den Lautsprecher erklang und er die Hand zurückzog, als hätte das Telefon ihn gebissen.

„Nina...", erfüllte Julias Stimme den Raum, als würde sie neben ihnen stehen, „ich weiß einfach nicht mehr, was ich machen soll. Julius ist tot und ich bin schuld. Ich weiß nicht, wie ich seiner Familie gegenübertreten kann. Aber ich muss es tun, ich muss wenigstens erklären, dass ich Julius niemals etwas antun wollte. Ich wollte nie, nie jemandem etwas Böses, Nina. Auch dir nicht, dass musst du mir glauben. Ich wollte dich wirklich nur schützen. Ich... ich hatte gehofft, Julius würde dich zur Vernunft bringen. Ich wollte wirklich nicht, dass dir etwas passiert."

Alex zwang seinen Blick von dem Handy und sah Nina an, die ihn weinend ansah. Schnell richtete er seine Aufmerksamkeit wieder auf das Telefon, während Julia fortfuhr. „Und das Schlimmste ist, dass ich glaube, es war alles umsonst. Ich hab es nur noch schlimmer gemacht. Vorhin hat er mich angerufen. Er wollte wissen, was du weißt, Nina. Ich hab gesagt, dass ich dir nichts erzählt habe, aber ich befürchte, er glaubt mir nicht und nun kommen sie auch zu dir."

Alex kam sich vor wie der Zeuge eines Verkehrsunfalls. Man will es nicht sehen, aber man kann sich einfach nicht dazu bringen, den Blick von dem Grauen abzuwenden. Exakt so erging es ihm jetzt. Er lauschte der verzweifelten, immer hysterischer werdenden Stimme und sah sein Schicksal besiegelt. Jeden Moment würde das Beil auf ihn niederfahren.

„Du hattest Recht, Nina. Ich muss dir alles erzählen. Es ist sicherer, wenn du weißt, womit du es zu tun hast. Aber du musst verstehen, ich hatte solche Angst, nach der Sache mit Dirk. Ich hatte mich damals in ihn verliebt. Zumindest hatte ich das anfangs gedacht. Ich war so verwirrt. Dirk sagte immerzu, dass Julius nicht gut für mich sei und ich…ich hab ihm geglaubt. Er hatte mich überzeugt und ich hab ihm alles erzählt, von Julius Geheimnissen und dem Kult.

Aber dann hat Dirk den Fehler gemacht und wollte Julius zur Rede stellen. Und dann war er plötzlich verschwunden. Sie haben ihn umgebracht, Nina, weil ich den Mund nicht gehalten habe. Ich weiß es.

Ich hatte Angst, wenn du etwas herausbekommen würdest, dann würde es dir nicht anders ergehen. Und jetzt denken sie, du wüsstest Bescheid. Du musst aufpassen, Nina", erklang die verängstigte Stimme Julias, und Alex schloss die Augen. Am liebsten hätte er geschrien. Er kämpfte gegen den Drang an, Nina das Handy aus der Hand zu schlagen. Sein schlechtes Gewissen, die Angst vor Entdeckung und die Gewissheit, was nur kurze Zeit, nachdem diese Sätze gesprochen worden waren, mit Julia passiert war, ließen ihn beinahe durchdrehen. Alex stopfte seine Hände in seine Anzughose, um das Zittern vor Nina zu verbergen. Julias Stimme klang weiterhin unheilvoll durch den Raum. „Du hattest Recht mit- ich muss Schluss machen. Ich hab grade eine Nachricht bekommen. Die ist von ihm. Er ist unten und wartet auf mich. Ich erzähl dir alles morgen, versprochen. Pass auf dich auf."

Alex lauschte dem Rauschen in der Leitung, ehe Nina das Handy ausschaltete und auf den Tisch legte. Er atmete langsam aus. Das hätte schlimmer ausgehen können. Nicht, dass es nicht auch so schon verfahren genug war. Er zwang sich, Nina in das verzweifelte Gesicht zu sehen. „Nina. Das tut mir so leid."

Verwirrt sah Nina ihn an. „Was hat sie gemeint, Alex? Da steckt noch mehr dahinter. Sie hat von Mord geredet."

„Nina…" Alex überlegte krampfhaft, was er jetzt tun sollte.

„Und da war noch jemand", fuhr sie aufgeregt fort. „In der Nacht, in der sie gestorben ist. Da war jemand. Sie war nicht allein, Alex!" Nina fuhr sich nervös durch die Haare, ehe sie sich abwandte und in der Wohnung auf und ablief. „Was, wenn sie umgebracht worden ist? Wenn sie es gar nicht selber war?"

„Nina!" Alex ging zu ihr und fasste sie am Arm. „Nina. Beruhige dich." Er zwang sich zu einem verständnisvollen Ton. „Du ziehst wieder voreilige Schlussfolgerungen. Meinst du nicht, die Polizei hat die Todesursache untersucht?"

„Ich weiß. Aber…ich weiß." Nina rang die Hände. „Aber was ist mit dem Geheimnis? Und dem Mord an Dirk? Und wer sind die anderen?" Nina rieb sich die Stirn. „Was machen wir denn jetzt? Wenn ich es den anderen erzähle…Nein, die sind sowieso am Boden zerstört. Nachher ist doch nichts an der Sache dran."

„Eben. Ich-."

„Aber was, wenn ich recht hab? Du musst zugeben, dass alles darauf hindeutet, dass-."

„Nina", unterbrach Alex sie in scharfem Tonfall. Verdutzt hielt sie inne und sah ihn an. „Jetzt beruhige dich. Setz dich", kommandierte er und führte sie zur Couch. Sanfter fuhr er fort. „Ich gebe zu, dass hört sich alles schlimm an. Aber jetzt überleg mal einen Moment." Er ergriff ihre Hand und strich ihr mit seinen Fingern zärtlich über die Wange. „Julia war eine sehr kranke Frau. Sie war verwirrt", sagte Alex vernünftig. „Dass sie ihren Geliebten umgebracht hat, hat sie komplett jeden Sinn für die Realität verlieren lassen. Du hast selbst gesagt, sie würde damit nicht fertig werden. Sie hatte vielleicht Wahnvorstellungen, Nina.

Sie hat versucht, sich ein Tattoo rauszuschneiden, Herrgott noch mal. Und du selbst hast mir erzählt, sie hätte es auf die Tabletten geschoben, die sie genommen hat. Wer weiß, was sie alles eingeschmissen hat? Sie war depressiv, sie hatte ein ungesundes Verhältnis mit einem sehr viel älteren Mann und das, wenn du Recht haben solltest, schon seit Jahren. Sie hat zu viel getrunken und sie hat Tabletten genommen. Wahrscheinlich Drogen. Du kannst nicht für bare Münze nehmen, was so eine Person dir in ihrer Verzweiflung erzählt." Alex nahm ihr Kinn in seine Hand und zwang sie, ihn anzusehen. „Verstehst du, was ich sage?

„Ja", gab sie wiederwillig zu. „Aber Alex"-

„Nichts, aber! Ich hab Recht. Und wenn du einmal einen Augenblick inne hältst und in Ruhe darüber nachdenkst, ohne deine Gefühle deinen Verstand beeinflussen zu lassen, dann weißt du das auch."

Nina griff wieder nach dem Handy. „Ich weiß nicht."

Alex riss ihr das Handy aus der Hand und stand auf. „Schluss jetzt! Du machst dich nur selber verrückt", sagte er wütend und legte das Handy auf den Schrank. „Jetzt reiß dich mal zusammen, Nina! Deine gesamte Familie ist am Ende. Es fehlt noch, dass du sie jetzt mit solch einem Unsinn belastest. Und sieh dich selber an! Willst du auch als psychisches Wrack enden? Du gehst jetzt arbeiten und lenkst dich ab. Und ich muss auch ins Büro. Und heute Abend, wenn du nicht mehr so aufgewühlt bist, reden wir in Ruhe darüber, ja?"

Nina sah ihn unglücklich an. „Also gut", gab sie schließlich widerstrebend nach.

„Soll ich dich mitnehmen, wenn du nun doch früher anfängst?", sagte er liebenswürdig und erleichtert, jetzt, da er sich etwas Zeit verschafft hatte.

Nach der Arbeit ging Nina zum Haus ihrer Tante. Sie zögerte einen Moment, als sie vor deren Tür stand, ehe sie schließlich den Klingelknopf drückte. Alex` Rat, sich mit Arbeit abzulenken war ja gut gemeint gewesen, allerdings hatte diese Methode bei Nina nicht funktioniert. Den ganzen Tag hatte sie gegrübelt. Natürlich konnte an Alex` Argument, Julia hätte Wahnvorstellungen gehabt, etwas dran sein. Allerdings glaubte Nina nicht so recht daran. Sie würde noch ein paar Nachforschungen anstellen, ehe sie sich entschloss, anderen oder gar der Polizei von ihren Vermutungen zu erzählen oder die Sache zu vergessen. Ihr war vorhin wieder etwas eingefallen. Und deshalb stand sie jetzt hier vor dem Haus ihrer Tante. Die Haustüre öffnete sich und Nina riss sich zusammen. „Tag, Tante Hilli", begann sie.

„Nina!", antwortete ihre Tante überrascht.

„Ja, Tante Hilli...äh, ich hab mich gefragt...." Tante Hilli sah sie abwartend an. „Ob ich vielleicht noch mal in Julias Zimmer gehen könnte", murmelte Nina leise. „Ich-ich wollte noch mal..."

„Natürlich", antwortete ihre Tante traurig. „Ich setz mich auch manchmal einfach auf ihr Bett, um ihr nahe zu sein, oder.. ich weiß auch nicht", schloss sie mit tränenerstickter Stimme und trat dann von der Türe zurück, um Nina reinzulassen. „Geh nur, Nina"

„Danke, Tante." Selber mit den Tränen ringend ging Nina schweren Herzens die Treppe hoch. Vor Ninas Zimmer nahm sie allen Mut zusammen, ehe sie entschlossen eintrat. Sie schloss die Türe hinter sich und steuerte zielstrebig auf Julias Schreibtisch zu.

Zehn Minuten später setzte sie sich ratlos auf den Bürostuhl und versuchte, nicht daran zu denken, dass es

Julias Sachen waren, die sie hier durchwühlte. Sie kam sich vor wie ein Einbrecher, aber sie hatte ja nur Gutes im Sinn, versicherte sie sich. Julias Kommentar mit dem Tattoo und dem Kult ging ihr nicht mehr aus dem Kopf. Die Zeichen und der Hexenkult. Nina verschränkte frustriert die Arme vor der Brust und sah grübelnd vor sich hin. Sie hatte gesehen, wie Julia das Buch mit den Symbolen in die Schublade gelegt hatte. Aber vielleicht hatte sie es nur provisorisch vor Nina in Sicherheit gebracht. Wenn es sich wirklich um ihr Tagebuch handelte, hatte sie es vielleicht an einem weniger auffälligen Ort versteckt. Nina fuhr fort, mit zusammengebissenen Zähnen Julias Zimmer zu durchsuchen. Nach weiteren zehn Minuten wurde sie fündig. Versteckt hinter verschiedenen Romanen auf dem Bücherregal. Mit klopfendem Herzen starrte Nina auf den mit Symbolen verzierten Einband. Sie schlug das Buch auf und erkannte Julias Handschrift. Ihr Blick flog zum oberen Rand der Seite. Der Eintrag stammte vom vergangenen Jahr. Aufgeregt las Nina die erste Seite. Sie hatte mit ihrer Vermutung recht gehabt. Es war ein Tagebuch. Julia schwärmte darin von Julius. Mit einem Anflug von schlechtem Gewissen hielt Nina im Lesen inne. Das waren Julias geheimste Gedanken und es war nicht richtig, dass sie diese jetzt las, oder? Nina blätterte weiter. März, Mai, August. So wie es aussah, hatte Julia sehr unregelmäßig hineingeschrieben. Vielleicht nur, wenn es etwas Außergewöhnliches zu berichten gab? Nina blätterte weiter, bis plötzlich etwas zu Boden fiel, was sich zwischen den Seiten befunden hatte. Nina hob das Blatt auf und verwundert erkannte sie, dass sie eine Fotografie in der Hand hielt. Nina wurde das Herz schwer. Eine Aufnahme von Julia. Sie war in einen merkwürdigen Umhang gekleidet und stand irgendwo mitten in einem Wald. Im Hintergrund befand sich ein altes Haus. Wo mochte das aufgenommen worden sein? Und was hatte Julia da nur an? Das Bild war im Herbst aufgenommen worden, den kahlen Bäumen und dem Laub auf der Erde nach zu Urteilen. Nina hielt sich das Bild näher ans Gesicht. Aber Julias Haare waren länger als sie sie zuletzt getragen hatte. Das Bild musste älter sein. Nina sah sich das Gewand an. Es war viel zu kalt für diese Jahreszeit. Und was war das im Hintergrund zwischen den Bäumen? Nina kniff die Augen zusammen. Es half nichts. Sie konnte es nicht erkennen. Sie drehte die Fotografie um. Es stand nichts drauf. Aufgeregt steckte Nina das Bild wieder zwischen die Seiten, schlug das Buch zu und steckte es in ihre große Handtasche. Ihr schlechtes Gewissen unterdrückend, verließ sie Julias Zimmer. Immerhin hatte sie nur Gutes im Sinn.

Zuhause beugte sie sich in ihrem Zimmer über das Bild. Die Brille ihres Opas als Lupe benutzend, versuchte sie zu erkennen, was da im Hintergrund zwischen den Bäumen zu erkennen war. Ein Betonpfeiler? Nina schmiss das Foto auf den Tisch und legte die Brille daneben. Sie nahm sich das Buch zur Hand und eine Entschuldigung gen Himmel schickend, begann sie zu lesen.

„Hallo, guten Abend", sagte Alex, als Ninas Mutter die Türe öffnete.

„Hallo Alexander, wolltest du Nina abholen? Die ist oben."

„Oh, nein. Ich…" Kein Wunder, dass sie dachten, er wolle Nina abholen. Bisher hatten sie sich freiwillig nie länger als zehn Minuten bei ihr zu Hause aufgehalten.

„Na, dann geh mal hoch", sagte Ninas Mutter, als hätte er nichts gesagt und machte eine Geste zum Treppenhaus. Alex stieg langsam die Stufen hoch. Er hoffte, er würde Nina davon überzeugen können, die Sache mit Julia nicht weiter zu verfolgen. Seinen Eltern gegenüber hatte er dieses neueste Fiasko nicht erwähnt. Er klopfte an ihr Zimmertüre, ehe er sie öffnete.

„Alex. Hallo", rief Nina überrascht, als sie sich auf ihrem Stuhl umdrehte und ihn erfreut ansah.

Alex Bauch machte diese merkwürdigen Dinge, wie immer, wenn er Nina sah und zögernd betrat er ihr Zimmer. „Hallo. Ich hab den ganzen Tag versucht, dich zu erreichen" Er trat auf sie zu und beugte sich zu einem Kuss hinunter.

„Stell dir vor, mein Handy ist weg." sagte Nina, als Alex sich wieder aufrichtete.

„Ach." Alex hoffte, dass man ihm sein schlechtes Gewissen nicht ansah.

„Ja, ich hab irgendwann heute Morgen gemerkt, dass es weg ist. "

„Du hast es doch heute Morgen wieder eingesteckt, bevor wir gefahren sind."

„Ich weiß." Nina sah ihn besorgt an. „Im Auto hatte ich es noch. Ich hab noch drauf gesehen, als du mich zur Arbeit gefahren hast. Ich hatte gehofft, es wäre mir aus der Tasche gefallen oder ich hätte es aus Versehen neben meine Tasche gesteckt und es läge bei dir im Auto."

„Hmm. Mir ist es nicht aufgefallen. Aber ich sehe gleich mal nach. Vielleicht ist es ja zwischen die Sitze gefallen."

„Hoffentlich." Nina schwieg einen Moment und ihr Blick wanderte zu ihrem Schreibtisch. Alex folgte ihrem Blick und sein Herz setzte einen Schlag aus.

„Was ist das?"

Nina atmete schwer aus. „Ich weiß, du willst nichts davon hören. Ich wollte es dir auch gar nicht sagen." Sie sah ihn an. „Ich war heute bei Tante Hilli. Das ist das Tagebuch, von dem ich damals gesprochen habe. Ich weiß, du hast gesagt, ich soll mich nicht wieder in was reinsteigern, aber -."

Alex fuhr sich durch die Haare und warf voller Grauen einen weiteren Blick auf das Buch, ehe er sich zu Nina runterbeugte und sich mit beiden Armen auf dem Stuhl abstützte. „Ja, das hab ich gesagt, aber vielleicht ist an der Geschichte ja doch was dran. Und wenn du Recht haben solltest, dann sind die Leute gefährlich und du solltest auf keinen Fall alleine rumschnüffeln. Nichts auf eigene Faust, versprich mir das, Nina!"

„Sicher, Alex. Es ist auch viel besser, wenn wir gemeinsam überlegen. Ich bin froh, dass du jetzt einsiehst, dass das alles sehr verdächtig ist."

Alex nickte nur, ehe er das Buch zur Hand nahm. „Und, was steht drin?", fragte er und hoffte dass seine Stimme nicht so zittrig war, wie sich seine Beine anfühlten.

Sofort legte Nina aufgeregt los. „Ich hatte Recht, Alex! Julia hatte schon jahrelang eine Affäre mit Kirstner. Das Tagebuch beginnt zwar erst letztes Jahr, aber sie beschreibt immer wieder, wie sehr sie ihn liebt und das schon seit damals, nach der Klassenfahrt."

„Ach", erwiderte Alex schwach. „Und was noch?"

„Hmm. So einiges. Aber leider nicht so viel, wie ich gehofft hatte", gab Nina zu. „Julia hat nur sporadisch reingeschrieben, immer, wenn etwas für sie Wichtiges geschehen ist. Gott, er hat wohl so einiges mit ihr gemacht, was nicht ganz ah, gesund war. Sie hat nicht beschrieben was, aber so wie ich es verstanden habe, hat er sie psychisch und physisch fertiggemacht, sie aber glauben gemacht, sie wäre es selber schuld. Ich fasse es einfach nicht, wie jemand so denken kann." Nina schüttelt den Kopf. „Aber dann, Alex. Ende letzten Jahres schwärmt sie davon, dass Julius ein mächtiger Mann sei, und sie nun endlich soweit sei, an einem Treffen des Kultes teilzunehmen." Nina griff nach einem Foto, das auf ihrem Schreibtisch gelegen hatte. „Sieh dir das an. Sie trägt diesen komischen Umhang. Und sieh mal, was sie um den Hals trägt." Sie hielt Alex das Foto unter die Nase. „Ich hab´s erst gar nicht gesehen. Aber es ist ein Amulett. Mit einem Wicca-Symbol. Und wenn ich hier weiterlese", sie legte das Foto bei Seite, nahm ihm das Buch ab und blätterte hektisch darin herum. „Da! Januar 2013. „Heute hab ich an einer Zeremonie teilgenommen. Ich kam mir vor, wie in einer anderen Zeit, in einer anderen Welt. Wer hätte gedacht, dass so etwas nur ein paar Meter von unserem Zuhause entfernt existiert." Alex, das ist ein Hexenkult, ich sag's dir. Aber es geht noch weiter. Ein paar Wochen später ändert sich der Ton. „Ich bin eine schreckliche Freundin. Julius hat mir ein Geheimnis anvertraut. Und ich habe Angst. Ich glaube, dass diese ganze Sache eine Nummer zu groß für mich ist. Am liebsten würde ich gar nicht mehr zu ihnen gehen. Hätte Julius mir nur nichts erzählt. Ich glaube, das hat er getan, um mir Angst zu machen." " Nina sah zu Alex auf. „Ich hab dir gleich gesagt, da geht's noch um etwas anderes. Und dann kommt's, Alex. In den folgenden Einträgen wird immer deutlicher, dass Julia das Ganze zu unheimlich wird, sie aber nicht von Julius loskommt.

Wenig später verliebt sie sich in Dirk. Sie ist verwirrt

und hat ein schlechtes Gewissen Julius gegenüber, aber trotzdem erzählt sie Dirk alles und er überredet sie schließlich, Julius sausen zu lassen. Julia geht also zu ihm, um Schluss zu machen, ist aber doch zu schwach. Hier schreibt sie, „Ich fühle mich schrecklich. Julius war am Boden zerstört und wütend, weil ich ihn betrogen habe. Ich kann ihn einfach nicht verlassen." Ein paar Tage später der nächste Eintrag: „Dirk ist so wütend auf Julius. Er hat gedroht, zur Polizei zu gehen und alles zu erzählen. Ich hab ihn angefleht, Julius` Leben nicht zu zerstören. Aber er ist einfach gegangen." Und von da an, Alex, ging es mit Julia bergab. Es gibt jede Menge Einträge, wie schlecht sie sich fühlt, und noch einen relevanten: „Dirk ist tot. Ich weiß es. Julius hat mich bestraft. So schlimm wie noch nie. Er hat mir erzählt, dass Dirk sich mit ihm treffen wollte, aber dass die Familie sich darum gekümmert hätte. Und er hat mich beschimpft, dass alles meine Schuld wäre. Und er hat Recht. Ich habe die Familie zu einem weiteren Verbrechen getrieben. Das Mindeste was ich tun kann, ist, sie nun zu schützen. Also hab ich überall erzählt, Dirk und ich hätten vorgehabt, von hier zu verschwinden. Und dass wir einen Streit gehabt hätten und er dann alleine gegangen ist. Wie soll ich nur so weiterleben?"" Mit zitternder Stimme beendete Nina den Satz und klappte das Buch zu. Alex schwieg.

„Und? Was meinst du?", fragte sie ungeduldig.

Alex nahm wieder das Buch zur Hand und blätterte weiter. „Sonst steht nichts mehr drin?"

„Nein. Obwohl ein paar Mal angefangen worden ist. Aber dann hat sie es sich wohl anders überlegt. Nur der letzte Eintrag handelt davon, dass sie jetzt endlich aufgenommen wird."

Alex legte das Buch weg, nahm seine Brille ab und

rieb sich die Augen. „Tja, ehrlich gesagt, das hört sich schon alles merkwürdig an. ...“

„Ich hab die ganze Zeit überlegt, was das hier auf dem Bild ist. Sieh mal. Weißt du, wo das sein könnte?“

Alex nahm das Foto entgegen und sah es eine Zeit lang an. Wusste Nina schon, wo das Bild aufgenommen wurde, fragte er sich. Dann würde sie erwarten, dass er den Ort erkannte. „Warum fragst du? Weißt du es?“, fragte er ausweichend.

„Ich glaube schon. Ich kenne mich hier zwar nicht so aus, aber Julia hat in ihrem Tagebuch erwähnt, dass es hier in der Nähe ist. Nur ein paar Meter entfernt, hat sie geschrieben. Ich hab überlegt und überlegt, was es sein könnte, das Ding da im Hintergrund.“ Sie deutete mit dem Finger auf das Bild. „Der Wald endet da hinten und dahinter liegt freies Feld. Zumindest ist nichts zugebaut oder so. Außer diesem riesigen grauen Pfeiler.“ Sie sah zu Alex auf. „Es ist der Fernmeldeturm, Alex!“

Was sollte er machen? Am liebsten hätte er sich in ihr Bett gelegt und sich die Decke über den Kopf gezogen. Die Schlinge zog sich immer enger um seinen Hals und er konnte absolut nichts dagegen machen. Nina war wie ein kleiner Terrier, der sich in etwas verbissen hatte. Er räusperte sich. „Lass mich noch mal sehen.“ Er nahm das Bild wieder zur Hand und gab vor, es zu studieren. „Ja. Ja, du hast Recht. Das ist das alte Haus im Bruch.“

„Du kennst es also?“, fragte sie gespannt.

„Äh, kennen ist zu viel gesagt. Ich weiß, wo es steht. In dem eingezäunten Wald neben dem Haus meiner Großmutter. Du hast selbst schon davorgestanden“, gab er geschlagen zu.

„Mann, Alex. Ich sag dir, da geht was Unheimliches vor.“

„Nina, lass uns erst mal in Ruhe alles überdenken, ja?"

Doch Nina schien nicht zu hören. Nachdenklich sah sie hinaus. „So ein Mist, dass es schon dunkel ist."

Er brauchte nicht zu fragen, warum. Er wusste es einfach. Seine Befürchtungen wurden mit ihrem nächsten Satz bestätigt.

„Ich würde mich da zu gerne mal umsehen."

„Nina, das ist Privatbesitz."

„Von wem?"

Alex ging zwei Schritte und blieb vor einem Spiegel stehen, um seine Krawatte zu richten. „Keine Ahnung. Irgendein Unternehmen, nehme ich an. Das Haus wird, soviel ich weiß, für Tagungen genutzt."

„Tagungen, von wegen." Auch Nina stand auf. „Ich seh mich da auf jeden Fall mal um."

„Und was erwartest du zu finden?" Er wandte sich ihr wieder zu.

„Keine Ahnung."

„Ich komm mit dir."

„Wirklich?

„Sicher. Ich hab doch gesagt, wenn etwas an der Sache dran ist, dann will ich nicht, dass du was auf eigene Faust machst."

Nina seufzte. „Du hast wahrscheinlich Recht."

„Also." Alex rieb sich die klammen Hände an seiner Hose. „Nina, was hältst du von einer Ablenkung?"

„Hm?

„Heute kannst du eh nichts mehr machen. Sollen wir was unternehmen? Kino oder so?"

„Ja", rief sie erfreut. „Aber was Witziges. Läuft was Gescheites?"

Alex zuckte die Schultern. „Keine Ahnung. Irgendwas wird schon laufen."

Als sie wenig später zu seinem Auto gingen, fragte sich Alex, wie lange es dauern würde, bis alles über ihm zusammenbrach.

Kapitel 11

Nina marschierte am Haus von Alex` Großmutter vorbei und hoffte, diese würde nicht ausgerechnet jetzt aus dem Fenster sehen. Ein bisschen schlechtes Gewissen hatte sie ja, dass sie Alex angelogen hatte. Aber wenn er endlich aus dem Büro kam, wäre es schon wieder bald dunkel. Sie wollte schließlich was erkennen können. Und sie würde sich nicht damit zufrieden geben, einmal am Zaun entlang zu marschieren. Irgendwie bezweifelte sie, Alex würde es begrüßen, dass sie über den Zaun zu klettern gedachte. Schnellen Schrittes marschierte sie den Feldweg entlang und bog um die Ecke, wo der Weg endete und ein Tor den Weg versperrte. Nina sah von dem eisernen Tor mit den Spitzen zu dem hohen Maschendrahtzaun, der mit riesigen Brombeerbüschen überwachsen war. „Scheiße." Sie sah sich um. Hinter ihr befand sich freies Feld und etwas weiter entfernt, der Fernmeldeturm. Links vom Tor erstreckte sich der frei zugängliche Teil des Waldes. Der Zaun lief mitten hindurch. Nina trat näher an das Tor und sah durch die Eisenstäbe. Alles was sie erkennen konnte, waren Bäume. Und weiter hinten ein Stück von dem Haus auf dem Foto. Die Lichtung war nicht zu sehen. Entschlossen trat Nina vom Weg und stapfte durch den Wald am Zaun entlang. „Halleluja", murmelte sie, als die Brombeerbüsche endeten. Sie steckte ihre Turnschuhe in die Maschen und versuchte, den Zaun hochzuklettern. Fluchend musste sie sich nach drei Versuchen eingestehen, dass sie sich das etwas einfacher vorgestellt hatte. Als Kind hatte sie das öfter getan, allerdings waren ihre Füße da kleiner gewesen. Sie rieb sich ihre schmerzenden Hände und versuchte es erneut. „Au, aua, au", stöhnte sie, als sie sich an den Draht klammerte und es endlich schaffte, ein Bein über den Zaun zu hieven. Unter Stöhnen und Schnaufen landete sie schließlich auf der anderen Seite. Zufrieden klopfte sie sich die Hose ab und stapfte durch die Blätter. Sie entschloss sich, nicht über die Einfahrt zu laufen, sondern einen Bogen zu gehen und sich von der Seite zu nähern. Wer wusste, ob nicht doch jemand hier war. Während sie dem Rascheln lauschte, das jeden ihrer Schritte begleitete, hielt sie Ausschau nach irgendwelchen Personen. Hoffentlich sah sie keiner. Sie hätte doch lieber auf Alex hören sollen, gestand sie sich ein, als sie sich dem Haus näherte. Aber dann hätte sie gar nicht erst kommen brauchen. Schon jetzt begann es zu dämmern und der Wald wurde mit jeder Minute dunkler. Langsam näherte Nina sich dem Haus. Es schien verlassen. Keine Vorhänge. Nina trat zögernd an ein Fenster und sah hinein. Enttäuscht entdeckte sie nur einen großen Tisch und viele Stühle. Sie ging um das Haus herum zum nächsten Fenster. Ein schwarzes Rollo verdeckt ihr die Sicht. Sie trat zur Haustüre und drückte vorsichtig die Klinke. Verschlossen. Wie nicht anders zu erwarten. Sie sah durch die Glasscheibe in der Tür. Eine kleine Diele. Auch hier nichts Ungewöhnliches. Alles sah alt, aber gepflegt aus. Nina trat zurück und betrachtete noch einmal das Haus. Es bestand nur aus dem Erdgeschoß und ein paar Zimmern unter dem Dach. Sie fragt sich, wie man hier Tagungen abhalten wollte. Obwohl der Raum mit dem großen Tisch und den Stühlen groß genug war. Er nahm bestimmt zwei Drittel des Erdgeschosses ein, schätzte Nina. Wenigstens war sie überzeugt, dass sich jetzt im Moment keiner hier aufhielt. Sie marschierte weiter in die Richtung, wo sie die Lichtung vom Foto vermutete.

Sie hörte ein merkwürdiges Klackern und vorsichtig schritt sie näher. Kaum zwanzig Meter weiter wurden sie fündig. Der Platz war ungefähr zehn Meter im Durchmesser und wurde von großen Steinen umrahmt. Nina trat in die Mitte, wo sich die Reste eines Lagerfeuers befanden. Daneben befand sich eine Art Altar. Nina vernahm das Klackern nun von überall her. Mulmig sah sie sich um. Rundherum hingen merkwürdige Dinge an den kahlen Ästen. Sie trat näher an einen Baum heran, denn das schwindende Licht erschwerte ihr die Sicht. Sie kam vor einem Mobile zum Stehen. Die Knochen, aus denen es bestand, klackerten rhythmisch im Wind. Nina schauderte. Sie griff in ihre Tasche, um ein Foto zu machen, ehe ihr einfiel, dass sie ja ihr Handy verloren hatte. Langsam schritt sie weiter den Rand der Lichtung ab. Überall traf sie auf Mobiles, merkwürdige Sträuße aus Kräutern und irgendwelche Gebilde, die aus Federn bestanden. Sie schritt noch eine Weile umher, doch sonst konnte sie nichts mehr entdecken. Das konnte doch nicht alles sein! Entmutigt ging sie wieder in Richtung Haus. Dann sah sie es. Eine kleine Anhöhe mit einer Tür. Mit neu erwachtem Enthusiasmus eilte Nina darauf zu. Was war das? Ein alter Bunker? Hier? Oder ein alter Keller? Sie sah auf die neue, massive Türe, die nicht zum heruntergekommenen Äußeren des Hauses passte, das sich kaum fünfzig Meter entfernt befand. Warum hatte der Keller eine nagelneue Tür, während das Haus noch die alte Holztür besaß? Nina zog ohne viel Erwartung an dem Türknauf und rüttelte. Wie nicht anders zu erwarten, war sie abgeschlossen. Nachdenklich sah Nina sich noch einmal in dem in Dämmerlicht getauchten Wald um, ehe sie einsah, dass es keinen Sinn hatte, hier noch länger rumzustehen und sie sich entschloss, zu verschwinden.

„Tut mir leid, dass es so spät geworden ist",
entschuldigte Alex sich, sobald er eine Stunde später
Ninas Zuhause betrat. „Aber wenn du jetzt trotzdem
noch zum Wald fahren willst…"

„Äh, nein. Das würde ja nichts bringen, nicht wahr?"

„Ich will Samstag sowieso Oma besuchen. Was hältst
du davon, wenn wir dann mal da nachsehen gehen?"

„Hmm", antwortete sie unbestimmt und mit
schlechtem Gewissen. Sie konnte sich Alex` Gemecker
und seine Vorhaltungen schon lebhaft vorstellen, sollte
er von ihrem Ausflug im Alleingang erfahren. Aber sie
hatte ja nichts Wichtiges entdeckt. Noch nicht. Warum
also Alex aufregen? Außerdem hatte sie Wichtigeres zu
besprechen. „Komm mit hoch. Ich hab mir gerade jede
Menge Brote gemacht. Du kannst auch was essen."

Sobald sie in ihrem kleinen Kabuff saß und Alex sich
ein Brot genommen hatte, sagte sie: „Ich frage mich,
wie man rausbekommt, wem der Wald gehört. Wo geht
man da hin? Zum Grundbuchamt?"

Alex schluckte einen Bissen hinunter. „Warum fragst
du?"

„Warum wohl?" Nina verdrehte die Augen. „Ich
glaub, ich geh morgen zum Amt und erkundige mich
mal."

„Das kostet bestimmt wieder Gebühren, Nina. Das
Geld kannst du dir sparen. Wenn du unbedingt wissen
willst, wem das Grundstück gehört, dann erkundige ich
mich morgen für dich."

„Wirklich?"

„Klar. Kein Problem."

„Danke."

Alex erhob sich von ihrem Bett und kauend sah er auf

den Bücherstapel, der sich auf ihrem Schreibtisch türmte. „Oh, Mann", murmelte er.

„Was? Ich betreibe Recherchen. Ich war heute nach der Arbeit in der Bücherei. Ich hab eigentlich nicht erwartet, dass die was über Hexen haben, und die zwei Bücher da, die ich entfernt mit Magie oder so verbunden hatte, sind auch leider nur über Tarotkarten oder so was", erklärte Nina enttäuscht. „Aber", sagte sie dann aufgeregt, „die Bibliothekarin hat mich darauf hingewiesen, dass es hier früher mal eine Hexe gegeben haben soll. Und das Coolste ist", fuhr sie fort und stand ebenfalls auf, „dass ich in der Stadtgeschichte fündig geworden bin." Nina zog ein dickes Buch vom Stapel. „Hier wird erwähnt, das 1629 eine Frau als Hexe verbrannt worden ist, weil angeblich durch einen von ihr bereiteten Zaubertrank ein Mädchen gestorben war. Außerdem war sie für drei tote Kühe auf dem Nachbarhof verantwortlich gemacht worden und für einen Hagelschauer!" Nina verzog das Gesicht. Dann ließ sie das Buch mit einem Knall auf den Tisch fallen und griff sich ein Salamibrot. „Und jetzt rate, wo sie verbrannt worden ist?"

Alex legte sein angegessenes Brot zurück auf das Brettchen und sah sie mit hochgezogenen Brauen an.

„Genau in dem Wald, wo heute „Tagungen" abgehalten werden! Na, was sagst du jetzt?"

„Ich bin sprachlos."

„Wir sind an was dran, Alex. Ich spüre es in meinen Knochen", sagte Nina befriedigt. „Was ist mit deinem Brot? Hast du keinen Hunger mehr?"

Am Samstag parkte Alex sein Auto vor dem Haus seiner Großmutter. Er schaltete den Motor ab und warf Nina einen Blick zu. „Wir sagen kurz hallo, ehe wir uns umsehen, ja?"

„Klar", antwortete Nina. „Vielleicht weiß deine Oma ja etwas mehr über die früheren Besitzer." Sie schüttelte den Kopf. „Solution. Was bitte soll das sein?", fragte sie und bezog sich auf den Besitzer des Grundstücks, den Alex für sie herausgefunden hatte.

„Woher soll sie wissen, wer hinter der Firma steckt. Außerdem will ich nicht, dass du sie darauf ansprichst."

„Warum denn nicht?"

„Weil sie nicht gern daran erinnert wird, dass der Wald eingezäunt wurde, wo sie früher immer so gerne darin spazieren gegangen ist."

„Wie lange ist er denn schon im Besitz dieser Firma?"

„Ungefähr dreißig Jahre."

„Hmm, aber vielleicht hat sie schon mal was beobachtet. Wer auf das Grundstück will, muss ja schließlich vorbeifahren, oder?"

„Nina, ich will nicht, dass du meine Oma aufregst!"

„Na schön", gab Nina nach und öffnete die Tür.

Schlechtgelaunt folgte Alex ihr. Am liebsten würde er sie von all seinen Verwandten fernhalten. Nicht genug, dass sie jetzt Oma besuchten, seine Mutter lag ihm schon seit Wochen in den Ohren, dass sie Nina kennenlernen wolle. Vorgestern kam sein Vater in sein Büro und hat darauf bestanden, dass Alex sie Sonntag zum Essen mitbrachte. Er nahm an, sie wollten herausfinden , wie viel sie wusste. Wenn er sich jetzt noch länger weigerte, sie vorzustellen, dann würden sie sich fragen, ob es einen Grund gab, dass er sie fernhielt. Das fehlte ihm noch, dass sie sie wirklich für eine Gefahr hielten.

Alex konnte sich seit Wochen nicht mehr auf die Arbeit konzentrieren. Erst gestern hatte er einen Deal verpatzt, weil er die ganze Zeit nur damit beschäftigt gewesen war, zu grübeln, wie er Nina endlich von ihrem eingeschlagenen Pfad abbringen konnte. Mürrisch folgte er seiner Freundin durch den Vorgarten.

„Na, Kinder", begrüßte Maria die beiden und umarmte ihren Enkel, der sie gut dreißig Zentimeter überragte. Sie reichte Nina die Hand und führte beide zum Tisch. „Nina, da freu ich mich aber, dass Alex dich mal wieder mitgebracht hat." Sie setzte sich zu ihnen an den Tisch. „Ich hab euch vom Fenster aus gesehen, der Kaffee läuft schon." Sie sah Nina ernst an. „Alex hat mir von deiner Cousine erzählt. Das arme Kind. Mein Beileid." Sie tätschelte Ninas Hand.

Nina nickte mit einem gezwungenen Lächeln.

„Schlimm, wenn so junge Menschen mit ihrem Leben nicht klarkommen. Wenn ich mir vorstelle, Jessica würde plötzlich nicht mehr da sein..." Oma stellte die Tassen auf den Tisch. „Sie war übrigens heute Morgen auch hier." Sie spitzte die Lippen. „Hatte aber nicht viel Zeit." Sie sah Alex an. „Wollte sich noch treffen. Mit einem jungen Mann."

„Ach."

Nina horchte auf. „Alex, ob sie Jan gemeint hat? Wenn ich an den Movie-Park denke, da sah es doch ganz danach aus, als wenn Lisa abgeschrieben gewesen wäre, oder?"

„Was weiß ich?", grummelte Alex und nahm die Kaffeetasse von seiner Oma entgegen. Nachdem sie die Verköstigung hinter sich gebracht hatten, verabschiedeten sie sich. „Wir lassen das Auto hier stehen, Oma, und gehen noch was spazieren."

„Ja, das macht auch mal. Wer weiß, wie lange das schöne Wetter noch anhält", sagte die kleine Frau lächelnd. „Übrigens, Nina, ich hab dich neulich gesehen."

„Mich?"

„Ja, du bist hier vorbeimarschiert. Das nächste Mal komm doch rein, wenn du hier spazieren gehst. Ich freu mich immer, wenn Besuch kommt."

„Oh, ja..sicher."

„Du warst spazieren?", fragte Alex.

„Ja, genau. Das tu ich gerne, ab und zu."

Alex kniff die Augen zusammen. Nina wand sich. „Wann war das denn?"

„Keine Ahnung. Ist schon eine Weile her."

„Du weißt doch, dass das hier eine Sackgasse ist."

„Ja, und? Ich kann doch trotzdem hier lang laufen, wenn mir die Gegend gefällt."

Alex sagte nichts mehr, hob zum Abschied die Hand und ging dann angespannt neben Nina her. Er schloss wie immer gewissenhaft das winzige Tor und marschierte dann schnellen Schrittes los.

„Äh, Alex. Das Tor zum Wald ist dahinten."

„Das weiß ich. Aber Oma braucht ja nicht zu wissen, dass du hier rumschnüffeln willst. Und außerdem habe ich das Gefühl, du hast dich hier schon umgesehen."

Nina seufzte. Sie hatte gewusst, dass er sauer sein würde, dass sie alleine hier gewesen war. „Mein Güte, Alex. Ich hab mich etwas umgesehen. Was ist schon dabei?"

„Ich hatte dir doch gesagt, dass ich das mit dir gemeinsam machen wollte. Was für einen Unterschied hätte es gemacht, wenn wir heute gucken gegangen wären?"

„Keinen", musste Nina zugeben. „Ich war eben neugierig und wollte nicht so lange warten." Sie musste sich beeilen, mit dem wütenden Alex Schritt zu halten.

„Und? Was hast du herausgefunden?"

„Nichts, eigentlich . Nur, dass dort wirklich irgendetwas stattgefunden haben muss."

„Und das weißt du, weil…?"

„Ich bin über den Zaun geklettert. Da war eine Lichtung. Mit dem Rest eines Feuers. Und eine Art Altar. Rund um die Lichtung hingen merkwürdige Mobiles und Kräuter herum. Das ist bestimmt so ein Platz, wo Rituale abgehalten werden."

„Und wann wolltest du mir das mitteilen?"

„Äh, ich hatte vor, jetzt mit dir gucken zu gehen, dich zu überreden, über den Zaun zu klettern und es dann mit dir zusammen zu entdecken."

Das hätten sie nicht, denn er hatte gestern alles weggeräumt, verdammt.

„Das Einzige, was mich irritiert", fuhr Nina fort, „ist die Tatsache, dass solche Hexenkults ausschließlich friedliche Ziele zu verfolgen scheinen. So hab ich es zumindest verstanden. Es gibt wirklich nicht so viele Infos im Internet", fügte sie entschuldigend hinzu. „Dann hab ich gedacht, vielleicht ist es ja ein Satanskult oder so. Aber die Zeichen, die Julia gemalt hat und die Zeichen im Wald, das sind alles Zeichen für einen Hexenkult." Nina presste die Lippen zusammen. „Vielleicht, wenn man mehr über die Firma wüsste, der der Wald gehört…"

„Vielleicht hat diese Firma ja gar nichts damit zu tun. Das Haus wird kaum genutzt. Es kommen einfach ein paar Jugendliche her und spielen Hexen, Himmel noch mal. Vielleicht sind deine Cousine und Julius einfach hierhergekommen und er hat sie fotografiert. Ist dir der Gedanke mal gekommen?"

„Ja, ist mir. Aber das ergibt keinen Sinn, wenn man die Eintragungen in Julias Buch liest. "

Alex vergrub frustriert seine Hände in den Taschen seiner Jeans. Er hatte gehofft, dass Nina einsehen würde, dass der Wald nichts damit zu tun hat, allerdings hatte er schon schwarzgesehen, als sie herausgefunden hatte, dass die Hexe damals hier verbrannt worden ist. Jetzt hatte sie auch noch den Zeremonienplatz entdeckt. Alex bezweifelte, dass sie aufhören würde, weiter zu forschen. Seine einzige Hoffnung war, dass sie jetzt an einer Sackgasse angekommen war und von nun an eigentlich nichts mehr finden konnte, was sie weiterbrachte. „Da du ja schon alles gesehen hast, können wir ja umdrehen", sagte er schließlich und Nina stimmte nickend zu.

Zu Hause hängte Nina etwas später ihre Jacke auf und warf ihre Handtasche auf die Ablage, ehe sie ins Esszimmer marschierte, wo alle beim Abendbrot saßen.

„Du bist schon wieder da?", fragte Oma verwundert, ehe sie in ihr Brot biss.

Nina ließ sich schwer auf ihren Stuhl fallen. „Ja. Alex ist plötzlich eingefallen, dass er noch etwas Wichtiges erledigen muss. Wir waren nur seine Oma besuchen."

„So schnell? Wohnt die hier in der Nähe?", fragte Oma.

„Ja. Direkt am Wald. Hinten, beim Fernmeldeturm."

„Ach. Wie heißt die denn?"

„Pff, keine Ahnung. Ach doch! Frau Maurer."

„Ha!", schrie ihre Oma und schlug sich auf den Oberschenkel. „Die Maria! Hubert, hast du das gehört?", fragte sie ihren Mann.

„Umpf", grummelte Opa.

„Alexander ist der Enkel von der Maria?" Oma schüttelte den Kopf und runzelte die Stirn. „Warum hast du das nicht gleich gesagt?"

„Ich dachte, das wüsstest du."

„Woher denn?"

„Keine Ahnung. Ich dachte, hier kennt jeder jeden."

„Ja, aber ich hab die Verbindung gar nicht gesehen. Ist die Tochter nicht mit dir zur Schule gegangen?", fragte Oma ihre Tochter.

„Nein, die war doch viel älter. Ich glaub, die war mit Hiltrud in einer Klasse."

„Jaja, stimmt. Wusstest du, dass die so reich geheiratet hat?"

„Nein." Ihre Mutter dachte nach. „Aber ich hatte auch nicht viel mit der zu tun. Hiltrud übrigens auch nicht. Die war immer merkwürdig, die Beatrix."

„Merkwürdig?"

„Sie hatte keine Freunde und hing immer nur bei sich zu Hause im Wald rum." Ihre Mutter nahm nachdenklich die Tasse zur Hand und überlegte. Dann schüttelte sie den Kopf. „Ganz gescheit war die nicht."

„Dass die Maria noch lebt", wunderte Oma sich. „Die hab ich ja schon Jahre nicht mehr gesehen. Aber die war ja immer so eigenbrötlerisch. Und der Kerl, den die sich geangelt hat. Hubert, weißt du noch? Sie hatte doch den widerlichen fetten Kerl, wie hieß der noch?"

„Du meinst den Roland."

„Ja genau." Oma verzog den Mund. „Bah, war das ein fieser Mensch."

„Der Roland war schon in Ordnung", grummelte Hubert.

„Ja, als Saufkumpan vielleicht.", erwiderte Oma. „Der war hinter allem her, was einen Rock anhatte." Sie schüttelte sich. „Dass den überhaupt jemand rangelassen hat."

„Ehrlich? Er hat sie betrogen?" fragte Nina traurig und dachte an die liebe, freundliche Frau.

„Ha, und nicht nur einmal. Zum Gespött gemacht hat er sie. Kein Wunder, dass sie sich schließlich nicht mehr hat im Dorf blicken lassen." Oma sah nachdenklich aus dem Fenster. „Hat der nicht sogar ein Kind mit einer anderen gehabt?"

„Ja, mit einer aus der neuen Siedlung", meldete sich Opa zu Wort.

„Ja, genau, die Zugezogenen." Oma schnappte nach Luft. „Jetzt weiß ich es wieder! Die Maria saß in ihrer Hütte im Wald und der Roland hat schamlos mit diesem Mädchen getanzt und geschäkert, Schützenfest. Und plötzlich hieß es, sie wäre in anderen Umständen. Das Flittchen!"

„Und dann?"

„Na, die Eltern haben sie rausgeschmissen."

„Die Arme", sagte Nina mitfühlend.

„Ha. Die Arme! Was lässt die sich auch mit 'nem verheirateten Mann ein? Auf jeden Fall ist sie dann weggezogen. Keine Ahnung, was aus der geworden ist. War jedenfalls das Dorfgespräch des Jahres, damals." Oma sah Nina an. „Kein Wunder, dass Maria sich nicht mehr hat blicken lassen. Die hat vorher schon immer in ihrem Häuschen im Hexenwald gehockt, aber danach ist sie überhaupt nicht mehr unter die Menschen gegangen."

„Warum sagst du Hexenwald?", fragte Nina neugierig.

„So nennt man den Wald da." Oma zuckte die Schultern. „Da ist früher eine Hexe verbrannt worden."

„Ja, das hab ich gehört. Ich wusste nur nicht, dass man den Wald so nennt."

„Ja. Früher konnte man da noch spazieren gehen, aber heute ist er eingezäunt."

„Ja, darüber regt sich Alex´ Oma auch auf", bemerkte

Nina.

„Pff, dann hätte sie das Land mal nicht verkaufen sollen, dann hätte sie jetzt auch keinen Zaun vor der Nase. Ich frag mich sowieso, warum sie verkauft hat. Das Geld, was sie dafür bekommen hat, hat sie jedenfalls nicht ausgegeben. Zumindest damals nicht. Wie sieht ihr Haus denn aus? Schick? Modern? Oder immer noch so gammelig? Himmel, da bin ich zig Jahre nicht mehr spazieren gegangen."

„Was sagst du? Willst du damit sagen, der Wald hat Alex` Oma gehört?"

„Sicher."

„Du musst dich irren, Oma."

„Willst du mir erzählen, ich würd mich hier nicht auskennen? Irgendwann in den Achtzigern wurde auf einmal das ganze Gelände eingezäunt."

„Ja, aber nur weil sie in der Nähe wohnt, heißt das ja nicht, dass ihr der Wald gehört, Oma."

„Ihre Eltern haben nicht daneben, sondern mitten drin gewohnt. Das Haus war so klein, dass der fette Roland der Maria damals ein neues gebaut hat. Wahrscheinlich das einzige anständige Tagwerk, was er je verrichtet hat. Und das hat er noch nicht mal vernünftig gemacht. Und auch nur, weil er keine Lust hatte, mit den Schwiegereltern unter einem Dach in dem kleinen Haus zu hocken."

„Moment mal." Nina beugte sich ein Stück vor. „Das alte Haus im Wald ist das Elternhaus von Maria?"

„Ja. Wenn es noch steht."

„Bist du ganz sicher?"

„Natürlich bin ich sicher. Hältst du mich für beschränkt?"

Sprachlos lehnte Nina sich zurück. Warum hatte Alex das nicht erwähnt? So wie sie das sah, regelte Alex´

Familie alles für die alte Frau. Sie mussten doch wissen, an wen der Wald damals verkauft worden ist. „Ich geh hoch."

„Willst du nichts essen?"

„Nein, danke", sagte Nina abwesend und ging langsam die Treppe hoch. Warum hatte Alex so getan, als wüsste er nicht, wer der Besitzer ist?

Nina setzte sich an ihren Computer. Wie hieß die Firma noch mal? Solution. Einfach nur Solution? Nina tippte den Namen ein und fand zig Übereinstimmungen. Ohne große Erwartungen scrollte sie die Seite runter. Es gab unzählige Firmen mit dem Titel, Zusatz oder Untertitel Solution. Wenn das Unternehmen in den Achtzigern den Wald gekauft hatte, musste es demzufolge auch so lange bestehen. Gab es vor zwanzig, dreißig Jahren schon viele deutsche Firmen mit englischen Namen? Nina tippte eine Jahreszahl ein. Jawohl, Solution. Gegründet 1982. Leider stand das dort auf Englisch. Also ein ausländisches Unternehmen. Mist. In Ermangelung anderer Möglichkeiten klickte sie auf das Ergebnis und geriet auf irgendeine ausländische Seite. Enttäuscht erkannte Nina, dass die Seite nicht viel zu bieten hatte. „Diese Seite befindet sich im Aufbau", übersetzte sie murmelnd. „ Na toll." Nina schaltete den Laptop aus und legte sich ins Bett.

„Alex, sagst du mir endlich, wo du mich hinführst?" fragte Nina am nächsten Tag, während sie neben ihrem Freund durch die Düsseldorfer Innenstadt lief. Vorhin war er bei ihr vorbei gekommen und hatte angeordnet, sie solle ins Auto steigen und mitkommen. Wohin es ging, wollte er nicht sagen.

Alex blieb stehen. „Ich hab dich gestern Abend

versucht anzurufen."

„Tut mir leid, Alex. Das Telefon steht unten in der Diele. Oma und Opa sind halb taub und wenn ich oben in meinem Zimmer bin, hör ich es nicht."

„Du brauchst dich nicht zu entschuldigen, aber ich möchte dich endlich wieder erreichen können."

„Ja, meinst du, ich find's toll, dass ich kein Handy mehr hab? Ich hatte es zu meinem achtzehnten Geburtstag bekommen. Und ein neues kann ich mir beim besten Willen nicht leisten. Jetzt spar ich erst mal für den Führerschein und ein Auto."

Alex öffnete die Tür des Geschäftes, vor dem er zum Stehen gekommen war. „Darum schenk ich dir jetzt eins", sagte er und betrat den Laden.

„Alex", protestierte Nina. „Das will ich nicht", murmelte sie, sobald sie ihn eingeholt hatte.

„Quatsch. Ich will dich wieder jederzeit erreichen können." Er ignorierte sie und begrüßte den Angestellten. „Also, welches Modell möchtest du?"

„Äh…" Wie vor den Kopf geschlagen sah sie ihn einen Moment mit leerem Blick an, ehe sie die verschiedenen Modelle in der Auslage betrachtete. „Das?", fragte sie schließlich und hoffte, sie hätte ein billiges Modell erwischt.

„Das?", fragte Alex ungläubig. „Da war dein zwei Jahre altes ja aktueller. Du hattest ein IPhone oder?"

„Ich finde das da ganz nett. Wie äh, teuer ist es denn?"

„Das ist doch egal. Also, du hast die Wahl zwischen IPhone oder S4. Was nimmst du?"

„Nein, Alex, wirklich", sagte Nina ernst. „Das kann ich nicht annehmen."

„Nina, bitte." Alex sah sie ernst an. „Ich will dir wirklich, wirklich gerne ein Handy kaufen. Und ich schenke dir bestimmt keins, das schlechter ist als das, was du vorher hattest." Er sah sie abwartend an. „Ich wollte dir eine Freude machen, und du verdirbst mir gerade alles", sagte er mit enttäuschter Miene.

Geschlagen gab Nina nach. „Also gut. Dann, danke, Alex."

Eine halbe Stunde später liefen sie mit Kaffeebecher bewaffnet die Rheinpromenade entlang und setzten sich schließlich auf eine Bank. „Ich hasse den Dezember. Es ist noch keine Fünf und es dämmert schon." Nina wärmte ihre Finger an ihrem Kaffeebecher und betrachtete die Schiffe, die über den Rhein fuhren.

„Ja, ich mag den Sommer auch lieber."

„Danke nochmal für das Handy, Alex." Nina rückte etwas näher an ihn, denn obwohl es schönes Wetter war, ließ der kalte Wind sie frösteln. „Hast du wegen mir früher Feierabend gemacht?"

„Es war nichts mehr zu tun, heute. Nichts, was nicht Zeit bis morgen gehabt hätte."

Nina sah grübelnd auf ihren Pappbecher. „Alex…"

„Ja?"

„Warum hast du mir nicht erzählt, dass der Wald früher deiner Oma gehört hat?"

„Hm?"

Nina sah ihn an. „Der eingezäunte Wald gehörte früher deiner Familie. Du musst doch gewusst haben, an wen er verkauft worden ist. Aber du hast mich glauben lassen, du würdest für mich Erkundigungen einziehen."

„Woher weißt du, dass er uns gehört hat?"

„Das ist doch kein Geheimnis. Meine Oma hat es erwähnt."

„Nina, was soll das? Was willst du mir denn jetzt unterstellen? Ich hätte dich angelogen? Warum sollte ich sowas tun?"

„Nein. Ja. Ich weiß nicht, was ich damit sagen will. Ich wundere mich eben."

„Nun, ich wusste nicht, dass sich der Wald früher in unserem Besitz befunden hat. Solange ich denken kann, war der Wald eingezäunt. Wenn er Oma gehört hat, dann muss sie ihn vor Urzeiten verkauft haben, und mit mir hat sie nie darüber gesprochen. Was den jetzigen Eigentümer angeht, ich hab mich ganz normal erkundigt."

„Oh." Erleichtert atmete Nina aus. „Natürlich. Warum hab ich nicht daran gedacht. Das ist ja schon um die dreißig Jahre her."

„Hmm", war Alex` grimmige Antwort. Nina sah ihm in sein liebes Gesicht. Natürlich hatte Alex es nicht gewusst. „Jetzt sei bitte nicht beleidigt, ja?", sagte sie. „Ich hab mich nur gewundert."

„Ich bin nicht sauer" Alex stützte die Ellbogen auf seine Knie, verschränkte seine Finger locker ineinander und sah ebenfalls hinaus aufs Wasser.

„Wie hieß die Firma nochmal, der der Wald gehört?"

Mit einem lauten Seufzen warf er ihr einen Blick zu. „Solution."

„Nur Solution?"

„Warum?", fragte er ungeduldig und setzt sich wieder gerade hin.

„War es zufällig eine englische Firma?", wagte Nina sich vor.

„Wie kommst du denn jetzt darauf?"

„Ich hab mal im Internet gesurft. Das war die einzige Firma, die zu passen schien. Also, war sie es?"

„Ich glaub schon. Ja. Eine englische Firma, genau", nuschelte er.

„Was soll eine englische Firma mit einem kleinen

Wald am Niederrhein?"

„Keine Ahnung, Nina", sagte Alex ungehalten. „Es ist dreißig Jahre her, dass diese beschissene Firma das Land erworben hat! Wer weiß, vielleicht war deutscher Wald ja damals eine vielversprechende Investition!"

„Das glaubst du ja wohl selber nicht. Willst du mich verarschen?", fragte sie, beleidigt wegen seines rüden Tons.

Alex schloss für einen kurzen Moment die Augen. „Nina, wer weiß? Vielleicht wollten sie da bauen, vielleicht hatte es was mit dem alten Fernmeldeturm zu tun, wer kann das schon wissen? Vielleicht wollten sie hier expandieren und haben es sich dann anders überlegt. Das alles ist sowieso unwichtig, denn das beweist doch Folgendes: Eine englische Firma hatte bestimmt nichts mit Julius und seinen Machenschaften zu tun. Es sieht aus, als wäre es so, wie ich es dir schon einmal gesagt habe. Irgendwelche Spinner nutzen das verlassene Gelände für ihre Halloweenparties."

„Halloweenparties? So nennst du das, wovor Julia solche Angst hatte?"

„Es tut mir leid. So hab ich es nicht gemeint. Wer weiß schon, was solche Spinner da machen?"

„Eben. Das wissen wir nicht. Und damit ich bald mehr darüber weiß, womit wir es zu tun haben, hab ich heute Morgen vor der Arbeit im Internet nach ein paar Hexen gesucht." Sie hörte Alex nach Luft schnappen und wagte nicht, ihn anzublicken. Sie sprach schnell weiter, während sie die andern Leute beobachtete, die über die Promenade schlenderten. „Frau Fuchsnagel empfängt mich morgen um 19. 00 Uhr."

„Ich glaub es nicht", sagte Alex angewidert.

„Mein Gott. Was ist denn dabei?"

„Wo triffst du sie denn? Auf dem Blocksberg?"

„In ihrem Häuschen in Bochum. Ich hab ihr erzählt, ich schreibe ein Referat über Kulte in Deutschland und ob sie mir etwas erzählen könnte. Sie war sehr hilfsbereit. Sie war sogar richtig begeistert, dass ich mich dafür interessiere."

„Und wie kommst du nach Bochum?"

„Na, wie schon? Mit dem Zug. Ich hab im Internet schon alles nachgesehen. Ich hab morgen Frühschicht. Wenn ich von der Arbeit aus direkt mit dem Bus nach Krefeld zum Hauptbahnhof fahre, komm ich locker um sechs in Bochum an. Dann mit dem Bus-."

„Ich fahr dich", unterbrach Alex.

„So ein Unsinn. Du musst arbeiten und ich bin sehr wohl in der Lage, mit öffentlichen Verkehrsmitteln ein von mir angestrebtes Ziel zu erreichen."

„Ich mach früher Feierabend. Das interessiert mich auch, was die Frau zu erzählen hat", antwortete er unwirsch.

„Oh, ja, das merk ich. Ich stell mir grade die einstündige Autofahrt vor, mit dir in dieser Stimmung. Nein danke. Wahrscheinlich beleidigst du die Frau dann noch. Nein, ich fahr lieber allein!"

Kapitel 12

Frau Fuchsnagel wohnte in einer hübschen kleinen Doppelhaushälfte mit einem überwucherten Garten. Sie hatte ein Kleid an und ihre lockigen schwarzen Haare waren zu einem Zopf zusammengefasst. Sie sah normal aus und nicht so, wie Nina sich eine Hexe vorgestellt hatte. Sie konnte nichts dafür, sie war ein wenig enttäuscht.

„Hallo. Du musst Nina sein", begrüßte die Frau sie freundlich.

„Ja, genau. Guten Tag, Frau Fuchsnagel."

„Nenn mich Sylvia. Komm rein, komm rein." Sie führte Nina durch ihr Haus auf die Terrasse.

„Danke, dass Sie sich Zeit für mich nehmen."

„Aber das tu ich doch gerne.", versicherte Sylvia. „Da du ja gekommen bist, um etwas über uns Hexen zu erfahren, denke ich, wir reden in meinem kleinen Refugium." Sie marschierte voran zu einem Gartenhäuschen und ließ Nina mit einer einladenden Geste den Vortritt. Nina trat vorsichtig hinein und Sylvia schaltete das Licht an. Nina sah sich neugierig um. Die Einrichtung bestand aus einer kleinen Werkbank mit diversen Gegenständen, jeder Menge Kräuter, einem Tisch und ein paar Stühlen . Ein Mobile aus Knochen erregte Ninas Aufmerksamkeit.

„Keine Angst, nur Hühnerknochen", sagte Sylvia fröhlich. „So, setzen wir uns." Sie zeigte auf den Tisch, wo schon eine Kanne und zwei Tassen bereitstanden und bedeutete Nina, sich zu setzen. „Erst einmal möchte ich dir sagen, wie ich mich freue, dass du dich für uns Hexen interessierst.", sagte sie, nachdem sie sich ebenfalls gesetzt hatte. „So, was möchtest du wissen?"

„Nun, alles", sagte Nina mit einem verlegenen Lächeln. „Zuerst einmal vielleicht, wie verbreitet dieser Hexenkult ist. Und was eine Hexe so macht." Nina räusperte sich. „Wenn ich ehrlich bin, wusste ich bis vor kurzem gar nicht, dass es sowas hier in Deutschland gibt." Nina sah sich wieder um. Sie wusste nicht, was sie erwartet hatte, auf jeden Fall nicht diese freundliche, lockere Frau. Als hätte sie ihre Gedanken erraten, begann Sylvia.

„Ich kann mir vorstellen, dies ist nicht das, was du erwartet hast. Die meisten Menschen denken bei Hexen an den Teufel, böse Flüche und sonstige schaurige Dinge. Aber das ist alles Unsinn. Leider gibt es selbst in unserer heutigen Zeit noch Menschen, die Vorurteile hegen. Darum halten auch viele Hexen ihre Bestimmung und Gabe geheim. Und natürlich auch ihre Zugehörigkeit zum Wicca-Kult. Oder sie hängen sie zumindest nicht an die große Glocke."

„Aber Sie scheinen dieses Problem nicht zu haben. Ich bin auf Sie durch einen Zeitungsartikel im Internet gestoßen, in dem Sie ein Interview gegeben haben."

„Ja. Ich habe mich entschlossen, an die Öffentlichkeit zu gehen, um uns Hexen und die Dinge, die zu unserem Kult gehören, bekannter zu machen. Zum einen, weil es viele Menschen gibt, die diese Begabung haben oder in sich spüren und nicht einmal wissen, was dies bedeutet und dass es noch andere gibt, die ihnen ähneln." Sylvia trank einen Schluck. „Und zum anderen, um den Kult bekannter zu machen, damit er ein wenig mehr gesellschaftsfähig wird. In einigen Ländern, wie zum Beispiel den USA, wird der Wicca-Kult sogar als Religion anerkannt, aber du glaubst gar nicht, wie sehr wir Wicca heute immer noch diskriminiert werden. Ich kenne Hexen, denen wurde sogar das Sorgerecht entzogen. Anderen wurde unter fadenscheinigen Gründen gekündigt und es gab Festnahmen wegen Gefährdung der Sicherheit und Ordnung. Ist es da verwunderlich, dass viele Wicca ihren Glauben im Geheimen ausleben?" Sylvia seufzte.

„Wirklich!", murmelte Nina. Nun, dass sie auf Vorurteile stießen, das konnte sie sich vorstellen. Sie selber hielt sich für modern und aufgeschlossen, allerdings wusste auch sie nicht so recht, was sie von Hexen halten sollte, die sich Mobiles aus Hühnerknochen bastelten.

„Zu allererst ein paar grundlegende Dinge.

Wicca steht sowohl für den Begriff Hexe/Hexer als auch für den Kult selber. Wicca ist eine Glaubensrichtung des Neuheidentums. In der überwiegenden Zahl der Wicca-Traditionen wird ausschließlich die weibliche Gottheit, große Göttin oder große Mutter genannt, verehrt, da sie in ihnen der männlichen Gottheit übergeordnet ist.

Was ist nun eine Wicca oder Hexe?", fuhr Sylvia fort. „Eine Hexe zu sein bedeutet, sich in Einklang zu bringen mit Verhältnissen, die älter sind als die menschliche Rasse. Eine Hexe verehrt die Natur und die alten Gottheiten. Und sie verwendet rituelle Magie."

„Magie?"

„Oh ja. Aber du brauchst nicht so zu gucken. Nicht im bösen Sinne. Die Wicca-Tradition ist eine friedliche, glückliche Naturreligion. Einige vertreten die Auffassung, und ich schließe mich dieser Meinung an, dass sie eine Ur-Religion Westeuropas und über 25000 Jahre alt ist, denn schon in alten Höhlenmalereien erkennt man unsere Muttergöttin."

Doch nach der Inquisition haben die Hexen ihr

Wissen und ihre Rituale nur noch heimlich von Generation zu Generation weitergegeben. Diese Hexen arbeiteten im Verborgenen. Aber es gab auch unzählige Familien, in denen einige bestimmte Kräfte hatten, wie zum Beispiel die Kraft der Vorsehung oder gar Heilkräfte, die aber nicht wussten, dass dies Anzeichen einer besonderen Gabe waren.

Erst vor ungefähr sechzig Jahren haben die Hexen sich wieder zusammengefunden, zu einzelnen Coven zusammengeschlossen und angefangen, ihren Glauben öffentlich zu praktizieren. Der Ursprung des Wiederauflebens dieser friedlichen Kultur lag in England, mit berühmten Leuten wie der Ägyptologin Murray, dem Schriftsteller Robert Graves und natürlich dem Okkultisten Gerald Gardner, der in der Zeitschrift Witchcraft today in den 1950-ern den Grundstein für unsere neuzeitliche Hexenreligion legte.

In den folgenden Jahren wurden riesige Festivals abgehalten und unser Glaube blühte förmlich auf. Immer mehr Menschen erkannten ihre Gabe als das, was sie war und wussten endlich, was sie bedeutete. "

„Friedlich? Gibt es nicht auch äh, Opferrituale und so etwas?"

„Oh, mein liebes Kind, nein! Wir sind kein Satanskult. Dies sind genau die falschen Vorstellungen, die uns so viel Probleme bereiten." Sylvia beugte sich eindringlich vor. „Wir Hexen haben eine enge Bindung mit der Natur. Wir verehren die große Göttin, die alles erschaffen hat. Sie ist ein uralter Schöpfungsgeist. Sie gibt uns Kraft und Frieden. Und nicht Böses.

Wenn eine Hexe Böses tut, fällt es dreimal so schwer auf sie zurück. Wir sprechen Schutzzauber aus und keine Verwünschungen!"

Nina öffnete ihre Tasche und holte ihren Block

heraus. „Sylvia, ich habe hier ein paar Symbole. Könnten Sie mir sagen, ob diese auch für andere Zwecke benutzt werden? Für Satanskulte zum Beispiel?" Nina zog einen Zettel mit den Zeichen aus ihrer Tasche, die sie von Julias Buch abgemalt hatte.

Sylvia sah Nina einen Moment fragend an, ehe sie sich die Zeichen ansah. „Nein", sie schüttelte den Kopf. „Das hier, der Halbkreis mit dem Pfeil, das bedeutet Sonnenaufgang, dieses verschnörkelte V steht für Sommer. Hmm, dies hier steht für die große Göttin, dies hier für Frühling, Gott, Kräuter", murmelte Sylvia, während sie das Blatt überflog. Dann schüttelte sie den Kopf. „Diese ganzen Zeichen hier, das sind friedliche Symbole." Sylvia gab Nina das Blatt zurück. „Natürlich weiß ich nicht, was ein Satanskult für Symbole benutzen würde. Allerdings hab ich hier bei uns in Deutschland noch von keinem erfahren." Wieder sah sie Nina forschend an. „Ich habe das Gefühl, es geht hier um etwas Bestimmtes."

Nina biss sich unsicher auf die Lippe, ehe sie sich zur Wahrheit entschloss. „Eine Freundin von mir war Mitglied in so einem Kult. Und es ging ihr fürchterlich. Ein Ritual muss schrecklich gewesen sein und der Mann, der sei da rein gebracht hat, hat ihr nicht gut getan."

Sylvia zog die Brauen hoch. „Was meinst du mit schrecklich? Unsere Rituale sind fröhlich und heiter."

„Ich weiß nicht. Ich weiß nur, dass da etwas vorgefallen sein muss. Und ich will mir gar nicht vorstellen was. Er hat sie sonst wohl auch schlecht behandelt. Es war jedenfalls keine glückliche Beziehung."

„Das hört sich ganz und gar nicht nach einem Hexenkult an. Was soll es denn für ein Ritual gewesen sein? Hat er es durchgeführt?"

„Keine Ahnung. Sie hat in ihr Tagebuch geschrieben, sie würde nun endlich aufgenommen oder so etwas. Danach gab es keine Eintragungen mehr."

„Hmm. Erst einmal, mein Coven gehört der dianischen Tradition an. Diese verehrt ausschließlich die weibliche Göttin. Unser Coven, wie die meisten dianischen, geht sogar soweit, dass wir gar keine männlichen Mitglieder aufnehmen. Aber das ist von Coven zu Coven unterschiedlich.

Wenn deine Freundin geschrieben hat, sie gehöre bald dazu, dann war es vielleicht ein Ritual zur Inition, von dem du redest. Dieses wird von einer Hohepriesterin durchgeführt. Oder einem Hohepriester, wenn männliche Hexen zugelassen sind. In der gardnerianischen Tradition zum Beispiel, die nach der Lehre Gerald Gardners praktiziert, sind männliche Hexen und Hohepriester häufig. In dieser Tradition verehrt man auch die männliche Gottheit. Und Wicca, die diesem Glauben angehören, sind angehalten, viele Rituale nackt auszuführen, da Gardner Wert auf die rituelle Nacktheit legte. Dies ist aber umstritten und ich weiß nicht, wie viele dieser Coven diese Nacktheit auch praktizieren. Außerdem gibt es in dieser Tradition auch die Möglichkeit des rituellen Geschlechtsverkehrs.

Auch wenn dieser kaum praktiziert wird und eigentlich nicht vor Dritten geschehen soll, so hab ich schon von vereinzelten Coven, wenn auch sehr, sehr wenigen, gehört, die ihn ausüben. Auch in der Gruppe. Ich könnte mir vorstellen, dass es vielleicht dies war, was deine Freundin verstört hat. Ansonsten wüsste ich von keiner Zeremonie, die sie als schrecklich hätte empfinden können. Und wenn sie, wie du sagst, in dieser Nacht in die Gemeinschaft aufgenommen wurde, wäre der rituelle Geschlechtsverkehr wahrscheinlich eine Möglichkeit gewesen, dieses freudige Ereignis angemessen zu feiern."

„Ritueller Geschlechtsverkehr", wiederholte Nina tonlos.

„Unter anderem. Die Aufnahme in einen Coven findet normalerweise in der Gruppe statt. Dadurch wird man Mitglied eines Covens und bekennt sich zum Wicca-Glauben. Es ist ein Ritus des symbolischen Todes und der Wiedergeburt. Nun, die einzelnen Rituale sind von Coven zu Coven unterschiedlich, aber am Ende der Zeremonie wird die neue Hexe willkommen geheißen und es wird gefeiert. Und in einigen gardnerianischen Coven sind Heiden dem Vergnügen sehr zugetan, wenn du verstehst, was ich meine."

Nina schluckte. „Was passiert da genau?"

Sylvia schüttelte den Kopf. „ Das weiß ich nicht. Wie gesagt, die Rituale können sich unterscheiden. Selbst in einer Tradition können verschiedene Coven gegensätzliche Anschauungen vertreten und stark voneinander abweichende Rituale praktizieren. Und ich kenne mich besser mit dem dianischen Glauben aus als dem gardnerianischen."

„Ich verstehe das einfach nicht. Julia war katholisch. Und stand mit beiden Beinen auf der Erde, wie konnte sie … Oh, ich will damit nicht sagen, dass sie-."

„Nein, nein, schon gut. Aber du würdest dich wundern. Mein Mann ist katholisch und wir zwei können wunderbar mit unseren beiden Religionen zusammenleben. In der Tat stammen die Mitglieder unseres Kultes aus allen Gesellschaftsschichten. Darunter auch viele ehemalige Christen."

„Ich glaube nicht, dass mein Freund dieser Sache so

aufgeschlossen gegenüberstehen würde. Er arbeitet in der Computerbranche und ist ein sehr nüchterner Mensch", sagte Nina lächelnd.

Sylvia lachte. „Du würdest vielleicht überrascht sein. In der Tat ist es sogar so, dass ein ungewöhnlich hoher Anteil von uns aus eben diesem Personenkreis besteht. Aus Computerfachleuten, Programmierern, Softwarentwicklern, Systemanalytikern."

„Wie bitte?"

„Ja, das sollte man nicht denken, von solch nüchtern denkenden Menschen, was? Vielleicht, weil es einzelgängerische, kreative Denker sind? Oh, ich glaube, jetzt bin ich es, die Vorurteile hat."

Nina schüttelte verwundert den Kopf. „Das hätte ich nicht gedacht. Obwohl, Julias Freund war Lehrer! Pädagogen hätte ich jetzt auch nicht als Hexen gesehen." Nachdenklich kam Nina auf ihr eigentliches Thema zurück. „Also glauben Sie, es war ein Gardner-Kult?

„Ein Coven nach gardnerianischer Tradition",berichtigte Sylvia. „Nach Gerald Gardner. Ich glaube, der größte Unterschied zwischen der gardnerianischen und der dianischen Tradition ist der, dass man bei Ersterem die männliche und weibliche Seite der Gottheit anbetet, während man bei Letzterer die große Göttin als übergeordnete Gottheit anbetet. Allerdings, wie ich schon sagte, bin ich kein Experte für den gardnerianischen Glauben."

„Ja, aber wie ist Julia nur darauf gekommen, Hexe zu werden?"

„Wer weiß? Viele werden in diesen Kult hineingeboren und sind dazu ausersehen, die Geheimnisse an andere Generationen weiterzugeben. Andere fühlen plötzlich das Bedürfnis dazu, fühlen eine Energie, die sie dazu bringt, sich mit dem Wicca-Kult zu identifizieren. Tatsächlich kommen die meisten von selbst zu uns. Wir haben es nicht nötig, andere zu bekehren. Natürlich mag es Ausnahmen geben. Vielleicht ist sie durch ihren Freund dazu gekommen? Warum fragst du sie nicht einfach. Wenn du ihr aufgeschlossen gegenübertrittst, redet sie bestimmt gern mit dir."

„Das geht nicht. Sie ist tot."

Sylvia schwieg eine Weile. „Und du denkst, es hätte etwas mit uns Wicca zu tun?"

Verlegen hob Nina eine Schulter. „Ich ziehe es in Betracht. Sie sprach immer von Julius und seiner „Familie"."

„Die Mitglieder eines Coven bezeichnen sich aber keinesfalls als Familie, wenn es das ist, was du meinst."

„Nein? Trotzdem. Julia hatte mit dem Kult zu tun. Und sie sprach immer von einem Geheimnis. Und Mord."

Sylvia sah Nina mitfühlend an, während sie langsam den Kopf schüttelte. „Ich weiß nicht, welcher Tradition dieser Coven folgt, dem deine Freundin angehört hat und ich kenne die Rituale nicht. Aber eins haben alle Wicca gemeinsam", sagte Sylvia eindringlich. „Die Anhänger eines Kultes können tun, was sie wollen, solange sie mit ihren Kräften niemandem schaden." Sie beugte sich Nina entgegen. „Das oberste Gebot, der wichtigste Grundsatz aller Wicca lautet: Tu was du willst, aber verletze niemanden."

Nina war noch einige Zeit geblieben, ehe sie sich schließlich verabschiedet und auf den Heimweg gemacht hatte. Nun saß sie im Zug und blätterte in dem Buch, das Sylvia ihr geliehen hatte. War es der rituelle

Geschlechtsverkehr gewesen, der Julia so fertig gemacht hatte? Wenn die Hexen und Hexer so friedlich waren, wovor hatte Julia solche Angst gehabt? Nina schüttelte den Kopf. Kirstner. Das glaubte sie, dass ihm nackt um das Feuer tanzen und „die Freuden des Fleisches genießen" Spaß gemacht hatte. Nina blickte wieder in das Buch, welches aufgeschlagen auf ihrem Schoß lag. Sie musste zugeben, dass dieser Kult eine gewisse Faszination ausübte, wenn sie die Bilder von alten Ruinen und Kultstätten an der englischen Küste betrachtete. Sie tippte sich nachdenklich mit dem Finger gegen die Lippen und sah aus dem Zugfenster, während die in Dunkelheit getauchte Landschaft an ihr vorbeiflog. In dem Buch stand, die Hexenbewegung war in den Sechzigern wieder aufgelebt und hatte in den siebziger und achtziger Jahren ihren Höhepunkt erreicht. Nicht nur in England, auch im Rest Europas und in Amerika. Aber ausgegangen war sie von England. In den Achtzigern wurde auch das Grundstück von Alex' Oma gekauft. Von einer englischen Firma. Ein Stück Wald, wertlos und unauffällig. Bis auf die Tatsache, dass dort vor beinahe 400 Jahren eine Hexe verbrannt worden war. Wie Nina von Sylvia gelernt hatte, sagte man Orten, an denen Hexen verbrannt wurden, magische Kräfte zu. Das konnte natürlich alles Zufall sein, musste es aber nicht. Nina klappte das Buch zu. Trotzdem erklärte das immer noch nicht, warum Julias Freund Dirk umgebracht worden war. Was war das große Geheimnis gewesen, dass Julius ihr anvertraut hatte? Und hatte es überhaupt mit dem Hexenkult zu tun?

Als Nina schließlich zu Hause ankam, war es halb elf. Schnurstracks setzte sie sich an ihren Schreibtisch und ging ins Internet. Sie würde sich die Seite von Solution noch einmal ansehen.

Sie starrte auf die leere Homepage mit der nichtssagenden Mitteilung, dass die Seite sich im Aufbau befand. Nichts. Außer ein paar Links, die nicht funktionierten. Nina blinzelte. Einer dieser Links unten in der Ecke hatte plötzlich ihre ganze Aufmerksamkeit. Ein Unternehmen der Moore-Gruppe? Das war doch Zufall, oder? Gespannt gab sie den Namen in die Suchmaschine ein und wurde fündig. „Unternehmensgruppe Moore", las sie ungläubig den Titel der Homepage. „Unsere Firmen: Moore ltd., London; Moore GmbH, Deutschland; Solutions ;". Die letzten Worte flüsterte Nina fassungslos. Sie ließ die Maus los und zögerte. Dann sah sie sich die Seite des deutschen Unternehmens an. Geschäftsführer: Thomas Moore. „Ich glaub es nicht", flüsterte Nina.

Der Wald hatte Alex´ Oma gehört, ehe sie ihn verkauft hat. Oder verschenkt. An die Tochter und den Schwiegersohn? Aber wozu? Für Tagungen? Warum sagte Alex das nicht einfach? Denn er musste es wissen, oder? So ignorant konnte doch der Juniorchef nicht sein, dass er die eigenen einzelnen Unternehmen nicht kannte. Das alles machte keinen Sinn. Nina lehnte die Ellbogen auf die Armlehnen ihres Stuhls und ließ sich geschockt zurückfallen. Alex würde sie doch niemals anlügen, oder? Warum auch? Es sei denn, die Hexenrituale wurden dort doch nicht einfach ohne deren Wissen praktiziert. Dies wäre der einzige Grund, warum Alex das verheimlichen sollte. Aber das wollte sie nicht glauben. Niemals Alex. Das war absurd. Der ruhige, logische, vernünftige Alex.

Die Worte Sylvias fielen ihr wieder ein. Über die Anhänger des Kultes aus allen Gesellschaftsschichten und dem ungewöhnlich hohen Anteil von

Computerfachkräften. Mit einem unguten Gefühl schaltete Nina den Rechner aus und ging zu Bett. Niemals hatte Alex etwas damit zu tun. Das hätte Julia ihr doch gesagt! Ihr fielen die Warnungen Julias ein, damals unwichtig, jetzt umso bedeutender. Nina stand erneut auf und schnappte sich das Tagebuch. Sie hätte doch irgendetwas erwähnt.

Die folgenden Stunden verbrachte Nina damit, akribisch jede Zeile Julias zu lesen und nach versteckten Bedeutungen zu hinterfragen. Am Ende klappte Nina das Buch zu und war nicht schlauer als vorher. Auch wenn sie sich weigerte, zu glauben, dass Alex wirklich etwas wusste, so musste zumindest sein Vater etwas wissen. Aber sie konnte unmöglich Alex gegenüber erwähnen, dass sie seinen Vater in Verdacht hatte, irgendeinem Hexenkult anzugehören. Und das tat er. Denn dass der Eigentümer keine Ahnung hatte, wozu der Wald genutzt wurde, dass glaubte Nina nicht. Es wurden öfters „Tagungen" abgehalten, sagte Alex. Also hatte seine Oma wahrscheinlich öfters Leute gesehen, die offiziell durchs Tor fuhren. Also die Eigentümer. Wenn sie wirklich nichts von den Ritualen gewusst hätten und hätten dann die Symbole und den Altar gesehen, hätten sie sich doch gewundert. Denn Nina bezweifelte, dass die Wicca nachts mit all ihren Utensilien in Massen über den Zaun kletterten. Nein, diese „Tagungen" waren also Treffen des Kultes, die das Haus nutzten. Aber würde Maria das Auto ihres Schwiegersohnes nicht erkennen? Oder dachte sie, er würde tatsächlich Tagungen abhalten? Nina seufzte. Das alles ergab keinen Sinn. Sie nahm sich ein Blatt und schrieb alles auf, was sie bisher wusste.

-Julia hatte seit Jahren ein Verhältnis mit Julius, was ihr zu schaffen machte. Julius hat sie auch in den

Hexenkult gebracht, das geht aus dem Tagebuch hervor.

- Julius hat ihr außerdem ein Geheimnis anvertraut.

- Später fand Julia einen neuen Freund, oder zusätzlichen Geliebten, der sie dazu bringen wollte, Julius zu verlassen. Julia erzählte Dirk das Geheimnis, aber leider war sie Kirstner hörig und machte einen Rückzieher. Daraufhin versuchte Dirk wahrscheinlich, Kirstner zu erpressen, sie gehen zu lassen oder was auch immer.

- Daraufhin verschwand Dirk und Julia dachte, er wäre tot. Umgebracht von Julius? Das war der Auslöser, der Julia sich immer ungewöhnlicher verhalten ließ.

-Am 31.10. musste wieder etwas passiert sein, das Julia einen Tag später ausflippen ließ. An diesem Tag fand höchstwahrscheinlich ein Ritual statt, denn Sylvia hatte erzählt, dass an diesem Tag der große Sabbat Samhain gefeiert wurde. Außerdem sollte Julia aufgenommen werden. Vielleicht hatten sie ihre Initiation auf denselben Tag gelegt. Der Kult muss etwas mit Julias Verzweiflung zu tun gehabt haben, da sie sich unbedingt das Symbol entfernen wollte, dass sie auf der Brust hatte.

-Sie warnte mich vor Gefahr und sagte, sie könne aber nichts Näheres sagen. Logisch, wenn man bedenkt, dass sie geglaubt hat, Dirk hätte deshalb sterben müssen. Die Frage ist, ist er wirklich tot oder hat sie sich das nur zusammengereimt?

-Julius hatte Angst, dass Julia das Geheimnis ausgeplaudert hätte. Dies ging aus dem hervor, was er am See gesagt hatte. Es muss brisant genug gewesen sein, einen Mord zu riskieren, denn Julius hatte gedroht, sie beide verschwinden zu lassen. Also war es sehr wahrscheinlich, dass Dirk wirklich getötet wurde.

-Nach Julius Tod hatte Julia angerufen und gesagt, sie müsse mir alles erzählen, da auch ich in Gefahr wäre. Da war Julius aber schon tot. Also muss das Geheimnis noch andere betreffen. Aber wen? Julia hatte etwas gesagt, dass sie der „Familie" alles erklären muss. Und dass „er" draußen auf sie wartete.

Nina warf den Stift weg und überlegte. Wem musste sie alles erklären? Julius hatte keine Familie, das hatte die Polizei damals im Rahmen der Ermittlungen zu Tante Hilli gesagt, als diese Genaueres über den Zwischenfall am See wissen wollte. Tante Hilli war überzeugt gewesen, zu Recht, wie Nina fand, dass Julius Julia so fertig gemacht hatte, dass sie sich das Leben genommen hatte. Sie wollte mit Julius Familie reden, ob diese etwas über das Verhältnis ihrer Tochter gewusst hatte. Doch Kirstner hatte keine lebenden Verwandten mehr.

Also mussten „sie - die Familie", die anderen Mitglieder des Kultes sein. Und wenn Nina nachts zu ihnen gegangen war, dann war es sogar möglich, dass sie sie umgebracht hatten. Andererseits hatte Sylvia ihr gesagt, die Mitglieder eines Kultes würden sich nicht als Familie bezeichnen.

Frustriert lehnte Nina sich in ihrem Stuhl zurück.

Kurz kam ihr der Gedanke, alles der Polizei zu erzählen. Aber nein. Vielleicht, wenn sie das Handy mit der Nachricht noch hätte. Aber so? Wenn sie die Geschichte jetzt der Polizei erzählte und nur ein Tagebuch aufzuweisen hatte, wo Julia vom „dazugehören" spricht, würde man sie nur auslachen und alles als das Geschreibsel einer psychisch Kranken sehen.

Nina erhob sich und ging im Zimmer auf und ab.

Nein, sie musste erst einmal herausfinden, was das Geheimnis war. Und wer alles zu diesem Kult gehörte. Nina lächelte. Gleich morgen früh würde sie noch mal Sylvia anrufen.

Nina stapfte langsam durch den düsteren Wald. Mit mulmigem Gefühl blieb sie schließlich vor dem Zaun stehen. Sie zog ihre Handschuhe zurecht und versuchte, sich Mut zu machen. Die Handschuhe trug sie zum Schutz ihrer Hände, wenn sie über den Zaun kletterte, denn kalt war es nicht. Das Wetter war stürmisch, ungemütlich und trotzdem zu warm für Ende Dezember. Nina hatte Sylvia gefragt, wann mit Sicherheit ein weiteres Ritual abgehalten wurde. Heute, am 22. Dezember, war der Tag der Wintersonnenwende, an dem die Wicca das Julfest feierten. Ganz sicher würde Nina heute den Kult beobachten können.

Diesmal war sie nicht den Weg entlang gelaufen, denn das wäre zu auffällig gewesen, da ja bestimmt die Teilnehmer durch das Tor kommen würden. Also war sie durch den Wald gelaufen, im Dunkeln alles andere als angenehm. Die Taschenlampe hatte sie schon vor fünf Minuten ausgeschaltet und sich den Rest des Weges grob vorgetastet. Sie kletterte über den Zaun und schlich vorsichtig durch die kühle Abendluft Richtung Haus. Schon nach ein paar Metern hörte Nina die entfernten Klänge von Stimmen. Wie erstarrt blieb sie stehen und lauschte. Durch die Dunkelheit trug der Wind merkwürdige Gesänge zu ihr hinüber. Nina überlief ein Schauer und sie zwang sich, ihren Weg fortzusetzen. Einen Moment war sie desorientiert, dann fiel ihr ein, dass sie nun von einer anderen Seite kam als das letzte Mal, als sie hier gewesen war. Sie versuchte in der Dunkelheit den Umriss des Hauses zu entdecken, doch alles, was sie sah, waren die schwarzen Silhouetten der Bäume. Langsam lief sie weiter, bis der Sprechgesang lauter wurde und in der Ferne ein roter Schimmer auszumachen war. Ninas Herzschlag beschleunigte sich und gebückt schlich sie langsam und vorsichtig näher. Sie schätzte, dass sie noch gute fünfzig Meter entfernt war, aber sie wollte kein Risiko eingehen, entdeckt zu werden. Nach einer gefühlten Ewigkeit, trotz der frischen Luft im Wald nass geschwitzt, blieb sie schließlich zehn Meter vor dem Rande der Lichtung hinter einem Baum stehen. Fasziniert beobachtete sie das Schauspiel, das sich vor ihr abspielte.

In der Mitte der Lichtung loderte ein Feuer und überall brannten Kerzen. Im Boden um das Feuer waren Symbole in einem Kreis aufgemalt, die wiederum mit Kerzen bestückt waren. Nina entdeckte den Altar, der nun mit Misteln und Stechpalmenzweigen geschmückt war. Um das Feuer herum standen Gestalten in merkwürdigen Roben. Nina schauderte, als sie die mit Kapuzen vermummten Gestalten sah. Ihr stockte der Atem, als eine Person in weißem Gewand hervortrat und die Arme hob. Es war Alex´ Mutter! Sie trug einen merkwürdigen Kopfschmuck und umfasste mit beiden Händen einen großen Dolch. Neben sie trat ein Mann. Er trug ebenfalls einen Kopfschmuck, der aus Fell zu bestehen schien und ein Geweih besaß. Es gab ihm das Aussehen eines merkwürdigen Tieres. Nina schluckte und sah gebannt zu, als die Gruppe zu murmeln begann und die einzelnen Mitglieder begannen, ihre Roben abzulegen und schließlich nackt um das Feuer standen. Ninas wusste nicht, ob sie starren oder weggucken sollte. Es waren insgesamt dreizehn Personen. Sie standen so eng beieinander, dass Nina niemanden erkennen konnte. Alex´ Mutter hob den Dolch und vollzog irgendein Ritual und der Sprechgesang wurde lauter und dringlicher, ab und an übertönt durch die durchdringende Stimme des vermummten Mannes. Nina konnte nicht anders, sie war gebannt. Sie bildete sich ein, die Energie und die Kraft fühlen zu können, die von der Gruppe ausging. Halb eingelullt von dem merkwürdig mystischen Geschehen vor ihr vergaß sie, dass sie eigentlich dieses ganze Zeug verabscheute. Plötzlich verstummte die Gruppe abrupt. Aus ihrer Trance gerissen, blinzelte Nina erschrocken und beobachtete, wie die Menschen langsam etwas auseinandertraten. Einen Moment dachte sie, man hätte sie entdeckt, doch dann erkannte sie erleichtert, dass die Gruppe sich nur neu formierte. Erleichtert lehnte sie sich gegen den Baumstamm, nur um plötzlich entsetzt aufzustöhnen. Eine Welle der Übelkeit überrollte sie und instinktiv griff sie sich an den Mund. Das konnte nicht sein! Nina starrte auf den nackten Alex, der inmitten der anderen stand und mit ihnen das Ritual vollzog. Wie betäubt trat Nina einen Schritt zurück. Und dann noch einen, ohne den Blick von ihrem Freund zu lösen. Dann drehte sie sich um und eilte blind durch den dunklen Wald.

Nina wusste wenig später nicht mehr, wie sie nach Hause gekommen war. Plötzlich stand sie bebend vor dem Haus ihrer Großeltern. Mit zitternden Fingern öffnete sie die Haustür und trat ein. Der Flur war dunkel, aber durch die geschlossene Türe hörte Nina den Fernseher. Leise schlich sie in ihr Zimmer und verkroch sich unter der Bettdecke. Dort starrte sie einen Moment an die Decke, ehe sie in Tränen ausbrach.

Nach und nach wurde ihr das ganze Ausmaß von Alex´ Verrat bewusst. Er musste wissen, was mit Julia geschehen war, an Halloween. Aber nein, da war er mit ihr im Movie-Park gewesen. Als Nina an den schönen Tag damals dachte, heulte sie nur noch mehr. Gott, Alex!

Aber er musste trotzdem darüber Bescheid gewusst haben. Seine Mutter gehörte auch dazu. Der Mann an ihrer Seite. Das war sicher sein Vater gewesen. Nina holte zitternd Luft. Und er musste auch die ganze Zeit über Julia und Julius im Bilde gewesen sein. Sie gehörten alle zusammen. Oh Gott. Nina rollte sich zusammen und schluchzte all ihr Elend hinaus.

Am nächsten Tag umklammerte Nina ihre Joghurtpalette, als hinge ihr Leben daran und drehte sich zu Lisa herum. Einen Tag vor Heiligabend war im Geschäft die Hölle los. Ausgerechnet heute, wo sie am liebsten in einer dunklen Ecke gehockt und ihre Wunden geleckt hätte, traf sie sämtliche Leute, die ihr in den paar Monaten, die sie hier lebte, jemals begegnet waren. Alle grüßten gutgelaunt oder fragten nach irgendwelchen Produkten. Nina hatte schon befürchtet, ihr verzerrtes Lächeln wäre auf ihrem Gesicht festgefroren. Doch dann war ihre Fassade in sich zusammengefallen, als sie Tante Hilli erblickt hatte, die gramgebeugt durch das Geschäft geschlurft war und Nina darauf aufmerksam gemacht hatte, dass dieses Weihnachten für sie ein einsames werden würde. Danach war Nina noch niedergeschlagener gewesen, falls das überhaupt möglich war. Jetzt spürte sie, dass ihre Beherrschung nicht mehr lange Bestand haben würde. „Hallo Lisa", sagt sie nun und zwang wieder ein Lächeln auf ihr Gesicht.

„Wie geht's dir denn so?", fragte diese mitfühlend. „Ich hab dich ja gar nicht mehr zu Gesicht bekommen, seit…"

„Ja. Das stimmt. Mir geht's gut", würgte Nina heraus. „Und selbst? Was machen die anderen?"

Lisas Gesicht verdüsterte sich. „Keine Ahnung! Außer in der Mensa seh ich die anderen nicht mehr. Mica und Jan treffen sich zwar öfters, aber da die liebe Jessica immer dabei ist, hab ich im Moment keine Lust mehr, mich dazu zu gesellen."

Nina dachte an Jessica. Sie war gestern nicht dabei gewesen. Nina hatte zwar nach einem Blick auf Alex keinen anderen mehr wahrgenommen, aber eine Frau mit langen blonden Haaren wäre ihr vorher schon aufgefallen. Nun fiel ihr Blick auf Lisas schwarz gefärbtes Haar, die schwarze Kleidung und die Piercings. Misstrauisch kniff sie die Augen zusammen. War sie gestern dabei gewesen? Oder Mica? Jan? Wer wusste schon, wer alles mit drinsteckte? Nina wusste, sie war paranoid, aber mit Recht. Nie im Leben hätte sie Alex verdächtigt. Wütend bemerkte sie, dass ihr Tränen in die Augen traten und schnell wandte sie den Blick ab. Sie bemühte sich, sich zu erinnern, worüber Lisa grade gesprochen hatte. „Ja. Das kann ich mir vorstellen, dass du dazu keine Lust hast", antwortete sie schließlich. Dann sah sie Lisa wieder an. „Tut mir Leid, Lisa. Das mit Jessica."

„Pff." Sie zögerte. „Wo du mit ihrem Bruder zusammen bist…weißt du, ob Jessica und Jan zusammen sind? Ich-." Ninas verächtlicher Ausruf ließ sie erschrocken verstummen.

„Ha! Ich! Ich weiß gar nichts! Und glaub mir, sollte es was Wissenswertes geben, dann bin ich die Letzte, die es erfahren würde. Außerdem sind Alex und ich nicht mehr zusammen!"

„Ach!", erwiderte Lisa überrascht. „Das wusste ich nicht", sagte sie entschuldigend.

„Das kannst du auch nicht wissen. Ist noch relativ frisch", brachte Nina heraus und wischte sich eine Träne weg.

„Tut mir leid", murmelte Lisa.

„Wirklich?" Nina sah sie wieder misstrauisch an. „Oder gehörst du auch zum Kult und die haben dich geschickt, um mich auszuspionieren?" Im selben Moment wusste Nina, dass das Unsinn war. Schließlich hatten sie ja schon einen Spion auf sie angesetzt. Alex! „Uhm, Lisa, entschuldige mich. Ich muss...mir ist schlecht." Nina legte die Palette ab, ließ Lisa stehen und rannte ins Personalbüro, um sich krank zu melden. Keine Minute länger konnte sie hier lächelnd mit den Leuten reden, ohne ihr Elend raus zu heulen.

Zuhause schlurfte sie ohne aufzusehen an ihrer verwunderten Mutter vorbei.

„Nina, was machst du denn schon wieder hier?"

„Ich glaub ich werde krank. Ich fühl mich nicht gut."

„Ach. Soll ich dir einen Tee machen?"

Nina sah ihre Mutter nun doch an. Als sie die Besorgnis in deren Augen erkannte, traten ihr wieder Tränen in die Augen. „Mama..." Sie verstummte. Sie wollte so gerne in die Arme ihrer Mutter fallen und ihr ihr Herz ausschütten, aber sie konnte einfach nicht. Irgendetwas sträubte sich einfach, ihr zu vertrauen. Nina wandte sich ab und lachte, angewidert von sich selbst. Dem Einzigen, dem sie restlos vertraut hatte, war Alex gewesen. Und wie hatte sie sich getäuscht. Müde lief sie die Treppe hoch. Die vergangene Nacht hatte sie kein Auge zu getan sondern damit verbracht, sich jede Geste und jedes Wort, das Alex je zu ihr gesagt hatte, ins Gedächtnis zurückzurufen und nach verborgenen Motiven zu hinterfragen. Nina legte sich ins Bett und schlief sofort ein.

Kapitel 13

„Nina"

Nina blinzelte, ehe sie müde die Augen aufschlug und auf die alte Blümchentapete an der Wand starrte. Verwirrt sah sie auf ihre Armbanduhr. Halb vier. Sie hatte tatsächlich geschlafen. Sie zuckte zusammen, als sich plötzlich von hinten eine Hand auf ihre Stirne legte. Sie sah über ihre Schulter und war sofort hellwach. „Du!" Sie schlug Alex´ Hand weg und setzte sich auf. „Was machst du hier?", fragte sie anklagend.

„Ich hab mir Sorgen gemacht.", erwiderte er. „Du bist nicht ans Telefon gegangen und als ich hier angerufen hab, erfuhr ich, dass du krank bist."

„Ha, wie süß. Da bist du extra schnell von der Firma aus hierher geeilt, um zu gucken, wie es mir geht", sagte Nina spottend.

Alex zog die Augenbrauen zusammen. „Ja. Genau", bestätigte er, verwundert über ihren Tonfall. „Wie geht's dir? Besser?"

Zu Ninas Verärgerung fing sie schon wieder an zu heulen und wütend biss sie die Zähne zusammen. Als sie Besorgnis in Alex´ Blick zu sehen glaubte, brach ihr das Herz. Wie gut er schauspielern konnte. Und wie sehr sie sich wünschte, er würde es ehrlich meinen. Als er wieder die Hand nach ihr ausstreckte, zuckte sie zurück. „Fass mich nicht an", stieß sie angewidert aus. Als Alex alarmiert einen Schritt zurücktrat, die Augen groß vor Überraschung, beeilte Nina sich, aus dem Bett zu klettern. Sie ärgerte sich über ihren verwundbaren Aufzug. In T-Shirt und Unterhose fühle sie sich nicht dazu in der Lage, dieses Gespräch zu führen. „Raus hier. Ich will mich anziehen."

Alex lachte auf. „Spinnst du? Was hast du denn

bloß?" Ratlos sah er ihr ins Gesicht.

Da er keine Anstalten machte, sich zu entfernen, griff sie nach ihrer Jeans und zog sie an, wütend, seinen Blicken ausgesetzt zu sein. „Wo warst du gestern Abend?", fragte sie, als sie endlich die Hose zugeknöpft hatte.

„Im Büro. Ich hab dir doch gesagt, ich muss länger bleiben."

„Ah." Verstehend nickte Nina. „Und danach?"

„Was? Zu Hause. Nina-." Erschrocken hielt er inne, als sie ihm mit beiden Händen einen Stoß gegen die Brust gab.

„Du Schwein." Sie gab ihm noch einen Stoß. „Lügst mir so ins Gesicht." Tränen verschleierten ihren Blick, als sie ihn ansah. Wütend wischte sie sie weg. „Ich hab dich gesehen!"

Langsam schien Alex zu dämmern, worum es ging, denn sein Gesicht verlor jegliche Farbe. „Ich hab gesehen, wie ihr nackt im Wald eure Rituale veranstaltet habt." Jetzt vor Wut zitternd, ballte sie die Hände zu Fäusten. „Die ganze Zeit hast du mich zum Narren gehalten."

„Nina, nein…", stammelte Alex entsetzt.

„Nein, was?", fragte sie herausfordernd und schwer atmend. „Ich hab dich gesehen!", schrie sie dann und schnappte nach Luft. Sie hyperventilierte gleich. Sie konnte nicht richtig atmen. „Raus! Raus, du Schwein. Ich will dich nie wieder sehen! Raus!", schrie sie außer sich und boxte ihn immer wieder gegen die Brust, bis er langsam ins Treppenhaus zurückwich.

„Bitte, Nina. Lass mich erklären", bat er verzweifelt.

„Da gibt es nichts zu erklären", rief sie außer sich. „Du gehörst mit dazu. Du hast von Anfang an Bescheid gewusst. Du kanntest Julius, du wusstest von der

Affäre! Du wusstest von Julias Ritual und warum sie sich das Tattoo rausschneiden wollte." Nina schnappte wieder nach Luft, als ihre Stimme sich überschlug. „Das Geheimnis. Es hat mit euch zu tun. Du musst darüber Bescheid wissen." Nina riss die Augen auf. „Weißt du auch, was mit diesem Dirk passiert ist?" Nina lachte verzweifelt auf. „Deine Mutter war die Hohepriesterin. Wer war der Mann mit der Maske? Dein Vater? Du steckst bis zum Hals mit drin." Nina schlug sich die Hand vor den Mund. „Du weißt, wer nachts bei Julia war. Und am nächsten Tag hast du so überrascht getan." Nina lachte wieder. „Was musst du mich verachten, die ganze Zeit hast du den besorgten Freund gespielt, mich getröstet und hinter meinem Rücken gelacht." Nina griff sich in die Haare. „Mein Handy. Du hast es mir geklaut. Es war niemals weg, nicht wahr? Die Nachricht musste verschwinden, damit ich sie niemandem zeigen konnte. Aber sie zu löschen wäre zu auffällig gewesen. Oh, du meine Güte. Und der Tag am See. Da wusstest du bestimmt auch Bescheid."

„Nein!" Alex ergriff sie an den Schultern. „Bist du verrückt. Wie kannst du das denken? Nina, nein!" Verzweifelt sah Alex sie an. Sie musste zugeben, er war ein grandioser Schauspieler.

„Du. Sollst. Mich. Nicht. Anfassen!", schrie sie das letzte Wort und schlug um sich.

„Was ist denn da oben los?", fragte Oma, die von unten die Treppe herauf rief.

„Schaff das Arschloch hier raus", schrie Nina.

„Nina, nein. Bitte, lass mich erklären." Alex hielt ihre Arme fest. „Ich flehe dich an. Bitte. Danach geh ich auch. Ich versprechs. Aber bitte, hör mich an, ja?", flehte er.

„Nina?", rief Oma wieder von unten.

„Es ist schon gut, Frau Reisner", rief Alex, ohne den Blick von Nina zu nehmen.

Nina schüttelte Alex' Hände ab. „Schon gut, Oma. Wir haben uns nur gestritten", sagte sie schwer atmend, während sie Alex verächtlich ansah. Sie lauschte dem Gegrummel ihrer Oma, als diese wieder verschwand und drehte sich dann kommentarlos um, ging ans Fenster und sah hinunter in den kahlen Garten. Sie atmete tief ein und versuchte, sich zu beruhigen.

„Nina", hörte sie Alex hinter sich und versteifte sich. Wenigstens hielt er Abstand. „Ich versteh ja, dass du wütend bist…"

„Wütend!", stieß sie bissig aus. Eher am Boden zerstört, verraten und enttäuscht.

Mit hektischer Stimme fuhr er fort. „Du glaubst gar nicht, wie schlecht ich mich die ganze Zeit gefühlt hab, Nina, das alles vor dir zu verheimlichen."

„Oh, das hast du aber gut getarnt."

Sie hörte Alex frustriert seufzen. Was fiel ihm ein?

„Mein Vater legt großen Wert auf Diskretion. Es ist ja nicht so, als ob es gesellschaftsfähig wäre, einem Wicca-Kult anzugehören. Ich kann nicht einfach losgehen und jedem erzählen, was wir machen. Und als wir dann nachher zusammen waren…da war ich schon zu tief in meine Lügen verstrickt, Nina. Wie hättest du reagiert, wenn ich dir gesagt hätte, dass ich über Julia und Julius Affäre Bescheid gewusst habe? Und der Abend, an dem sie durchgedreht ist…was hätte ich sagen sollen? Nina, keine Bange, das ist ein Symbol unseres Kultes, aber der ist ganz harmlos. Deine Reaktion konnte ich mir gut vorstellen." Sie hörte ihn hilflos seufzen. „Ich hab mich immer tiefer verstrickt und als du dann auf den Wald und die Informationen über die Symbole gestoßen bist, da konnte ich erst recht nichts mehr sagen."

Er schwieg und Nina versuchte, das alles zu verstehen. „Was ist mit Julia passiert, dass sie so verstört war?", fragte sie schließlich, als klar wurde, dass Alex nichts mehr sagen würde. Als er weiterhin schwieg, drehte sich Nina schließlich doch zu ihm um.

Alex fuhr sich mit zitternder Hand durch die Haare. „Am 31. Oktober feiern wir Samhain. Eigentlich nichts, was Julia hätte verstören können. Aber.. Julius war völlig vernarrt in sie. Mein Vater war von vornherein wütend, dass er sie in unseren Kult gebracht hatte. Er hatte vom Anfang an den Verdacht, dass Julius etwas mit ihr hatte, obwohl er sie als eine Schülerin vorgestellt hatte, die orientierungslos wäre und die er für geeignet für unseren Kult hielt. Julius wollte unbedingt, dass sie in den Kult aufgenommen wird, obwohl eigentlich eine dreijährige Lehrzeit üblich ist, ehe jemand soweit ist. Julia war gerade mal ein Jahr bei uns. Aber Mutter hatte zugestimmt und auch Vater hat dann nachgegeben. Aber er bestand darauf, dass sie mindestens achtzehn wäre. Also fand am 31. zusätzlich Julias Initiation statt." Er wich ihrem Blick aus. „Rituale bestimmt jeder Coven weitgehend selbst und Vater hat schon immer seine ganz speziellen Rituale für wichtige Ereignisse gehabt. Die Zeremonie für die Initiation ist eigentlich ganz harmlos. Die Aspirantin wird unter anderem nackt, mit verbundenen Augen und mit zusammengebundenen Händen in den Kreis geführt. Damit zeigt sie, dass sie ihren Glaubensschwestern und Brüdern vertraut. Später nennt sie ihren Hexennamen, den sie von da an tragen wird. Aber zum Schluss, äh dann feiern wir das Ereignis mit einem…" Alex stockte.

„Rituellen Geschlechtsverkehr?", stieß Nina aus und

sah über ihre Schulter. Als Alex nickte, schnappte sie nach Luft. „Sie musste es vor aller Augen mit ihm treiben?"

Alex zog die Brille ab und rieb sich müde die Augen. „Nicht nur unbedingt mit Julius", sagte er erschöpft.

„Was?", stieß sie entsetzt aus.

„Versteh bitte, das ist alles freiwillig. Niemand hat sie dazu gezwungen, an dem Ritual teilzunehmen.", beeilte sich Alex, sie zu beschwichtigen.

„Und machst du auch bei solchen Sachen mit?", fragte Nina zitternd und angewidert.

„Nein. Nicht mehr", versicherte er schnell.

„Nicht mehr? Oh, dann ist es ja gut", stieß Nina aus. „Ich glaub, mir wird schlecht."

„Nina, versteh doch. Das ist alles völlig harmlos."

„Harmlos", stieß sie mit schriller Stimme aus.

„Es gehört dazu und alle sind damit einverstanden. Es ist nicht so, als hätte ich es gern gemacht!"

„Oh, ja, das kann ich mir vorstellen."

Wütend stieß Alex den Atem aus. „Es ist meine Pflicht als Nachfolger und Sohn des Hohepriesters, bei wichtigen Zeremonien dabei zu sein. Ob ich es will oder nicht. Ich hab sonst nie drüber nachgedacht. Aber als ich dann mit dir zusammen war…"

Nina riss die Augen auf. „Ich will nichts davon hören, Alex", rief sie hektisch. Alles nur das nicht! Sie wollte nicht wissen, dass sie es bei Ritualen wie die Karnickel getrieben hatten, während er mit ihr zusammen war.

„Nein, nein, es ist nicht, was du denkst. Ich hab mich geweigert, seit ich dich kennengelernt hab. Darum bin ich auch am Samhain nicht erschienen, sondern mit dir zu diesem Halloweenfestival gefahren. Ich mach das nicht mehr. Ich schwöre es."

„Darum warst du gestern auch nackt im Wald."

„Das war etwas anderes. Das war ein ganz normales Ritual ohne…du weißt schon. Es ist nicht so, als ob dieses spezielle Ritual häufig vorkommt." Verzweifelt sah er sie an. „Ich hab dich angelogen, ja, aber ich wusste einfach nicht, wie ich da wieder rauskommen sollte."

Nina wollte ihm glauben. Und vielleicht konnte sie sich mit dieser Version irgendwann einmal abfinden, wenn sie erst einmal ihren Abscheu überwunden und über den Betrug hinwegsehen konnte. Aber im Moment fühlte sie sich nicht sehr viel besser als vor Alex´ Erklärungen. Wenigstens begann sie, sich etwas zu beruhigen. Sie schlang die Arme um ihre Mitte und zwang sich, klar zu denken. „Wer war bei Julia in der Nacht ihres Todes? Du?"

„Was?", rief er entsetzt aus. „Bist du verrückt?"

„Ich bin verrückt? Ich hab genug Zeit gehabt, mir gestern alles durch den Kopf gehen zu lassen, was du zu mir gesagt hast, in Verbindung mit Julia und meinen Verdächtigungen. Warum sagst du mir nicht, wer bei ihr war, wenn du es nicht warst? Du hast mir in der Nacht Schlaftabletten gegeben. Du hättest zu ihr gehen können."

„Nein. Ich schwöre dir, das war ich nicht. Ich wollte, dass du dich ausruhst. Ich selbst war schon total fertig, nach dem, was Julius mit dir gemacht hatte. Da konnte ich mir vorstellen, wie du dich fühlst."

„Und da hattest du zufällig Schlaftabletten griffbereit?"

„Ich nehme sie öfter selber." Alex wagte einen Schritt auf sie zu, doch Nina wich zurück.

„Du wusstest, dass Julius sich an eine Minderjährige rangemacht hatte und du hast stillschweigend zugeguckt und sogar mitgemacht?" Nina würgte.

„Ich hab dir gesagt, dass er sie erst vor einem Jahr das erste Mal mitgebracht hat, da war sie siebzehn. Er sagte, sie wäre eine Schülerin, die orientierungslos wäre. Wir hatten unseren Verdacht, aber genau gewusst haben wir es nicht. Sie hat an ein paar Festen teilgenommen, aber als neues Mitglied durfte sie nicht an allen Zeremonien teilnehmen. Und Minderjährige lässt Vater nicht an dieser Art von Riten teilnehmen. Diese Nacht vor beinahe zwei Monaten war das erste Mal, dass sie dieses Ritual mitgemacht hatte. Darum war sie wahrscheinlich auch so verstört." Wieder trat Alex einen Schritt auf sie zu. „Ich bin froh, dass alles rausgekommen ist, Nina. Ich hab diese Heimlichtuerei gehasst."

„Was ist mit dem Handy? Du hast es geklaut, oder? Damit die Nachricht verschwindet."

„Nein.. Ja", gab er schließlich zu.

„Damit keiner von eurem Kult erfährt. Aber Julia sprach auch von seiner Familie. Sylvia hat mir erzählt, ihr bezeichnet euch untereinander nicht als Familie. Und Julius hatte keine. Wen soll sie also sonst gemeint haben? Weißt du es? Und was war das Geheimnis? Wegen dem Dirk sterben musste und wegen dem Julius mich umbringen wollte?"

Alex schwieg.

„Du musst es wissen, Alex. Das Geheimnis. Was weißt du über das alles?"

„Nina. Ich liebe dich. Das musst du mir glauben." Alex ergriff sie und zog sie in seine Umarmung. Nina versteifte sich. „Das Geheimnis ist nichts. Ich kann nicht darüber reden." Er vergrub sein Gesicht an ihrem Hals. „Nina, bitte. Es hat nichts mit uns zu tun!"

„Alex, antworte mir! Was war mit Julias Freund?", wiederholte sie. „Und wer war in der Nacht, als sie starb, bei ihr?"

„Es hat nichts mit uns zu tun", sagte er wieder und drückte sie enger an sich. „Ich schwöre es. Und ich würde dir sofort alles sagen, wenn ich könnte. Aber ich kann nicht", beschwor er sie gequält.

Nina löste sich aus seiner Umarmung. „Kannst du nicht oder willst du nicht?"

„Ich kann nicht."

Nina sah ihn traurig an. „Ich möchte so gern, dass wieder alles wie vorher ist, Alex. Ich war so glücklich." Nina spürte, wie ihr Tränen die Wangen hinunterliefen. „Ich hab mir die ganze Zeit gewünscht, du hättest irgendeine wundersame Erklärung für alles." Nina wischte sich die Tränen weg. „Und die hattest du ja auch. Vielleicht könnte ich dir das alles ja mit der Zeit verzeihen. Und dir vielleicht auch wieder vertrauen. Aber..." Sie schniefte. „Du weißt etwas über Julia und wahrscheinlich über ein Verbrechen. Solange du noch Geheimnisse vor mir hast, will ich dich nicht mehr sehen."

„Nina, bitte. Ich flehe dich an. Versteh doch. Ich kann nicht!", rief Alex verzweifelt. „Es ist nicht meine Entscheidung. Verstehst du?"

„Ja, ich verstehe, Alex." Nina sah ihn noch einen Moment an, ehe sie sich wieder abwandte. „Solltest du je zu dem Entschluss kommen, dass die Möglichkeit, unsere Beziehung zu retten, es wert ist, mir alles zu erzählen, weißt du ja, wo du mich findest."

„Nina."

Nina schwieg, schloss die Augen und öffnete sie erst wieder, als Alex′ Schritte auf den Treppenstufen verklungen waren.

„Ja?", murrte Alex tonlos in sein Telefon.

„Alex, guten Morgen."

„Die meisten Menschen wünschen sich am ersten Weihnachtstag frohe Weihnachten!"

„Was soll denn das? Bist du betrunken? Warst du gestern Abend auch weg, wie deine Schwester?"

„Was? Nein." Er hatte sich die letzten zwei Abende zu Hause betrunken.

„Das hab ich mir gedacht. Ansonsten würde ich mich jetzt auch nicht aufregen müssen."

„Hmm?", fragte Alex desinteressiert. Er hatte seine Familie und ihre verdammten Probleme satt. Kein Schwein interessierte sich dafür, dass sein Leben ein großer Haufen Mist war. Nina hasste ihn und er sah keine Möglichkeit, das jemals wieder zu ändern.

„Hörst du mir überhaupt zu, Alexander?"

„Nein, tu ich nicht. Was willst du, Mutter?", fragte er ungeduldig. „Ich komm doch gleich sowieso vorbei, verdammt."

„Deine Schwester war gestern Abend mit ihren Freunden unterwegs. Sie kam heute Nacht sturzbetrunken nach Hause und hat sich unmöglich benommen. Und immer hat sie von diesem Jan gefaselt. Und heute Morgen wollte sie schon wieder weg, sich mit ihm treffen. Wo gleich unser Familienessen stattfindet. Ich hab es natürlich untersagt und jetzt schmollt sie in ihrem Zimmer und verdirbt mir die schöne Stimmung. Dieser Junge ist kein guter Einfluss, Alex. Ich hab gestern Abend schon zu dir gesagt, du sollst ihnen nachgehen und dich drum kümmern und sie zur Vernunft bringen. Sie oder diesen Jungen!"

Alex fuhr sich langsam mit der Hand über das Gesicht. „Gott, wie hab ich das alles satt. Warum kommt ihr damit immer zu mir?", fragte er erschöpft. Aber es war ja sowieso alles egal. Er würde sich nie frei machen können von diesem Fluch und er würde nie das Leben führen, dass er wollte.

„Hättest du gestern getan, was ich gesagt habe-.“

„Ich hab mich gestern drum gekümmert!“, unterbrach er zornbebend seine Mutter. „Und das war das letzte Mal. Also lass mich in Ruhe!“ Damit unterbrach er kurzerhand das Gespräch.

„Alex, du bist allein!“, stellte seine Mutter ein paar Stunden später verwundert und immer noch ein wenig beleidigt, fest, als er in das Wohnzimmer seines Elternhauses trat. „Ich hatte dich doch gebeten, deine Freundin mitzubringen.“

Alex vergrub wütend seine Hände in den Hosentaschen. „Wozu? Damit wir ihr vorspielen, wir feierten Weihnachten?“, fragte er mit ätzender Stimme. „Und wozu hast du eigentlich die verdammte Weihnachtsdekoration, wenn wir einen Dreck auf das Weihnachtsfest geben?“

„Alex! Wie redest du mit deiner Mutter?“, fuhr sein Vater mit harter Stimme dazwischen.

„Schon gut, Thomas.“ Seine Mutter hob die Hand. „Du weißt, dass Oma Wert legt auf eine weihnachtliche Atmosphäre. Außerdem ist Weihnachten auch ein Fest für die Familie. Um aneinander zu denken. Warum sollen wir es nicht nutzen, auch wenn es nicht unser Glauben ist.“

„Ja, warum?“, stieß Alex verbittert aus.

„Außerdem sieht es hübsch aus und die Nachbarn haben auch alle dekoriert. Das macht einen guten Eindruck“, erklärte seine Mutter. „Und es wäre wirklich nett gewesen, endlich einmal deine Freundin kennenzulernen.“

„Ich glaube eher, Alex' schlechte Laune rührt

woanders her", warf seine Schwester stichelnd ein.

„Was meinst du damit, Liebes?"

„Damit meine ich, dass es Ärger im Paradies gibt, Mama."

„Wirklich? Wie kommst du darauf?" Trixie sah von ihrer Tochter zu ihrem Sohn.

„Hat man mir gestern erzählt", antwortete Jessica und funkelte ihren Bruder an. „Bevor du mich angerufen und nach Hause geschickt hast wie ein Kleinkind", sagte sie wütend zu ihm. „Nur weil du jetzt wieder Single bist, musst du mir nicht auch mein Liebesleben kaputtmachen."

„So hast du dich also darum gekümmert", warf seine Mutter erbost ein. „Du hast sie angerufen?"

„Sie ist nach Hause gekommen, oder?", antwortete Alex.

„Du und deine Freundin habt euch also getrennt", kam sein Vater wieder auf das Thema zurück, was ihn am meisten interessierte.

Alex sah sich um und stellte voller Unbehagen fest, dass er nun die ungeteilte Aufmerksamkeit seiner ganzen Familie hatte. Er hatte es endgültig satt. Jahrelang musste er wegen seines Familiensinns und aus Pflichtbewusstsein gegen sein schlechtes Gewissen ankämpfen. Er hatte die Augen verschlossen vor allem Unrecht und sogar mitgeholfen, ein Verbrechen zu vertuschen. Und was hatte es gebracht? Es hatte nur zu noch mehr Verbrechen, Unrecht und Schmerz geführt. Und als er dachte, er würde nur noch funktionieren, hatte er Nina getroffen. Das erste Gute seit Jahren, was nicht von irgendetwas Dunklem überschattet wurde. Und auch das hatte er nun verloren. Und warum? Wegen der verdammten Geheimnisse seiner Familie.

Und als ob das nicht reichen würde, ihn endgültig in

die Verzweiflung zu treiben, hatte Alex nun ein noch größeres Problem. Sein Vater war sowieso nicht glücklich mit seiner Beziehung zu Nina, da sie keine Hexe war. Außerdem sah er keine Zukunft für sie beide, da er der Meinung war, dass Nina nicht bereit wäre, ihren Glauben zu wechseln, und da Alex sich ihretwegen weigerte, an bestimmten Ritualen teilzunehmen. Und jetzt hatten sie erfahren, dass sie beide Streit hatten. Wenn sie jemals herausbekommen würden, um was es bei ihrem Streit gegangen war und wie viel Nina schon wusste, dann würde seine Familie in ihr eine Gefahr sehen. Zu Recht, denn Alex bezweifelte, dass Nina die ganze Sache auf sich beruhen lassen würde, sollte sie erst mal ein paar Tage zur Ruhe gekommen sein. Sie würde mit der Schnüffelei weitermachen, bis sie alles wusste. Diese Bedrohung würde sein Vater nicht tatenlos hinnehmen. Darum durften sie jetzt auf keinen Fall erfahren, dass Nina ihnen auf die Schliche gekommen war. „Das ist Unsinn", sagte er daher auch jetzt. „Nina feiert heute mit ihrer Familie. Da kommt wohl die ganze Verwandtschaft."

Diese Antwort schien seine Mutter zu befriedigen, doch Jessica ließ nicht locker. „Bist du sicher? Jan hat da nämlich beim Mittagessen was anderes gehört."

„Ach ja? Dann hast du eben was Falsches gehört", stieß er durch zusammengebissene Zähne aus.

„Das glaube ich nicht.", mischte sein Vater sich ein. „Ich halte Jessicas Quelle für kompetent. Und dich für einen liebeskranken Trottel, der die Gefahr nicht sieht."

„Gefahr für wen?", fragte Alex herausfordernd. Die Wut, die seit Wochen in ihm brodelte und die Verzweiflung, die er immer fühlte und die in den letzten Monaten unerträglich geworden war, stieg in ihm auf und schnürte ihm den Hals zu. „Ihr lebt alle fröhlich in den Tag hinein und ignoriert jegliches Empfinden für Recht und Unrecht. Und wer sich euch in den Weg stellt, wird beseitigt! Und von mir verlangt ihr, dass ich aus Familiensinn mitmache. Nun, mir hat es damals nicht gefallen und mir gefällt es jetzt noch viel weniger. Ihr wisst, dass es nicht aufhören wird, oder?" Er sah seinem Vater in die Augen. „Wie viele Menschen sollen wir noch zum Schweigen bringen?"

„Alexander!", herrschte sein Vater ihn an. „Beherrsch dich. Ich verstehe ja, dass du aufgebracht bist. Ganz offensichtlich hast du Streit mit deiner Freundin." Er hob die Hand, um Alex vom Sprechen abzuhalten. „Leugne es nicht. Was uns alle hier beschäftigt, ist der Grund für diesen Streit. So wie Jessica mir vorhin erzählt hat, weiß Nina von unserem Kult. Darum stehst du jetzt wohl auch verständlicherweise neben dir und erzählst dummes Zeug! So, Alex, und jetzt reiß dich zusammen und beantworte meine Frage: Was weiß sie noch?"

„Sie weiß gar nichts. Und bei unserem Streit ging es nicht um den Kult."

„Jetzt lügst du sogar deinem Vater ins Gesicht?"

„Ich lüge nicht", versicherte Alex mit pochendem Herzen. Wieso wussten sie, dass es um den Kult ging. Das konnten sie nicht wissen!

„Es reicht, Alexander. Endlich konnten wir wieder beruhigt schlafen, nachdem dieses Mädchen von der Bildfläche verschwunden war, dessen Wissen wie ein Damoklesschwert über uns schwebte. Und nun kommt das nächste Weib, das ein Familienmitglied angeschleppt hat und bedroht unser aller Existenz."

„Sie bedroht gar nichts."

„Natürlich tut sie das", gab Thomas scharf zurück.

„Und diesmal warte ich nicht, bis alles kurz vorm Zusammenbruch steht. Das Problem wird behoben, und zwar jetzt, bevor es außer Kontrolle gerät."

„Du lässt Nina in Ruhe, ich warne dich", stieß Alex drohend aus und trat an seinen Vater heran, bis ihre Gesichter nur noch Zentimeter voneinander entfernt waren. „Sollte ihr auch nur ein Haar gekrümmt werden, dann bin ich es, der zur Polizei geht", fuhr er mit zornbebender Stimme fort.

„Sieh dich an", flüsterte sein Vater entsetzt. „So weit ist es gekommen, dass du dich gegen deine Familie wendest."

„Alex, bist du verrückt?", fragte seine Schwester und zog ihn am Ärmel. Alex Kopf ruckte zur Seite. „Ich bin verrückt? Ich? Wegen wem haben wir den diesen ganzen Dreck seit etlichen Jahren? Wegen mir?"

„Alex", rief seine Mutter ungehalten.

„Und irgendwelche außenstehenden Personen sind auch nicht die Bedrohung. Ihr meint, Nina wäre ein Problem? Und nach Nina? Glaubt ihr wirklich, danach wäre alles in Ordnung?" Er wandte sich an seinen Vater. „Ich hab dir vor Wochen gesagt, wir haben ein neues Problem! Hast du dich mal darum gekümmert? Oder wartest du wieder, bis es zu spät ist?" Als sein Vater schwieg, lachte Alex verächtlich. „Und du erzählst mir was von Verantwortung." Er stieß einen angewiderten Laut aus. „Ich hab es satt. Ich hab euch satt und diese ewige Geheimnistuerei." Er drehte auf dem Absatz um und wandte sich zum Gehen.

„Alex! Bitte!" Seine Mutter trat um ihn herum und versperrte ihm den Weg. „Geh nicht. Komm. Wie werden schon eine Lösung finden." Sie rang die Hände. „Dich von deiner Familie abzuwenden ist nicht der richtige Weg."

Sie sah ihn verständnisvoll und besorgt an und Alex'
abweisende Haltung bröckelte. Seine Mutter war wie
ein kleines Kind. Sie sah einfach kein Unrecht in dem,
was ihre Familie tat. Hatte sie alle um sich, dann war
sie glücklich. „Mama, ich hatte nicht vor, mich
abzuwenden. Ich…ich weiß auch nicht, was ich
wollte."

„Komm." Sie fasste ihn am Arm. „Jetzt setz dich zu
uns. Nachdem du mein leckeres Essen genossen hast,
sieht alles schon ganz anders aus. Und dann erzählst du
uns alles und wir überlegen, wie es weitergehen soll.
Was hältst du davon?"

Alex würde den Teufel tun und ihnen erzählen, was
Nina wusste, aber alles andere hörte sich vernünftiger
an, als kopflos aus dem Haus zu stürmen. Außerdem
wüsste er so, was sie vorhatten. Mit einem Nicken
folgte er seiner Mutter an den Essenstisch.

Nina lief am Haus von Alex' Oma vorbei und fragte
sich, inwieweit die alte Frau in die Machenschaften
eingeweiht war. Dabei hatte sie Maria Maurer so nett
gefunden. Und sie hatte geglaubt, dass die alte Frau sie
ebenfalls mochte. Abwesend blieb Nina vor dem Tor
stehen. Aber vielleicht mochte sie sie ja wirklich. Und
vielleicht waren Alex' Gefühle auch echt gewesen. War
sie naiv und dumm, dass sie so viel Hoffnung in diese
Nachricht legte, die sie vorhin erhalten hatte? Er hatte
ihr geschrieben, er wolle sich hier mit ihr treffen und
über alles reden. Ob er ihr nun alles erzählen wollte?
Aufgeregt und hoffnungsvoll sah Nina sich um. Wo
war er denn? Sein Auto hatte sie auch nicht gesehen.
Sie sah auf das eiserne Tor, und überrascht erkannte
sie, dass es einen Spalt offenstand. War er in den Wald
gefahren? Nina öffnete das schwere Tor ein Stück

weiter und zum ersten Mal marschierte sie die Auffahrt entlang. Dabei hielt sie Ausschau nach Alex, konnte ihn aber nirgendwo entdecken. Sie ging zu der Stelle, wo das Ritual stattgefunden hatte und mit einem flauen Gefühl dachte sie an den Abend vor drei Tagen, als sie Alex entdeckt hatte. Nina sah noch einmal auf die Überreste der Julfeier und wandte sich zum Haus. Vielleicht wartete er drinnen auf sie. Er konnte ja nicht wissen, ob sie wirklich kommen würde. Versuchsweise drückte sie die Klinke runter und trat ein, als die Türe nachgab. Sie blieb in der alten Diele stehen und sah sich um. „Alex?", rief sie und lauschte. Nichts. Neugierig lief sie in das Zimmer, das sie damals durch das Fenster gesehen hatte. Außer dem großen Tisch und den Stühlen, einer Kommode und Kerzen war er leer. „Alex?" Nina ging wieder in die Diele und sah sich ratlos um. Wo konnte er sein? Ob er noch gar nicht hier war? Aber dann stünde ja nicht alles offen. Sie ging zur Tür am Ende des Flures. „Hmp", grunzte sie enttäuscht. Ein Klo. Sie drehte sich um, und ihr Blick fiel auf die Kellertüre unter der Treppe. Nina zog die Türe ganz auf und tastete nach dem Lichtschalter. Neugierig lief sie die Treppe hinunter, nachdem sie das Licht angemacht hatte.

„Wow", stieß sie schwach aus, als sie den kleinen Raum betrat. Überall standen merkwürdige Dinge herum. Ein großer Kessel, ein Stab, Nina gluckste, als sie tatsächlich einen Besen entdeckte. Das Lachen verging ihr, als ihr Blick auf die merkwürdige Tierfellmaske fiel, mit Geweih und Verzierungen. An einem Haken hing ein Wolfsfell. Es sah echt aus. Aber der Kopf war viel zu groß, mit grotesker langer Schnauze. Nina verzog den Mund und trat an den Tisch, auf dem weitere merkwürdige Utensilien lagen.

Eine Trommel, etwas das aussah wie ein Hirschfuß. Und der Kelch, den Alex' Mutter unter den schwarzen Dolch gehalten hatte. Nina sah sich suchend auf dem Tisch um. Der Dolch fehlte. Sie ließ den Blick über die anderen Dinge auf dem Tisch schweifen und über die Kutten an der Wand. Es gab sogar ein großes Schwert. Nina drehte sich noch einmal um sich selbst, ehe sie den Keller wieder verließ. In der Diele blieb sie wieder stehen. Wo war Alex? Warum war er nicht hier, sondern veranstaltete diese Spielchen? „Alex! Was soll das?", fragt sie, langsam wütend werdend. Dann kam ihr ein Gedanke. Vielleicht brachte er es nicht über sich, ihr das Geheimnis zu erzählen. Vielleicht wollte er, dass sie von selber darauf kam. Dann war es vielleicht weniger ein Verrat für ihn. „Also schön", murmelte sie genervt. Sie lief zurück zur Haustür. Dann warf sie einen Blick die Treppe hinauf. „Alex", rief sie ungehalten. „Das ist alles so krank! Komm jetzt oder ich geh wieder!" Unentschlossen griff sie nach dem Geländer, nur um ihre Hand sofort wieder zurückzuziehen. Auf dem Geländer war etwas Rotes verschmiert. Langsam sah Nina es sich näher an und schauderte. Es sah aus wie Blut. Ein Schauer lief ihr über den Rücken und langsam lief sie die Treppe rauf. An der Wand sah sie blutige Handabdrücke und am Geländer weiter oben befanden sich weitere Blutspuren. Nina schluckte. Langsam und vorsichtig ging sie noch ein paar Schritte weiter, bis sie am oberen Absatz angekommen war. Mit klopfendem Herzen stand sie in der kleinen Diele, von der zwei Zimmer abgingen. Vorsichtig lugte sie in das erste. Es war leer. Mit einer fürchterlichen Vorahnung betrat sie das andere Zimmer. Im Halbdunkel erkannte sie eine Couch, einen Schrank und einen Tisch. Eilig schritt

Nina die Treppe wieder hinunter. Schwer atmend sah sie sich genauer um. Unten am Fuß der Treppe befand sich eine weitere Blutspur. Sie zog sich ein Stück über den Boden. Langsam lugte Nina in das letzte Zimmer im Erdgeschoss. Eine Wohnküche. Die schwarzen Rollos tauchten den Raum in Dunkelheit. Zögernd ging Nina vor dem größeren Blutfleck in die Hocke und widerwillig berührte sie ihn mit der Fingerspitze. Schnell stand sie auf. Er war feucht. Das war kein alter Fleck. Nina öffnete die Haustür mit dem klebrigen Türgriff und angeekelt entdeckte sie weitere Blutspuren an der Klinke und dem Türrahmen. Ängstlich trat sie vor das Haus. Wer immer hier verletzt worden war, hatte sich hinausgeschleppt. Wo war derjenige jetzt? War es etwa Alex? Nina blieb stehen, unschlüssig, was sie nun unternehmen sollte.

Kapitel 14

Er atmete schwer. Einen Moment wusste er weder, wo er sich befand, noch was mit ihm passiert war. Er zwang sich, die Augen zu öffnen. Alles was er sah, waren verschwommene Umrisse. Er meinte, jemanden rufen zu hören, aber sicher war er nicht. Er nahm den Geruch feuchter Erde und verrottender Blätter wahr. Sein Kopf drohte zu platzen und sein Rücken stand in Flammen. Stöhnend griff er sich vorsichtig an den Kopf, ehe er mit einem zischenden Laut die Hand zurückriss. Verzweifelt versuchte er, einen klaren Gedanken zu fassen. Dann fiel ihm alles wieder ein. Man hatte versucht, ihn umzubringen. Er war geflohen und die Treppe runtergestürzt. Sein Angreifer musste ihn für tot gehalten haben. Er stöhnte und drehte den Kopf ein wenig mehr zur Seite. Wieder versuchte er, etwas zu erkennen. Langsam klärte sich seine verschwommene Sicht ein wenig. Er lag auf dem Bauch mitten im Wald. Natürlich. Er war aus seiner Bewusstlosigkeit erwacht und hatte versucht, zu flüchten. Er schnaufte. Weit war er nicht gekommen. Plötzlich vernahm er das Rascheln der Blätter. Jemand kam. Verzweifelt versuchte er, sich aufzurichten. Sofort schien eine Axt seinen Schädel zu spalten und ein glühender Schürhaken seinen Rücken zu malträtieren. Mit einem Aufschrei sackte er wieder zusammen. Mutlos schluchzte er. Er konnte sich nicht bewegen. Wieder verschwamm seine Sicht, als das Rascheln lauter wurde und undeutlich erkannte er, dass jemand vor ihm zum Stehen gekommen war.

„Nein, nein, nein! Was machst du nur für Sachen?", verhöhnte ihn eine Stimme. „Was machst du denn hier? Jetzt hast du meinen schönen Plan durcheinander gebracht, weil ich dich suchen musste!" Der Mann ging vor ihm in die Hocke. „Hm, du siehst gar nicht gut aus. Ich glaub, ich kann dich ruhig noch was hier liegen lassen, bis ich Zeit hab, mich dir zu widmen." Er stand wieder auf. „Geh nicht weg, mein Freund", sagte der Mann höhnisch. „Bin gleich wieder da."

Hilflos sah er zu, wie die Gestalt sich wieder entfernte, ehe es wieder schwarz um ihn wurde.

Nina hatte grade ein paar Schritte hinter sich gebracht, als sie ihren Namen hörte. Sie zögerte. War das Alex? Brauchte er Hilfe? Oder war das eine Falle? Nina sah unentschlossen in die Richtung, aus der sie das Rufen gehört hatte. Kam es von der Lichtung? Zögernd lief sie ein paar Schritte auf sie zu, ehe sie wieder stehen blieb. Was sollte sie machen? Unentschlossen sah sie wieder hinter sich, zu der Stelle, wo sie die Auffahrt verlassen hatte. Alles war still. Langsam setzte sie ihren Weg fort. Es wurde langsam dunkel und Nina war hin und her gerissen. „Alex?", rief sie leise, sah sich wieder um und schrie erschrocken auf. In der einsetzenden Dämmerung trat eine Gestalt von der Auffahrt her auf sie zu. Eine große Gestalt mit einem riesigen Wolfskopf. Nina sah einen Augenblick erstarrt zu, wie der Mann stetig weiter auf sie zukam, ehe sie sich auf dem Absatz umdrehte und losrannte. Sie erreichte die Lichtung, wo die Zeremonien abgehalten wurden und drehte sich um. Der Mann kam angerannt. Panisch sah Nina sich ratlos um, ehe sie kopflos weiterrannte. Hinter sich hörte sie ihn, während seine langen Schritte das Laub aufwirbelten und er immer näher kam. Nina erkannte den Hügel, unter dem sich das Erdloch befand. Nina rannte panisch weiter und erreichte den Keller, dessen Türe weit offen stand.

Sie drehte sich um, sah ihren Verfolger wenige Meter entfernt und sah wieder auf die dunkle Kammer vor sich. Ein widerlicher Gestank schlug ihr entgegen und im Dunkel meinte sie, jemanden an der gegenüberliegenden Wand gelehnt sitzen zu sehen. „Alex?" Kurzentschlossen rannte Nina zum Keller, bückte sich durch die niedrige Öffnung und zog die Tür hinter sich zu. Sie tastete nach einem Riegel, aber fand keinen. „Kein Riegel", heulte sie auf, ehe sie plötzlich verstummte, als sie das Kratzen des äußeren Riegels und das Klackern des Schlosses hörte. Oh Gott, sie war so dumm. Ohne Aussicht auf Erfolg tastete sie nach einem Lichtschalter und fand auch keinen. „Alex?", rief sie fragend ins Dunkel und rümpfte die Nase wegen des abartigen Geruchs. „Alex?" Sie tastete sich vor zu der Stelle, wo sie ihn gesehen hatte und schließlich berührte ihre Hand seinen Pullover. „Alex, bist du ver-iiiih" Erschrocken fuhr Nina zurück. Wo hatte sie reingefasst? Das war nicht Alex` Gesicht. Nina fuhr zurück bis zur Tür. Was, wenn das gar keine Person war? Wer weiß, was hier im Keller gelagert wurde? Nina hustete, und atmete durch den Mund, als der Geruch unerträglich wurde. Ihr kam ein schrecklicher Gedanke. Was, wenn das da draußen Alex gewesen war? Er hatte sie eingesperrt. „Alex. Lass mich raus. Spinnst du?", rief sie gegen die Türe. Panik stieg in ihr auf. „Alex! Lass mich raus!" Das konnte doch nicht wirklich passieren. „Alex." Verzweifelt schlug sie mit der flachen Hand gegen die kalte Metalltür. Wie dumm von ihr, hier hinein zu flüchten, ohne zweiten Ausgang! Aber sie war so panisch gewesen und hatte gedacht, der verletzte Alex säße hier. Nina schlug noch einmal gegen die Tür.

„Du wolltest doch wissen, was deine Cousine dir für

ein Geheimnis erzählen wollte", hörte sie die gedämpften Worte und konzentrierte sich, etwas zu verstehen. „Jetzt hast du deinen Willen. Leider wirst du es keinem mehr erzählen können."

Was? Was meinte er? Nina lauschte noch ein paar Minuten verzweifelt nach weiteren Erklärungen, aber als sie nur noch Stille empfing, wusste sie, dass sie allein war. Langsam beschleunigte sich Ninas Atmung wieder, als ihr aufging, was er gesagt hatte. Sie könne es keinem mehr erzählen. Er wollte sie hier eingesperrt lassen. In diesem Raum, unter der Erde, mitten im Wald. Keiner wusste, wo sie war. Kam hier überhaupt Luft durch? Nina kannte bisher keine Platzangst, aber so musste sie sich anfühlen. Wollte er sie verhungern lassen? Ersticken? Nina würgte wegen des unerträglichen Gestanks und zwang sich, ruhiger zu atmen. Warum? Sie kannte das Geheimnis immer noch nicht, ging es ihr hysterisch lachend durch den Kopf. Doch dann verstummte sie, als ihr die Gestalt einfiel, die sie für Alex gehalten hatte. Noch einmal würde sie nicht drauflos gehen und in irgendetwas Ekliges fassen. Langsam drehte sie sich wieder zum Raum um und versuchte, den Umriss auszumachen. Ohne Erfolg. Man konnte die Hand nicht vor Augen sehen. Sie dachte an das Feuerzeug, das Zuhause auf der Zigarettenschachtel lag. Aber ihr Handy hatte Licht! Ihr Handy!! Nina riss das Telefon aus ihrer Hosentasche und wählte, ehe sie entdeckte, dass es hier kein Netz gab. Enttäuscht ließ sie das Telefon sinken. Natürlich hatte sie hier im Keller kein Netz. Ansonsten hätte Alex ihr bestimmt nicht das Telefon gelassen. Entmutigt hielt sie das erleuchtete Handy in den Raum. Links in der Ecke sah Nina irgendwelche kleinen Gegenstände auf dem Boden verstreut liegen. Sie kniff die Augen zusammen und trat etwas näher heran. Das sah aus wie ein schwarzer Stock. Stöcke? Sie griff nach einem. „Ihh", schrie sie wieder, als ihr bewusst wurde, was sie da in der Hand hielt und ließ es fallen. Sie bückte sich weiter hinunter und hielt das Telefon hektisch an die verschiedenen Gegenstände. Knochen. Verkohlte Knochen. Als der Lichtkegel auf das grinsende Gesicht eines Totenschädels fiel, ließ sie das Telefon fallen und stolperte bis zur Türe zurück. Ein Skelett. Ein Toter. Da lag ein Toter, oh lieber Himmel. Nina griff mit ausgetrecktem Arm nach ihrem Handy und zog sich dann wieder zur Tür zurück. Sie klammerte sich an ihr Handy und vergrub es an ihrer Brust. Ganz im Dunkeln wollte sie nicht sitzen, aber die Knochen wollte sie auch nicht sehen. Das gedämpfte Licht ließ die Wände gnädigerweise im Dunkeln. Nina zwang sich zu einem beruhigenden, tiefen Atemzug, den sie sofort bereute. „Gott, was für ein Gestank", keuchte sie und atmete wieder durch den Mund. Was stank hier nur so? Doch dann wanderte ihr Blick wieder zu der Stelle, wo sie die Knochen gesehen hatte. Das Skelett hatte auf der Erde gelegen. Ihre Nackenhaare stellten sich langsam auf und Nina wimmerte. Was war das für ein Umriss, der an der Wand lehnte? Nina lauschte. Das Einzige, was sie wahrnahm, waren ihre Atemzüge. Hin- und hergerissen zwischen dem Drang zu wissen, was da ein paar Meter weiter an der Wand lehnte und der Panik, was es sein könnte, wusste sie nicht, was sie tun sollte. Schließlich siegte der Gedanke, dass sie die Ungewissheit nicht ertragen konnte und schwer atmend ging sie wieder einen Schritt weiter in den Raum. Sie streckte die Hand mit dem Telefon aus und leuchtete in die Richtung, wo sie den Schädel entdeckt hatte. Als sie den Umriss erahnte, ging sie einen winzigen Schritt näher. Ja, so konnte man ihn erkennen. Alles halb so wild, beruhigte sie sich. Wenn man sich daran gewöhnt hatte, dann konnte man es ertragen. Es waren nur Knochen. Sie konnten ihr nichts anhaben. Langsam, zentimeterweise, ließ sie den ausgestreckten Arm nach rechts wandern. Sie stockte kurz, als sie einen weiteren Schädel entdeckte und hielt dann abrupt inne, als etwas Großes im Lichtschein sichtbar wurde. Ja. Da saß etwas! Ninas Arm begann zu zittern. Was hatte sie vorhin angefasst? Ihr Atem wurde noch schneller. Im Kopf wurde ihr seltsam schummrig und einen Moment dachte sie, sie würde ohnmächtig werden. Sie zwang sich, ihren Arm auf das Etwas zu richten. Langsam gab das schwache Licht den Pullover eines Menschen preis. Ninas Arm ruckte hoch und eine fürchterliche, verweste Fratze mit leeren Augenhöhlen schien ihr ins Gesicht zu springen. Nina schrie. Sie schrie, bis sie keine Luft mehr hatte. Dann kauerte sie sich an die Türe und kniff schluchzend die Augen zu. Das war noch schlimmer. Die Dunkelheit und die Gewissheit, dass nicht einmal zwei Meter entfernt eine Leiche saß. Nina atmete zu schnell, ihr wurde beinahe schwarz vor Augen. Sie hoffte wirklich, die Besinnung zu verlieren, aber so viel Glück hatte sie nicht. Sie saß in einem Grab fest. In einem Massengrab. Sie lachte hysterisch auf, ehe sich ihr Lachen wieder in Weinen verwandelte. Wie lange war sie schon hier? Sie sah auf ihr Telefon und erkannte ungläubig, dass gerade mal zehn Minuten vergangen waren. Es war sechs Uhr. Ihrer Mutter hatte sie zugerufen, sie würde sich mit Alex treffen. Man würde sie vor morgen Mittag bestimmt nicht vermissen, wenn sie dachten, sie hätten sich versöhnt und Nina würde bei ihm übernachten. Wäre sie bis dahin erstickt? Oder, wenn hier Luft durchkam, verdurstet? Nein, so schnell verdurstete man nicht. Aber hier kam niemand hin, der ihr helfen könnte. Niemand. Sie würde hier verdursten oder ersticken. Er hatte sie lebendig begraben. Tagelang würde sie auf ihren Tod warten, nur mit Überresten von Menschen und einer Leiche als Gesellschaft. Nina griff sich in an den Kopf und krallte ihre Finger in ihre Haare. Sie würde verrückt werden, sie drehte jetzt schon durch.

Plötzlich hörte sie den Riegel und schnell sprang sie auf. Die Türe wurde geöffnet, doch draußen war es stockdunkel geworden. Etwas Großes wurde in den Keller geworfen und die Tür wortlos wieder zugeknallt. Nina krabbelte auf das Etwas zu, als sie plötzlich schwere Atemgeräusche vernahm. Sie schaltete ihr Handy an, und beleuchtete das verfärbte, geschwollene Gesicht des Mannes, der sie aus glasigen, halb geöffneten Augen ansah. Nina bettete seinen Kopf in ihren Schoß und schluchzte verzweifelt auf.

Alex rauschte an seiner Schwester vorbei, die ihm die Türe geöffnet hatte. „Wo ist Vater?"

„Im Arbeitszimmer." Neugierig folgte sie ihm.

Es stieß die Türe auf und baute sich vor seinem Vater auf, der über ein Dokument gebeugt saß und bei Alex Erscheinen aufsah. „Alex", sagte er und legte das Dokument zur Seite.

„Wo ist sie?", schnaubte dieser.

„Bitte?"

Alex stützte sich auf dem Schreibtisch ab und beugte sich zu seinem Vater herunter. „Wo ist Nina", schrie er. „Was habt ihr mit ihr gemacht?"

„Schrei hier nicht so rum. Was fällt dir ein?", erwiderte sein Vater ungehalten.

„Ich war gerade bei ihr zu Hause. Ihre Oma hat mich

ganz verwundert angeguckt. Nina ist gestern Nachmittag weggegangen, angeblich, um sich mit mir zu treffen."

„Und? Was hab ich damit zu tun?"

„Tu nicht so blöd", stieß Alex mit vor Wut zitternder Stimme aus. „Wenn ihr etwas passiert ist, dann…."

„Was dann?", fragte sein Vater herausfordernd.

„Dann geh ich zur Polizei und erzähl alles!"

Sein Vater verzog das Gesicht, als hätte er etwas Schlechtes gerochen. „Das glaub ich dir sogar."

„Ich frag dich zum letzten Mal, wo ist Nina?"

„Ich weiß es nicht! Du warst doch gestern bis spät abends mit uns allen zusammen! Deiner Familie, die du verraten willst!"

Einen Moment hielt Alex ratlos inne. Dann stieß er sich entschlossen vom Schreibtisch ab. „Nicht alle! Einer ist früher gegangen!" Alex verließ eilig das Haus seiner Eltern. Er holte sein Handy aus der Tasche und wählte. „Du sagst mir jetzt sofort, was du mit Nina gemacht hast, oder ich fahr jetzt auf direktem Wege zur Polizei. Und glaub ja nicht, dass ich bluffe!", sagte er mit tödlicher Ruhe, sobald jemand in der Leitung war. Er lauschte einen Moment, ehe er wieder kehrt machte und zurück ins Haus marschierte.

„Was willst du denn jetzt?", fragte sein Vater.

„Den Schlüssel für den Keller im Wald. Sofort. Ich weiß, dass wir zwei haben!"

„Was willst du mit dem Schlüssel?"

Alex nahm das Telefon seines Vaters, zog es zu sich hinüber und wählte die Nummer der Polizei. „Nina ist gefangen. Entweder ich bekomm jetzt den Schlüssel, oder ich schick die Polizei hin, damit die sie befreien. Ich seh schon die Schlagzeilen - ja, hallo, ich-."

Sein Vater unterbrach die Verbindung und nach

einem wutentbrannten Blick auf seinen Sohn ging er zum Safe und holte den Schlüssel.

Zwanzig Minuten später öffnete Alex mit zitternden Fingern das Schloss und zog den Riegel zurück. Er hustete bei dem ekelhaften Geruch, der ihm entgegenschlug und versuchte, etwas in der Dunkelheit zu erkennen. Lieber Gott, lass sie noch leben. „Nina?", rief er und betrat den Keller.

Plötzlich wurde er mit Wucht zur Seite gestoßen und Nina versuchte, sich an ihm vorbei zu drängen.

„Nina." Er ergriff sie und erleichtert schloss er sie in seine Arme „Gott sei Dank. Ich hatte solche Angst, er hätte dich umgebracht." Er bemerkte, dass sie sich sträubte und langsam ließ er von ihr ab, ohne sie vollends loszulassen.

Nina konnte nicht klar denken. Sie wusste nicht, wie lange sie in dem Loch gewesen war. Aber es waren die längsten Stunden ihres Lebens gewesen. Jan war von seinem Dämmerzustand in Bewusstlosigkeit gefallen und irgendwann um vier Uhr heute Morgen hatte ihr Akku den Geist aufgegeben. Seitdem hatte sie weder Uhrzeit noch Licht gehabt. Sie nahm tiefe Atemzüge frischer Luft und versuchte, einen Sinn darin zu finden, dass Alex sie wieder rausgelassen hatte. Nach und nach wurde ihr bewusst, was er gesagt hatte. Umgebracht? Er hatte Angst? „Du warst es doch. Du hast mich eingesperrt und versucht, Jan umzubringen. Wenn er nicht doch noch stirbt."

„Jan?" Alex schüttelte den Kopf. „Nein. Nein. Es tut mir so leid, Nina", sagte er hektisch. „Ich hab erst vorhin erfahren, dass du seit gestern angeblich bei mir warst. Sonst hätte ich dich schon früher befreit. Oh, Gott, du musst verrückt geworden sein, da drin mit den

Toten."

Nina erstarrte, ehe sie sich losriss. „Du weißt davon? Du weißt, dass da Tote drin sind? Und du gibst es zu?" Was würde er jetzt machen? „Spielst du mit mir? Warum hast du mich da raus geholt? Soll ich dir glauben, dass du mich jetzt gehen lässt, wo ich davon weiß?" Sie deutete auf den Keller.

Alex schwieg einen Moment. „Na-Natürlich lass ich dich gehen", stammelte er, ehe er sich langsam an den Kopf fasste. „Jetzt wird mir erst klar, was das bedeutet. Ich war so besorgt, ich hab gar nicht nachgedacht…Es ist alles vorbei", sagte er ungläubig und sah Nina hilflos an.

Zitternd und immer noch im Zweifel, was sie glauben sollte, trat sie einen vorsichtigen Schritt zur Seite. Allerdings machte Alex im Moment nicht den Eindruck, als stelle er eine Bedrohung dar. „Alex, wenn du es nicht warst, der uns da eingesperrt hat, wer dann?", wollte sie wissen.

„Na, ich", ertönte eine Stimme zu ihrer Rechten. Nina trat erschrocken einen Schritt zurück und Alex sah alarmiert auf.

Die Gestalt, die auf sie zutrat, trug Jeans, einen Pullover und einen übergroßen Wolfskopf. Ihr Verfolger von gestern! In der Hand hielt er einen Speer.

„Zieh das aus", verlange Alex erbost. „Das zu tragen steht dir nicht zu."

Nina sah irritiert zu Alex hinüber. Das stand ihm nicht zu? War das jetzt wichtig?

„Oh, da wird Alex böse", sagte der Mann und lachte. „Du bist dabei, alles und alle zu verraten, aber du regst dich darüber auf, dass ich die Kopfbedeckung trage?"

„Du weißt, dass nur der Hohepriester die Maske tragen darf!", sagte Alex empört.

Nina blinzelte.

„Zu schade. Ich fand's passend, wenn ich zu diesem besonderen Ritual hier etwas Feierliches trage."

„Zieh es aus, Mica", sagte Alex.

Mica nahm den Wolfskopf ab und legte ihn auf den Boden.

„Welches Ritual schwebt dir denn vor?", fragte Alex.

„Ah, Alex. Als wenn du dir das nicht denken kannst. Ein relativ Neues."

„Was meint er, Alex?"

„Was schon? Meinst du, er lässt dich laufen?", fragte Alex und trat auf Mica zu.

Mica zielte mit dem Speer auf Alex. „Bleib stehen!"

„Ich guck bestimmt nicht zu, wie du sie umbringst, Mica."

„Was schlägst du sonst vor, du Genie? Sollen wir sie laufen lassen und zusehen, wie sie uns alle in den Knast bringt?" Mica lachte angewidert.

Alex fuhr sich durch die Haare und sah zu Nina hinüber. Diese trat noch einen Schritt zurück. „Alex…"

„Ich weiß nicht, was wir jetzt machen sollen", gab er schließlich zu. „Aber Nina passiert nichts."

„Verdammt Alex! Denk an deine Familie! Es ist deine Pflicht." Er zeigte in Richtung Keller. „Du weißt, dass wir einen weiteren Toten haben? Stell dir meine Überraschung vor, als ich gestern hier ankam, nachdem ich Nina mit deinem Handy hergelockt hatte und Blutspuren im Haus entdeckt habe.

Ich hatte gedacht, du solltest Heiligabend aufpassen! Mit einem Telefonanruf jemanden nach Hause zu schicken, das nennst du aufpassen? Statt persönlich dafür zu sorgen, dass nicht noch etwas passiert, sitzt du zu Hause und weinst deiner Freundin nach. Was bist du für ein Versager. Ich verstehe nicht, warum dein Vater immer noch so überzeugt ist, du wärst würdig, sein Nachfolger zu werden. Du bist schwach! Ich bin es, der deine Aufgaben erledigt!"

„Leute umzubringen war nie meine Aufgabe!", rief Alex.

„War es nicht? Wie hätten wir denn sonst Dirk davon abhalten sollen, zur Polizei zu gehen, nachdem Julia, das Miststück, ihm von den Toten erzählt hatte? Ihn aus dem Weg zu schaffen, war die einzige Möglichkeit!"

„Was ist mit Julia passiert?", fragte Nina plötzlich atemlos.

Mica lachte. „Was wohl? Sie war vollkommen außer Kontrolle. Niemals hätte die noch viel länger den Mund gehalten. Verdammt. Monatelang musste ich aufpassen wie ein Schießhund, ob sie auch ja nichts ausplaudert, und trotzdem hat sie mit ihrer Mitleidstour Aufmerksamkeit auf sich gezogen. Zumindest deine."

„Hast du sie umgebracht?"

„Hmm" Mica wiegte den Kopf abwägend hin und her. „Sagen wir einmal so, es hat nicht viel Überzeugungsarbeit gebraucht, um sie dazu zu bringen, ihrem Leben ein Ende zu setzen."

Nina schlug sich die Hand vor den Mund, ehe sie sie langsam wieder sinken ließ. „Du hast es gewusst!", sagte sie anklagend zu Alex. „Ich hab deine Miene noch in Erinnerung, am Morgen von Julias Tod."

„Nein! Ich wusste nicht, dass er Julia in den Selbstmord treiben wollte. Vater sagte, er würde Mica schicken, um mit ihr zu reden. Er sollte sie bearbeiten, dass sie den Mund hielt. Von Julias Tod und dass Mica nachgeholfen hatte, habe ich erst erfahren, als Vater mich am Morgen angerufen und mir davon berichtet hat. Dass Mica Dirk getötet hatte, habe ich damals auch erst in Nachhinein erfahren. Das musst du mir glauben!"

„Aber du hast es gewusst! Und hast geschwiegen!",
rief Nina fassungslos.

Alex nickte nur.

„Oh Gott", flüsterte Nina.

„So, genug geschwatzt. Entscheide dich, Alex. Nina
oder deine Familie?" Alex atmete schwer und schloss
einen Moment die Augen. „Ich hab keine andere Wahl,
Mica." Er sah zu Nina. „Mein Handy liegt im Wagen.
Guck, ob du Empfang hast und ruf die Polizei."

„Du willst sie laufen lassen? Was bist du für ein
erbärmlicher Verräter. Du willst deine Familie opfern?
Wofür? Für die?" Er zeigte auf Nina. „Du glaubst doch
wohl, dass sie die Erste ist, die gegen dich aussagt.
Denn du steckst bis zum Hals mit drin, Alex. Das ist dir
ja wohl klar!"

Alex schluckte. „Ich weiß. Aber es ist schon viel zu
weit gegangen. Wir hätten damals vor Jahren das
Richtige tun müssen. Es wird nie aufhören, siehst du das
nicht? Es hat doch schon wieder angefangen!" Alex
schüttelte den Kopf. „Ich will nicht noch mehr Leben
auf dem Gewissen haben, nur, weil ich den Mund
gehalten habe."

„Ich hab damals schon zu Vater gesagt, dass ich
Onkel Thomas nicht verstehen kann. Warum er mich
nicht als den würdigeren Nachfolger sieht. Aber jetzt
lässt du mir ja keine andere Wahl, Alex." Mica fasste
den Speer fester. „Wenn du von der Bildfläche
verschwunden bist, dann nehme ich endlich meinen
rechtmäßigen Platz ein."

„Du spinnst ja. Dir fehlt die nötige
Blutsverwandtschaft", sagte Alex.

„Aber ich spüre, dass ich ebenfalls diese Kraft in mir
habe."

„Julius war nur ein Anhänger des Kultes, weil er sich bei seinen Gespielinnen damit interessant machen konnte und er Mutter nicht verärgern wollte. Er hat die wahre Bedeutung nie gesehen!", sagte Alex.

„Glaubst du, das weiß ich nicht? Aber ich kenne die Bedeutung! Und ich spüre die Kraft. Und dein Vater wird auch noch erkennen, dass ich der bessere Nachfolger bin. Tante Trixie wird ihn schon überreden." Damit stach Mica mit dem Speer nach Alex. Dieser trat zurück und stolperte, fing sich aber wieder.

„Vater wird dich nie akzeptieren. Du warst ein praktisches Werkzeug, mehr nicht!" sagte Alex mit Nachdruck. „Nina, lauf!", befahl er dann, ohne Mica aus den Augen zu lassen. Nina sah von den beiden Männern zur Auffahrt. „Nein. Ich lass dich nicht alleine hier."

Mica stach zu und Alex trat wieder einen Schritt zurück. Wütend zielte Mica auf Alex` Bein und erwischte ihn über dem Knie. Die Speerspitze bohrte sich tief in seinen Oberschenkel. Alex schrie auf und fiel zu Boden.

„Alex!" Nina schrie und rannte los. Mica zog den Speer heraus und setzte Alex die Spitze an die Kehle. „Keinen Schritt weiter!", befahl er. „Einen Schritt, egal ob zum Auto oder zu Alex und ich steche zu!"

Nina blieb ratlos stehen. „Bitte…"

„Tante Trixie wird untröstlich sein. Dass ausgerechnet seine eigene Freundin ihren geliebten Sohn umbringt, wo er ihr nur helfen wollte. Ts, Ts. Ich habe dich erwischt, aber leider eine Sekunde zu spät. Immerhin hab ich Alex´ Tod gerächt. Thomas wird das zu schätzen wissen."

„Das glaubt dir kein Mensch", sagte Nina, um Zeit zu

schinden.

„Warum nicht? Was für einen Grund sollten sie haben, an mir zu zweifeln?" Mica lachte und hob den Speer ein bisschen an. „Leb wohl, Cousin."

Nina rannte verzweifelt auf ihn zu, Mica holte mit dem Speer aus und stach nach Nina. Als er sie verfehlte, schlug er ihr den Speer mit Wucht an den Kopf. Nina fiel zu Boden und Alex schrie wütend auf. Er versuchte, sich zu erheben, doch Mica trat zu ihm und bohrte ihm den Absatz in die Beinwunde. Alex fasste instinktiv an sein Bein und Mica holte zum Stoß aus.

Alex versuchte auszuweichen, aber er wusste, dass er mit seinem Bein keine Chance hatte. Mica grinste mit eisigem Blick auf ihn hinunter, ehe er plötzlich erstarrte und sich Erstaunen auf seinem Gesicht ausbreitete. Er fiel auf die Knie und sackte auf Alex nieder. Blut troff aus seinem Mund und lief auf Alex` Hals. Alex schob Mica von sich herunter und erblickte Jessica, die fassungslos auf Mica starrte.   „Nina", rief er dann, setzte sich mühsam auf und versuchte, zu ihr zu kriechen.

Nina fasste sich an den schmerzenden Kopf und erhob sich. Entsetzt sah sie zu Alex und Mica hinüber. Alex.. . Erleichtert erkannte sie, dass er lebte und Mica am Boden lag. Ihr Blick fiel auf Jessica, die sich mit Tränen in den Augen zu Alex auf den Boden kauerte.

„Ich musste es tun, Alex", schluchzte seine Schwester. „Er wollte dich umbringen. Ich wollte das nicht. Oh, Mica", schluchzte sie und sah verzweifelt von Mica zu ihrem Bruder. „Ich hab gehört, wie du mit Papa geredet hast und dann, sobald du gegangen warst, hab ich ihn mit Mica telefonieren hören. Ich musste einfach herkommen." Jessica fiel Alex um den Hals.

Nina rappelte sich auf und trat erleichtert auf die beiden zu. Alex sah über Jessicas Schulter hinweg zu ihr und sagte etwas. Nina runzelte die Stirn. „Was?" Wieder sagte er etwas. Warum sprach er nicht lauter. Er schüttelte den Kopf und formte wieder ein Wort mit den Lippen. Nina hockte sich neben den beiden auf den Boden und obwohl sie nicht mehr wusste, was sie von Alex halten sollte, streichelte sie ihm liebevoll über das Gesicht. „Was?"

„Lauf", flüsterte er.

Nina blinzelte.

Jessica beendete die Umarmung und drehte sich zu Nina um.

„Lauf!", schrie Alex. „Lauf weg!"

„Du bist alles schuld. Nur wegen dir!", schrie Jessica auf und mit irrem Blick ging sie auf Nina los.

Erschrocken verlor Nina das Gleichgewicht und fiel aus ihrer Hocke nach hinten. Jessica holte mit ihrem rechten Arm aus und ließ die Hand mit dem blutigen schwarzen Dolch auf Nina hinuntersausen. Alex schlug den Arm zur Seite, ehe die Waffe Nina erreichen konnte und umklammerte seine Schwester mit eisernem Griff. „Lauf, verdammt", schrie er, als Jessica sich wand und schließlich ihre Finger in Alex Wunde bohrte. Er schrie auf, ließ aber nicht los. Nina rappelte sich auf, und rannte ein paar Schritte, ehe sie zu den beiden zurück sah. Würde Jessica auch auf ihren Bruder losgehen? Nina suchte eine Waffe. Wo war der Speer? Oder ein Stock? Alex schien ihre Gedanken zu lesen. „Nina, geh! Sie tut mir nichts", rief er erschöpft. Er hatte Jessica überwältigt und hielt sie unter sich gefangen. „Geh und ruf die Polizei.", rief er todmüde.

Nina rannte zu Alex` Wagen, öffnete die Tür und

lehnte sich einen kurzen Moment erschöpft gegen das Auto. Das war das Ende. Für den Kult. Für die Familie Moore. Und für Alex! Abgrundtief traurig warf sie noch einen Blick auf ihn. Dann setzte sie sich weinend in das Auto und griff nach seinem Telefon.

Epilog

Nina winkte ihrer Arbeitskollegin, lief zum Fahrradständer und bückte sich, um das alte Fahrrad ihrer Oma aufzuschließen. Den Führerschein hatte sie mittlerweile, aber noch kein Auto.

„Hallo, Nina."

Beim Klang der zittrigen Stimme stockte Nina einen Moment der Atem, ehe sie sich langsam umdrehte. „Hallo, Frau Maurer", gab Nina leise zurück. Mitleidig betrachtete sie die alte Frau, die seit dem furchtbaren Tag vor drei Monaten sehr nachgelassen hatte. Ihre alten, wässrigen Augen, die sonst liebevoll und mutwillig gefunkelt hatten, waren nun leblos und trüb. Sie hatte abgenommen und stützte sich schwer auf ihren Rollator. Nina sah sich verwundert um. „Frau Maurer, sind Sie alleine?" Nina hätte sich im selben Augenblick am liebsten auf die Zunge gebissen. Natürlich war sie alleine. Nina hatte sich schön öfter gefragt, wer sich nun um die alte Frau kümmerte, wo keiner mehr da war, der sich um sie sorgte. Doch dann hatte sie schnell diesen Gedanken verdrängt, wie sie es mit allen machte, die sie im Entferntesten an Alex und seine Familie erinnerten. Als die alte Frau jetzt vor ihr stand, schämte Nina sich. Maria Maurer mochte etwas gewusst haben, doch sie war alt, hatte alle verloren, die ihr lieb waren und verbrachte ihre letzten Tage einsam und verlassen.

„Ja", antwortete Maria nun. „Ein bisschen Bewegung tut mir gut."

Nina sah entsetzt auf den Rollator, in dessen Korb sich zwei Brote, Milch, Marmelade und Tee befanden. „Sie sind doch wohl nicht zu Fuß hierhergekommen, oder?" Das waren bestimmt über drei Kilometer!

„Och, das geht schon. Ich hab ja den ganzen Tag Zeit. Wenn ich mich ausruhen muss, dann setz ich mich auf mein Wägelchen und mach eine Pause." Sie deutete auf die gepolsterte Fläche oben an ihrem Wagen.

Nina spürte einen Kloß in der Kehle. „Frau Maurer", sagte sie hilflos. „Wenn ich Ihnen irgendwie helfen kann…"

„Ach, es ist gut, Nina." Sie lächelte, eine schwache Imitation ihres früheren Lachens.

„Nein, es tut mir leid. Ich hab öfter an Sie gedacht, und ich hätte…Wenn Sie etwas brauchen, dann bringe ich es Ihnen gerne vorbei", bot Nina unbeholfen an.

Maria sah sie einen Moment ruhig an, ehe sie Ninas Hand in ihre nahm. „Ich hatte gehofft, dich heute hier zu treffen. Wenn du mir einen Gefallen tun möchtest, dann komm mich besuchen. Ich möchte mit dir reden."

„Ich…ja, das mach ich."

„Bestimmt?"

Nina zögerte, ehe sie nickte. „Bestimmt."

Alex' Oma nickte zufrieden und schlurfte mit ihrem Wägelchen langsam über den Parkplatz.

Am nächsten Tag ging Nina langsam den Weg entlang, den sie das letzte Mal so verzweifelt entlanggelaufen war. Sie erblickte das Häuschen und blieb stehen. Erinnerungen stürmten auf sie ein und traurig dachte Nina an Alex. Sie fragte sich, was nun aus allen werden würde. Aus Alex. Seiner Familie, Frau Maurer, der Firma. Alle, mit Ausnahme der Oma, waren verhaftet worden. Nachdem Nina ihre Aussage bei der Polizei gemacht hatte, wollte sie alles vergessen. Sie hatte keine Zeitungen gelesen und keine Nachrichten geguckt. Doch man sollte nicht unterschätzen, was Leute sich alles an der Kasse erzählen, während sie warteten. Es gab so viele Vermutungen, Beschuldigungen und Varianten der ganzen schrecklichen Geschichte, dass einem der Kopf schwirrte. Und doch war alles nur Geschwätz und Spekulation. Die wahren Hintergründe und das ganze traurige Elend dieser Geschichte kannte niemand. Nicht einmal Nina. Sie dachte wieder an Alex und wütend schüttelte sie den Kopf. Warum konnte sie ihn nicht vergessen?

Sie wollte keine Erklärungen, weil sie Angst hatte, sie würde ihm dann verzeihen wollen. Und an manchen Tagen wollte sie keine, weil sie Angst hatte, es gäbe nichts zu erklären und sie müsste ihn endgültig verurteilen.

Die Verhandlung würde bald stattfinden. Und spätestens dann würde man zumindest alle Fakten wissen. Wenn auch nicht die traurigen Geschichten, die dahinter steckten.

Über was wollte Frau Maurer mit ihr reden? Nina ballte die Hände zu Fäusten, machte sich Mut und ging mit schnellen Schritten durch das offene, kleine Tor, das Alex immer so sorgfältig geschlossen hatte. Die alte Frau musste sie gesehen haben, denn sie öffnete die Tür, ehe Nina sie erreicht hatte. Nina trat mit gemischten Gefühlen ein, sah die Tassen auf dem Tisch und dachte an das letzte Mal, als sie hier gewesen war. Zitternd holte sie Luft und trat an den Tisch.

„Setz dich", sagte Maria und holte die Kaffeekanne.

Nina setzte sich und wartete, dass Alex' Oma sich zu ihr gesellte. „Wie geht es Ihnen, Frau Maurer?"

Die alte Frau ließ sich auf den Stuhl sinken und seufzte. „Mir geht's gut, Kind. Und dir?"

„Mir? Mir geht's auch gut."

„Wirklich?"

Nina zuckte mit den Schultern und sah auf die alte Wachstischdecke vor sich.

„Ich hätte eigentlich nicht ins Dorf gemusst, gestern", sprach Maria nach einer Weile in die Stille. Als sie nichts weiter sagte, sah Nina auf. „Gestern Morgen bin ich aufgestanden und musste an dich denken. Und dann sagte ich mir, heute musst du einkaufen gehen. Merkwürdig, nicht?"

Nina fragte sich, worauf sie hinauswollte.

„Ich denke mir, es musste so sein, dass ich dich gestern an dem Fahrradständer entdeckt habe. Ich sollte dich treffen. Weißt du, du magst jetzt sagen, das war Zufall, so wie die meisten es täten, aber ich sage, es war mehr." Die alte Frau schüttelte den Kopf. „Damit hat alles angefangen, weißt du? Alles, was hier passiert ist. Mit mir und meinen dummen Ahnungen." Sie trank vorsichtig einen Schluck Kaffee, ehe sie fortfuhr.

„Damals, als Kind, da hatte ich diese Ahnungen. Einmal, es war ein Morgen wie jeder andere, ich spielte in den Feldern vor unserem Wald, da dachte ich plötzlich wie aus heiterem Himmel, oh, jetzt müsste Oma Josefa um die Ecke kommen. Ich sah auf und erwartete wirklich, sie zu sehen. Doch ich sah nur leere Felder. Oma Josefa war die Mutter meines Vaters und wohnte weit weg. Sie besuchte uns jahrelang nicht, und ich dachte so gut wie nie an sie. Aber an dem Tag, da war mir dieser Gedanke in den Kopf geschossen. Und kaum eine Stunde später, da kam sie tatsächlich. Sie kam völlig überraschend, denn zu Hause bei ihr war etwas passiert." Maria schüttelte den Kopf. „Diese Vorahnungen, ich hatte sie nicht sehr oft. Sogar sehr, sehr selten, aber es geschah. Auch meiner Mutter war das ein paar Mal passiert. Doch wir dachten uns nichts dabei und es geschah so selten, dass man es beinah vergaß." Maria legte die Hände auf den Tisch und betrachtete sie eingehend. „Hätten wir es doch nur wirklich vergessen und nie wieder erwähnt." Sie atmete schwer aus.

„Als meine Beatrix, Alex' Mutter, klein war, war sie ein zurückhaltendes, schüchternes Kind. Lieb und nett, aber scheu. Am liebsten spielte sie alleine in unserem Wald. Die Märchen von Rotkäppchen und Hänsel und Gretel faszinierten sie und meine Mutter, sie wohnte damals dort in dem Haus", Maria zeigte in Richtung des Waldes, „ hat ihr liebend gerne Geschichten erzählt. Auch von der Hexe, die hier im Wald verbrannt worden ist. Beatrix war fasziniert. Andere Kinder spielten mit ihren Puppen, doch Beatrix spielte die Märchen nach. Irgendwann erzählte Mama ihr davon, dass sie und ich auch fast so etwas wie Hexen seien. Dass wir das zweite Gesicht hätten, wegen unserer Ahnungen. Sie hat es natürlich nicht ernst gemeint, sie wollte das Kind nur faszinieren, da sie so für Märchen schwärmte." Maria holte schwer Luft. „Da Nina, da hat alles angefangen."

Nina griff abwesend nach ihrer Tasse und wartete gespannt, was mit Alex` Mutter geschehen war.

„Je älter Beatrix wurde, je mehr versteifte sie sich darauf, dass auch sie diese übersinnlichen Begabungen hätte. Erst hab ich gelacht. Doch als sie älter wurde, da begann ich mir Sorgen zu machen." Maria trank noch einen Schluck. „Beatrix begann eine Lehre als Sekretärin in der Stadt. Dort deckte sie sich regelmäßig mit Büchern aus der Bibliothek ein. Bücher über Mythen, über Hexen…" Maria umklammerte ihre Tasse. „Eines Tages kam sie aufgeregt zu mir. „Mama" sagte sie, „ich hab es dir immer gesagt. Wir sind Hexen. Es ist erblich, diese Gabe. Und dann wurde hier bei uns damals auch noch eine Hexe verbrannt. Weißt du, dass diese Plätze magische Kräfte haben? Und du, du bist sogar auf so einem magischen Platz geboren. Unsere Familie hat immer hier gelebt, wahrscheinlich sind wir Nachfahren eben dieser Hexe." Sie war völlig aus dem Häuschen. „Und wir sind nicht die Einzigen, Mama. Es gibt viele von uns. Überall auf der Welt. Und sie treffen sich zu großen, wundervollen Festen."" Maria sah Nina an. „Beatrix schmiss die Lehrstelle, nahm ihr gespartes Geld und machte sich auf nach England, wo zu dieser Zeit eines dieser Festivals stattfand. Ich hab monatelang nichts von ihr gehört. Bis sie schließlich eines Tages wieder vor der Tür stand. Einfach so. Mit einem Ehemann. Thomas. Ich war zuerst begeistert. Thomas war ein Geschäftsmann. Er und sein Bruder Jeremy besaßen eine Firma und hatten zusätzlich jede Menge Geld von zu Hause aus. Ich war so froh. Beatrix hatte einen guten Fang gemacht, sie hatte Geld und vor allen Dingen einen Mann, der mit beiden Beinen auf der Erde stand." Maria lachte über ihre eigene Dummheit. „Wie hatte ich mich getäuscht, denn auch Thomas gehörte dieser neuen Bewegung an. Doch er war noch viel fanatischer als Beatrix.

Seiner Meinung nach hatte er eine wahre Hexe geheiratet, und sie wohnte an einem magischen Ort. Also hatte Thomas beschlossen, dass sie künftig hier in Deutschland leben würden und er hier eine Niederlassung ihrer Firma eröffnen würde. Ich weiß nicht, was der Mann an sich hatte, vielleicht brauchte es auch nicht viel, um Beatrix zu beeindrucken. Auf jeden Fall war Thomas der unfehlbare, mächtige, allwissende Ehemann und Hexenmeister oder was weiß ich, wie das heißt. Sie hielten im Wald diese Feste ab." Maria winkte ab. „Ich fand es lächerlich. Aber sie waren glücklich, also, was soll`s, hab ich mir damals gedacht.

Mit der Zeit kamen einige wenige Frauen und Männer dazu, aber ansonsten nahm alles seinen Lauf. Auch als Alex und Jessica Jahre später auf die Welt kamen, lief alles so weiter. Wenn Beatrix und Thomas ihre Treffen abhielten, was so zwei, drei Mal im Monat vorkam, blieben die beiden Kinder bei mir. Und dann, eines Nachts", Maria schenkte sich und Nina noch etwas Kaffee ein, „war wieder eines ihrer Treffen. Alex muss so dreizehn, vierzehn gewesen sein, und Jessica acht, neun… Ich bin früh ins Bett gegangen, ich fühlte mich nicht wohl, das weiß ich noch. Die Kinder schliefen auf ihren Matratzen. Zumindest hab ich das gedacht. Doch Alex und Jessica hatten in dieser Nacht andere Pläne. Sobald ich eingeschlafen war, schlichen sie sich hinaus, um endlich zu sehen, was ihre Eltern da immer nachts im Wald machten. Natürlich wussten sie vom Kult. Sie wurden ja von klein auf damit aufgezogen. Aber sie durften noch nicht an den Festen teilnehmen, die in der Nacht stattfanden. Neugierig schlichen sie also zur Lichtung und sahen zu.

Ich selbst hatte keine Ahnung von den Praktiken des Kults, und als ich später davon erfuhr, war ich entsetzt." Marias Stimme zitterte. „Thomas war der Auffassung, dass die fleischlichen Gelüste ruhig hemmungslos ausgelebt werden sollten und das dieses nicht auf die Ehepartner untereinander beschränkt sein musste. So hab ich meine Beatrix nicht erzogen, aber was der unfehlbare Thomas wollte, das war Gesetz.

Alex und Jessica waren geschockt, wie du dir sicher vorstellen kannst. Dieser merkwürdige Sprechgesang, das Feuer, die merkwürdige Maske, die Thomas trug. Alex sagte später, er war wie gelähmt gewesen, beim Anblick seiner Mutter, die da lag und …" Maria schluchzte, „und so etwas mit sich machen ließ von einem unbekannten Mann. Alex hatte nicht bemerkt, dass Jessica plötzlich nicht mehr an seiner Seite war. Sie war durch die Menge gerannt, stürzte auf das Paar zu und stach dem Mann, der ihre Mutter auf die Erde drückte, mit dem Zeremoniedolch in den Rücken."

Nina keuchte.

Maria nickte traurig. „Außer Julius war nur noch eine weitere fremde Person anwesend. Eine Frau. Sie wurde später von Thomas gut bezahlt, um den Mund zu halten. Er war nicht sonderlich besorgt, da keiner gerne freiwillig zugab, bei einer Hexenfeier oder Orgie oder so etwas mitgemacht zu haben. Thomas und Julius haben den Toten verbrannt und die Knochen in den alten Keller geworfen. Der Tote hatte seine Teilnahme am Kult ebenfalls geheim gehalten und kein Mensch wusste, wo er in der Mordnacht gewesen war. Für Thomas und Beatrix war die Angelegenheit damit erledigt.

„Was hätten wir sonst tun sollen?" Das fragte Beatrix mich später. Hätten alle erfahren sollen, was sie da immer im Wald taten? Zu sagen, man wäre ein Hexer klang nicht sonderlich seriös für einen erfolgreichen Geschäftsmann und freizügige sexuelle Ausschweifungen waren auch damals nicht sehr gut angesehen. Und außerdem hatte Jessica nur ihrer Mutter helfen wollen, da sie diese in Gefahr geglaubt hatte.

In den folgenden Jahren wurde diese Nacht nie mehr erwähnt. Jessica wurde von den meisten Ritualen ferngehalten und zehn Jahre lang lief alles weiter, als wäre nie etwas geschehen. Bis zu ihrem achtzehnten Geburtstag.

Nun sollte sie in den Kult aufgenommen werden. In

dieser Nacht lief alles friedlich ab, bis Jessica plötzlich bei der anschließenden Feier dem jungen Mann, der ihr zu zudringlich geworden war, den Zeremoniedolch in den Rücken rammte." Maria nahm ein altes Stofftaschentuch aus ihrer Strickjacke und wischte sich die Tränen ab. „Man handhabe die Situation genauso, wie man es eine Dekade zuvor getan hatte. Jessica wurde von da an von allen Dingen, die den Kult betrafen, ferngehalten und Alex beobachtete fortan jeden ihrer Schritte mit Argusaugen. Seit jener Nacht vor so vielen Jahren hatte er sich sowieso immer Vorwürfe gemacht, weil es damals seine Idee gewesen war, sich mit seiner kleinen Schwester in den Wald zu schleichen. Nun wollte er unbedingt eine weitere Katastrophe verhindern. Wenn er nicht damit beschäftigt war, seine Schwester zu beobachten, studierte er oder nahm an den Festen und Zeremonien teil, die sein Vater für so wichtig hielt. Nebenbei arbeitete er schon in der Firma, so dass er gar keine Zeit hatte, auch nur einen Moment innezuhalten, um einen klaren Gedanken zu fassen und zu überlegen, ob er das alles überhaupt wollte. Als Jessica im Frühjahr nach England ging, hatte Alex eine Verantwortung weniger auf seinen Schultern. Doch das Wissen über die Verbrechen, die vertuscht wurden und die Ansprüche seines Vaters machten ihm zu schaffen. Alex hasste den Kult seit jener Nacht und doch war er ein wichtiger Bestandteil seines täglichen Lebens. Du musst verstehen, Thomas hat den Kindern von klein auf eingeimpft, dass sie das Erbe der Wicca in sich tragen. Es war Alex` Pflicht, nicht nur die Nachfolge in der Firma, sondern auch die im Kult anzutreten." Maria schüttelte den Kopf. „Verstehst du? Alex glaubt tatsächlich, sie alle hätten irgendwelche Kräfte.

Thomas hat es ihnen von klein auf eingeredet." Maria sah Nina an. „Für uns ist es schwer zu glauben, aber Thomas war immer schon ein charismatischer Mann. Wenn er nach dem Essen am Tisch saß und seine Reden hielt, saßen alle wie gebannt um ihn herum und lauschten andächtig seinen Reden. Meine Tochter ist schuld. Die Kinder wuchsen auf mit dem Wissen, dass das Wort ihres Vaters, des großen Meisters, Gesetz ist. Es ist ein Wunder, das Alex sich überhaupt ab und an Gedanken über Recht und Unrecht gemacht hat und ein Gewissen entwickelt hat. Vielleicht hat es doch etwas gebracht, dass er so oft bei mir war und ich versucht habe, ein wenig von dem Schaden zu beheben, den Thomas an dem Jungen verursacht hatte. "

Nina versuchte, so etwas zu verstehen. Alex war intelligent und gebildet. Es war ihr unbegreiflich, dass er das alles wirklich glauben konnte.

„Und dann war da noch Julius!", fuhr Maria fort. „Ich weiß nicht, ob du es schon weißt, aber er war Beatrix` Halbbruder.

Mein Mann, Roland, war kein guter Ehemann. Er trieb sich nur rum und kümmerte sich nicht darum, was die Leute oder ich darüber dachten. Eines Tages hat er ein junges Mädchen geschwängert. Als sie deswegen von ihren Eltern weggejagt wurde, ist sie nach Krefeld gezogen und Roland hat sie finanziell unterstützt. Und das Kind hat er oft mit hierhergebracht."

Nina versuchte, sich ihren Schock nicht anmerken zu lassen.

„Roland und ich waren zehn Jahre verheiratet gewesen, ehe ich Beatrix bekommen hatte. Dass ich ihm noch einen Jungen schenken würde, war unwahrscheinlich. Als Julius auf die Welt kam, war Beatrix fünf, und ich fünfunddreißig. Roland brachte den Jungen her mit den Worten, er wäre sein Sohn und da ich nicht fähig gewesen wäre, ihm einen zu gebären, solle ich der anderen Frau dankbar sein, dass sie meine Aufgabe übernommen hatte." Maria sah nachdenklich ins Leere. „Das Kind konnte nichts für die Umstände seiner Geburt und Beatrix war hingerissen von ihrem kleinen Bruder. Also hab ich es hingenommen. Wann immer der Junge zu uns kam, waren er und Beatrix unzertrennlich. Selbst als sie älter wurden und Julius Mutter schließlich geheiratet hatte, blieben die beiden in Kontakt.

Julius war ein Mitglied des Kultes, aber er glaubte nicht daran. Er tat es nur, um seiner Schwester zu gefallen. Beatrix vergötterte ihren Bruder und verlangte von Thomas, dass dieser ihn beim Studium und auch später weiterhin unterstützte. Ich nehme an, Julius wollte sich das nicht verscherzen.

Wie sein Vater, so fand auch Julius Gefallen an jungen Mädchen. Als er gerade seine erste Stellung an einer Schule angetreten hatte, schwängerte er ein sechzehnjähriges Mädchen. Doch er konnte auf seine große Schwester zählen. Keiner erfuhr davon. Ein etwas größerer Geldbetrag wechselte den Besitzer, Beatrix stellte das schwangere Mädchen offiziell als Haushälterin ein und so ging Mica, Julius Sohn, später im Hause Moore ein und aus. Er war beinahe genauso alt wie Jessica und die Kinder verstanden sich prächtig. Natürlich bestand Beatrix darauf, dass auch ihr Neffe mit dem Kult aufwachsen sollte. Julius war es gleich, solange Beatrix alle finanziell unterstützte und das junge Mädchen war sowieso abhängig vom Wohlwollen ihrer Gönner." Maria schwieg eine Weile. „Natürlich wollte Julius nicht, dass bekannt wurde, dass er ein uneheliches Kind von einer ehemaligen Schülerin hatte und deshalb wurde die Verwandtschaft zwischen Mica und den anderen offiziell nie erwähnt. Selbst nicht, als später alle auf dieselbe Schule gingen.

Und dann machte sich Julius an deine Cousine ran. Und brachte auch sie zum Kult. Allerdings glaube ich, er tat es nur, um ihr zu imponieren. Deshalb zeigte er ihr auch die Toten. Um sie zu ängstigen. Wer weiß, vielleicht hat er ihr gedroht, ihr passiere das gleiche, wenn sie ihm nicht zu Willen war. Julius war ein schrecklicher Mensch. Aber Beatrix wollte nichts Schlechtes über ihren Bruder hören. Das war das Einzige, in das sie sich nicht reinreden ließ.

Mica war genauso vernarrt in den Kult wie Beatrix und Thomas. Allerdings war er für Thomas kein würdiger Nachfolger. Ihm fehlte das Erbe, die Gene, die Beatrix und seine Kinder und auch ihn, von seiner Seite der Familie, so besonders machten. Das hielt ihn nicht davon ab, Mica als Werkzeug zu benutzen. Und Mica tat alles, um Thomas zu gefallen. Anders als Alex, der nie etwas mit dem Kult zu tun haben wollte und alles nur widerwillig aus Pflichtbewusstsein tat, hoffte Mica, irgendwann einmal Thomas zu überzeugen, dass er der bessere Nachfolger wäre als Alex.

Deshalb brachte er auch den Freund deiner Cousine um. Als Alex davon erfuhr, begann er mehr denn je mit seinem Schicksal zu hadern. Wie oft ist er hergekommen und hat verzweifelt berichtet, dass er nicht mehr wisse, wie er so weitermachen solle.

Thomas wusste, dass Alex` Gewissen ihn keinen Mord begehen oder tatenlos bei einem zusehen lassen würde. Allerdings war es etwas anderes, ihn im Nachhinein vor vollendete Tatsachen zu stellen und an seinen Familiensinn zu appellieren. Immer wieder sagte sein Vater zu Alex, er hätte schließlich seine Schwester damals in den Wald geführt und damit alles ins Rollen gebracht und er wolle doch nicht, dass seine liebe, nette Schwester, die ihn vergötterte, ins Gefängnis kam. Nur weil er, Alex, ein schlechtes Gewissen hatte? Und seine Mutter? Wollte er sie zerstören? Natürlich nicht."

Maria sah Nina um Verständnis bittend an. „Verstehst du? Alex musste seine Familie schützen. Nicht nur liebte er seine Schwester und gab sich die Mitschuld, es war ihm auch von klein auf eingeimpft worden, dass sie alle etwas Besonderes waren und die Pflicht hatten, ihr Erbe weiterzutragen.

Wie oft hab ich versucht, ihm einzureden, er solle den Kult und die Firma hinter sich lassen und irgendwo ein neues Leben anfangen. So konnte er nicht ewig weitermachen, dieses Leben hat ihn zerrissen. Aber Alex wollte nichts hören, zu groß war sein Pflichtbewusstsein.

Und dann hat er dich kennengelernt. Das erste Mal hat er sich gegen seinen Vater aufgelehnt und etwas getan, was er wollte. Er weigerte sich, an bestimmten Festen oder Zeremonien teilzunehmen und er hatte angefangen, zu zweifeln, ob seine Familie wirklich so unfehlbar war. Ich hab damals wirklich gehofft, alles würde sich zum Guten wenden.

Dann kam das nächste Problem. Als Jessica aus England wiedergekommen war, hatte Thomas von Alex verlangt, dass er weiterhin dafür sorgte, dass seine Schwester keine Dummheiten mehr machte. Als er nun mit dir zusammen war, hatte er nicht mehr so viel Zeit, seiner Schwester hinterher zu rennen. Dann kam der Tag, an dem ihr euren Ausflug gemacht hattet. Alex berichtete mir, dass er den Verdacht hegte, Jessica wäre dort auf euren Freund losgegangen. Vielleicht waren es diese Monster oder die Dunkelheit. Wahrscheinlich hat euer Freund sie bedrängt und Jessica hat nach dem ersten gegriffen, dass ihr in die Finger kam. Auf jeden Fall ist sie mit einer Nagelfeile oder so etwas auf ihn losgegangen. Alex hat seinem Vater davon berichtet und verlangt, dass etwas geschehen musste. Jessica stellte eine Gefahr dar und dürfe nicht mehr unbeobachtet bleiben. Sein Vater antwortete, Alex solle Jessica besser beobachten. Aber Alex wollte seine Zeit lieber mit dir verbringen. Andererseits trug er aber die Verantwortung, dass Jessica nicht wieder jemanden umbrachte und hatte eingesehen, dass seine Schwester Hilfe brauchte.

Er macht sich auch jetzt noch Vorwürfe wegen eurem Freund Jan. Heiligabend sollte Alex wieder auf seine Schwester achtgeben. Doch Alex war wegen eures Streits am Boden zerstört und hat Jessica lediglich angerufen, sie solle sofort nach Hause gehen. Das tat sie auch. Allerdings hatte sie sich zu diesem Zeitpunkt nicht mehr in der Wirtschaft befunden. Sie hatte Jan hierher zum Wald gebracht. Wie immer hatte Jessica nichts Böses im Sinn gehabt. Sie wusste von Jans Begeisterung für alles Gruselige und dachte, das würde ihrem Zusammensein etwas Würze geben. Sie kamen also her, Jessica brachte ihn oben in die Dachkammer und zeigte ihm einige der Werkzeuge des Hexenkults. Doch Jessica ist krank, verstehst du? Sobald ihr ein Mann zu nahe kommt, ist sie nicht mehr sie selbst. Sie versuchte, Jan zu erstechen, doch dieser wehrte sich, versuchte zu entkommen und stürzte die Treppe hinunter. Als er bewusstlos dort lag, dachte Jessica, er wäre tot und verließ das Haus. Als Alex sie anrief, brachte sie das zurück in die Wirklichkeit und benommen und ohne Erinnerung an den Vorfall ging sie nach Hause. Am nächsten Tag fragte sie sich, wie die Nacht mit Jan geendet hatte, versuchte vergeblich, ihn zu erreichen und wollte ihn schließlich zu Hause besuchen, aber ihre Mutter ließ sie nicht fort." Maria seufzte. „Ich bin nur froh, dass der Junge überlebt hat."

Sie sah Nina in die Augen. „Ich gebe zu, ich hab immer über das meiste Bescheid gewusst. Alex hat mich über alles auf dem Laufenden gehalten, wenn er mir sein Herz ausgeschüttet hat. Aber ich hab nie etwas Böses getan. Und wenn ich vorher von den Verbrechen gewusst hätte, hätte ich sie verhindert. Und so auch Alex. Hätte er gewusst, was sie mit deiner Cousine vorhatten, er hätte es verhindert! Und auch alle anderen Verbrechen. Das musst du mir glauben, Nina."

Nina saß still in der kleinen Küche und lauschte auf das Ticken der großen Uhr, die an der Wand hing. Sie wusste, dass Alex niemandem etwas Böses antun würde und sie glaubte, dass er es ehrlich mit ihr gemeint hatte.

Er war gekommen, um sie zu retten und am Ende hatte er das Richtige getan. Er hatte sie die Polizei rufen lassen und hatte allem ein Ende gesetzt.

Jetzt, wo sie die ganze Geschichte gehört hatte, konnte sie ihn sogar ein wenig verstehen. Eine schwere Last fiel von Nina ab und das erste Mal seit Monaten konnte sie wieder frei atmen. „Was passiert jetzt mit ihm?", fragte sie nach einer Weile.

Maria zuckte ergeben die Schulter. „Mit Alex? Die Anwälte sagen, er wird vielleicht mit einer Bewährungsstrafe davonkommen. Er war verwirrt, traumatisiert vom ersten Mord vor vielen Jahren, er hat sich der Vertuschung eines Verbrechens schuldig gemacht, aber niemals von ihren Plänen gewusst. Und er hat sich zu guter Letzt entschlossen, dich die Polizei rufen zu lassen und hat bereitwillig ausgesagt."

Nina lächelte mit Tränen in den Augen. „Ich bin froh", sagte sie dann.

„Wusstest du, dass Alex bis zur Verhandlung auf freiem Fuß ist?", fragte Maria freundlich.

Nina schluckte. „Nein."

„Er vermisst dich, weißt du?"

Nina schwieg.

„Morgen Mittag kommt er her, mich besuchen. Das macht er oft, jetzt, wo wir nur noch uns haben", sagte Maria, stand auf und trug ihre Tasse zur Spüle.

Auch Nina erhob sich. „Ich glaub, ich gehe jetzt, Frau Maurer. Danke für den Kaffee", sagte Nina mit unsicherer Stimme und stellte ihre Tasse neben Marias.

Die alte Frau nahm ihre Hand. „Danke für deinen Besuch. Und vielleicht kommst du bald wieder?", fragte sie hoffnungsvoll und sah Nina erwartungsvoll an.

Nina holte tief Luft und drückte Marias Hand, während sich langsam ein Lächeln auf ihrem Gesicht ausbreitete. Das erste echte seit langer Zeit. „Ja, das mach ich, Frau Maurer. Vielleicht schon morgen Mittag."

Damit verließ sie die alte Frau, trat aus dem Haus und lief durch den Garten auf den Feldweg. Dann drehte sie sich um, beugte sich hinunter und schloss gewissenhaft das winzige Törchen, ehe sie sich schließlich auf den Weg nach Hause machte.

Ende